夢分けの船

津原泰水

河出書房新社

夢分けの船

一

　代々木のちっぽけな改札を通りかけ、これは誤った出口だったと直感して立ち止まった。手品師跣《はだし》の手《て》捌《さば》きで定期入れをセンサーに読ませるや、その一刻の無駄すら惜しむ威勢で陽光の下へと流れ出ていく人々は、凡《あら》ゆる熟《こな》しが修文《よしふみ》とは異なる。ここ数時間にて為《な》すべき事に引切《ひっき》りなく追われている者にしか体現しえぬ身振りであり、足取りは滑らかにして表情《かお》は緊張に引き締まっている。引き比べるに、これから打ち込むべくを希求し都会に彷徨《さまよ》い出てきた一介の青年の挙動は、のらくらと地面《じべた》にしゃがんでいるか後退《あとじさ》っているにも等しい。

　事実修文はそれから人の流れに逆らって、最前《さっき》下りてきた階段を又上がって、乱れた頭をプラットフォームに突き出した。柱だらけで見通しが悪い。案内板も見当らない。好《い》い加減な方向に歩き始める。視野を求めて線路とのぎりぎり境を進んでいると、新しい列車が急ぎに迫ってきた。足を竦《すく》めた。銀色の箱は車輪を軋らせ慌ただしく停まって、詰まっていた乗客をどっと吐き出した。肩に担いだボストンを四方から押された修文は身をくるくると廻転させた。暫《しばら》くするとプラットフォームは改めて無人同様となった。東京の人は虫のようにすばしこい。

修文は自分を、過去からやって来た存在のように思った。この感傷めいた心境が父親に伝わったなら、それ見た事かと嗤《わら》われるとも思った。心の奥底では父親を慕っていたが、何彼《なにか》につけて披露したがる訳知り顔は耐え難い。映画音楽を創る勉強をしたいと告白した修文に対して、芸術大学を首席で出るような天才だけに許される職だと決め付けた。大阪へでも東京へでも確かめに行くがいい、但し自分の金でと云《い》い放った。親だから吾《わ》が子の器量くらいは見通せると も云った。金を貯めて家を出ていくくらいの根性は見せるのだろう。しかし必ず四国に逃げ帰ってくる。それが直後なら幸いである。失うのは金だけだ。ところがお前は昔から半端に意地を張る。てんで取り返しがつかなくなってから、そう為るのを待っていたように音《ね》を上げる。

無性にたばこが喫《す》いたくなったが、喫煙所もその所在を示す表示も見つからない。そう云えば東京に着いてから、未《ま》だたばこを喫っている人間を見ていない。東京駅から中央線に乗り継いで新宿、それから山手線で隣の代々木と、電車の内と駅の構内しか眺めていない。不思議な話ではなかったが、瀬戸大橋を渡る迄《まで》にも渡って岡山の乗換えでも其処此処《そここ》に喫煙所が設けてあって、通りすがりに幾何《いくら》でも紫煙の匂いを嗅いだ。

二十二になる。東京に来たのは初めてだ。専門学校は雑誌とインターネットで目星を付けて、更に学校案内《パンフレット》を取り寄せたり電話で話したりで選んだ。どのウェブサイトを眺めても似たり寄ったりの甘言が並んでいる。立派な設備が写っていれば、全員が満遍なく使えるわけではなかろうと勘繰ってみる。釣り合う先生が在《あ》るとも限らない。実際に身を置いてみて漸《よう》く痛感する事情ばかりだろう。そこで馴染めない学校だったら辞めて働いて稼いで余所《よそ》に入り直す他あるまいという開き直った構えで、ただ電話応対の良し悪しを重視した。本当にそれで学校を決め、住居も学校の契約先に決めてしまったので、今日の今日まで上京する必要が生じなかった。

予《あらかじ》め寝起きの場を目にしておきたい心持を抑えて、金を節約した。荷は一昨日発送して、今晩届く。

東には知音《ちいん》も親類も無い。曾《かつ》ての同級生の一部は此方《こちら》の学校か職場に居るはずだが、卒業後は連絡していないし酒の肴にしたい顔も無い。父親は修文を松山の建築学校に遣って資格を取らせる心算《つもり》だった。旧知の経営するその学校は息子を厚遇してくれると期待していた。この意向に修文は、自分でも病的と感じるほど反発した。擦った揉んだの挙句、双方が二番目の希望を通す両損で合意し地元大の文学部に入った経緯で、そこまでに一年を浪費した。なのに音楽を学ぶ夢断ち難く、水も合わなかったから一年も待たずに辞めた。二年遅れた計算となった。それから金を貯めるのに父親の工務店で働いて、もう何年遅れたのか自分でも判然《わか》らなくなった。

今、惟《これ》という俤《おもかげ》が泛《うか》ばぬではない。修繕《なお》しても修繕しても屋根が漏るので重ねて出入りした家に、一つ上の娘がいた。肌が浅黒くきつい顔立ちをしていたため、修文は美しい少年がいるものだと感心していた。梅雨入りにTシャツ姿を見て女性であったと知った。颱風《たいふう》の時期に又行って、出掛けるところだった人から初めて話しかけられた。

「はあ東京に戻るんです」と嬉しそうにしていた。「何遍もお世話になりました」

「ほうですか。僕も春んなったら東京に行きます」修文はタオルを巻いた頭を上下させて思わずそう云った。

するると社交辞令の意《つもり》か本心からか、「ほいじゃあ来たら教えてや」と鞄から他人の名刺を選び出し、「これでええか」と独りで納得して裏に携帯電話のアドレスを書き付けてくれた。修文の財布には今もそれが入っている。アドレスの他に、薫《かおる》、と名前が書いてある。歳が上だというのは父親の話で知った。修文が生まれる前年、当家の風呂の敷居を取り換えた。お嫁さんの腕に嬰児《えいじ》がいた。父親のそのての記憶力は明晰だから間違いなかろう。

別な階段を下りて行くと蕎麦屋や売店を擁する出入口が広がった。那所《あちら》とは打って変って、改札の手前にも向こうにも色々に持て余していそうな若い影が見える。人を待ってか先の行動を決め兼ねてか、みんなきょろきょろと見回している。券売機の下にしゃがみ込んでいる女がいる。不図《ふと》喫っていたたばこを床のタイルに放り、器用に片足を伸ばして踏み付けた。

修文はほっとしたような心地となったが、同時に薄《うつす》りと落胆を覚えてもいた。目映《まばゆ》い海を越え黄泉路《よみじ》が如き新幹線の移動を経て猶《なお》、未だ郷里《いなか》の何等《なんら》瞠《みは》るべくもない道々の続きに立って居る。茲《ここ》は海辺の飛び込み岩のような街だろう。無鉄砲を気取った若者が三々五々に集結し、怖々と下を覗いて自分の飛び込みを予想する。身が可愛いから真に飛び込む者は数少ない。縦《たとえ》本人がその気でも周囲が中々許さない。

それでも東京都区内と印字された切符が改札機に吸い込まれた瞬間、身震いするような感慨が沸き上がってきて、これから自分は東京人なのだと思った。改札の外に踏み出した。肌寒い四月の午後である。行き交う人々は未だ冬物を着込んでいる。修文もフランネルのシャツに松山の古着屋で買ったベースボール・ジャケットを重ねている。この身頃は臙脂《えんじ》色のウールで、袖はクリーム色の革だが長年の汚れが染みて灰色がかって見えた。背中には黄色いパイルをLAYOLAと切り抜いたワッペンが縫い付けられているが、修文には何《なん》の略だか判《わか》らない。薫にメールで東京に来たのを伝えようかと浮かび、思えば来たという以外に記すべきは無いから延期とした。せめて学校や住処《すみか》に見た面白い物の報告なら、一緒に笑いたくてメールした風《ふり》ができる。

後ろで警告音《アラーム》が鳴った。修文に続いて出ようとした青年が足止めを食っている。青年は駅員が窓から顔を覗かせている端の改札へと身を移した。修文も学校への道順を尋ねるのに其方《そちら》へ足を向けた。

「新宿」と青年が自信なげに発した。

駅員はＩＣカードを受け取って機械に通した。

「何時《いっつ》も引っ掛かる。ちゃんと当ててるのに」

「混んでいると機械が間に合わない事も。この状態で出てください」

青年はカードを取り返した。次の客が迫っている。修文は時機を逃さぬよう急いで学校名を云って、

「何方側《どっち》ですか」と尋ねた。

「専門学校？」駅員は首を傾げた。

「分るよ」と改札を抜けた青年が横から話してきた。「案内してやろうか」

道順だけ教えてもらう気で礼を云った。しかし青年はさっさと駅舎から出て横断歩道を渡り始めた。景色を眺める間もなく黒革のジャンパーを追った。広い丁字路に細い二本の路《みち》が合流している上、右手には更に斜めの分岐が見える、六方へと延びた複雑怪奇な交叉点に駅が面していたのを知り、案内人に巡り会えた僥倖《ぎょうこう》に感謝した。

青年は修文より相当に背が高かった。美容院で切り自分でも丁寧に調えているらしい鋭角的な髪型をしている。坊主刈りを伸ばし放題の自分の頭が如何《いか》にも田舎臭くて気恥ずかしい。交叉点を渡り切った青年は右手に進路を取り、幹線から枝分れした商店街の、チェーン経営の珈琲店に這入《はい》っていった。店員に手で合図をして奥まったソファ席に坐りこんだ。通り抜けるのではないらしい。

突っ立った修文に対《むか》いの席を指で示して、「一寸休憩《ちょっと》。案内するんだから一杯奢って」

修文は鞄を床に置いた。ウェイトレスが寄ってきた。青年はジョッキのビールをたのんだ。修文はコーラと云った。母からあれほど注意されたのに、早速面妖《おか》しなのに絡まれたようだ。コーラを飲み干したら金だけ置いて逃げ出そう。二人分として千円も置けば文句はあるまい。ウェイトレスがコーラは無いと云った。修文は慌ててメニューを手にした。ウェイトレスは一旦テーブルを離れた。

「詰まんないな。飲めないの」

「いいえ。ほいでも今から学校に」

青年はメビウスを喫い始めた。修文もハイライトを出して火を点けた。

「授業始まってないだろ」

「自分の部屋が分らんのんです、学校の紹介で」

「出てきたばっかりか。何処《どこ》から」

修文は正直に答えた。青年は失笑した。それから口を噤んで見返してきた。

「己《おれ》、岡山。近いな」と少々慌てた様《さま》で云った。

修文は胸の中《うち》で青年を岡山と名付けた。岡山はＩＣカードを利用した不正乗車《キセル》を自慢し始めた。本当は友達の居る吉祥寺から乗ってきた。改札を通る列が詰まっていたのでカードを当てるまでもなく前に続いて入場できた。新宿から代々木なら百四十円だから何十円の得になったと、金額まで計算して悦に入っている。

「やっぱり早《はよ》う行きたいんで、ビール代だけ置いときます」修文は鞄から財布を出した。

「己と行った方が話が早いって。己も其所《そこ》の学生なんだから」

「ほんまに」

「ビール飲めよ。幸運《ラッキー》な偶然に乾杯だ」とウェイトレスに手を振って、「もう一つジョッキ。楽器、何」

「特にどの楽器というんじゃ――。作曲科に入りました」

「じゃあキイボードは」

「まあピアノは何《なん》とか」

「鍵盤全般じゃなくて敢えてピアノ？　拘《こだわ》りがあって」

「いえ、小供ん時、少し習っとったんで」

正面から見る岡山の顔は片側が大きく鼻筋も曲がり、片仮名のノの字を思わせた。修文から見ると左側に寄った口から、幾つかのバンド名が発せられた。半分程度は修文にも判った。

「どれも流行《はや》んないな」と岡山は笑った。一杯のビールを飲み切る迄の間に随分と自分について喋った。ヴォーカリストである事、学校の奨励に従い学生同士のバンドを組んでいる事、しかし個々の力量の差が大きく自分の歌が活かされていない事、大手レコード会社を退職し個人で音楽家と会社の仲介をやっている人物との縁故《コネクシヨン》がある事、実技試験《オーデイシヨン》を受ける準備を進めている事――。大変下らない質問を三つ四つ投げかけてもきた。郷《むこう》に恋人はいるのか。継ぐべき家業はあるのか。髪を伸ばす気はあるのか――。いないと答えた。あるが、継ぐ気はないと答えた。伸ばす必要があるのかと聞き返した。

「だってほら、その方がステージ映えするし」

自分は映画の音楽を創りたいのだと、勝手な誤解を妨げた。

「音大でクラシック習った方が早かねえか」と岡山は面喰らったように口走った。それきりその話題には触れなかった。修文も全く同感だった。但し身内から音楽家としての将来を嘱望されている場合である、とも思う。

二杯分の金を払って店を出た。日が傾いてきたからかアルコールの所為《せい》もあってか、先刻《さつき》とはすっかり違う街並みに見えた。莫迦《ばか》にした話で岡山は振出しの交叉点まで後戻りをし、改めて広々とした通りを悠々と下り始めた。修文は家来のように従った。この一連は薫には隠した方が良かろう。岡山は路を折れた。直ぐ逆に折れ、暫くして以前の方向に折れた。路はどんどん細くなる。不意に短い階段を上って民家に這入ろうとする。又しても寄道かとげんなりしている修文を、

「何してる。茲《ここ》だ」と呼んだ。

正面切って見上げると扉が硝子である。そう云えばこの構図の写真が冊子にあったような気がするが、所縁《ゆかり》の人の自宅と早合点して気に留めなかった。場所柄を考えれば大層な屋敷の風情で、前庭は無きに等しいものの構えは滅多ならず瀟洒《しようしや》で、外壁は南欧風に黄いろく塗られている。医院にもレストランにも見える。しかし学校には見えない。多数の学生を収容するとは目しえない。扉の把手《とつて》は敢えて錆を浮かせた鉄製で、ト音記号の形をしていた。安手の暗示に罹《かか》ったものだが、階段を上がってそれに触れた刹那、修文の胸は高鳴った。

受付窓口があり、黒いセーターを着て髪を纏めた中年女の姿があり、岡山が前に肘を突いて馴れ馴れしく声を掛けていた。女も微笑しているから馴染みには違いない。

「もう休学で処理しちゃった」と答えている。

「授業までに支払えば大丈夫だった筈《はず》だけど」岡山は破れジーンズの上に垂れ下がった裏革の袋から銀行の封筒を出した。

「そうは云っていない」女は受け取って中の札を検《あらた》めた。「延滞には目を瞑《つむ》れるけど、これは前のお金だし」

「前期分は前期中に入れるから」と岡山は食い下がった。どうやらこの男、常に一期遅れで授業料を納めているらしい。

「そう云いながら又ずれ込むんでしょう。次を入れてくれたら即座に復学の手続きを取りますから」

「じゃあ分納って事で」と岡山は冗談めかして、相手の顔色を窺った。

女は気の毒そうに眉を寄せ、若《も》し去年――と云いかけて辞めて、談判を遠ざけるべく修文に顔を向けた。「はい」

「新入生。今夜の寝所《ねどこ》が分んないんだって」頼みもしないのに岡山が簡明に教える。女もそれだけで納得して窓口を離れていった。あっさりしたものだと修文は変に感心した。今夜の寝所も分らぬ新入生――必要にして充分に現在の秋野《あきの》修文が絵解きされている。それ以上の何者でもない。

敬語には拘らないが非礼でもない独特の口調から、実家《いなか》から架けた電話に出たのはこの女であろうと推察している。電話では志望の動機や履修の希望から質問が私事へと至り、色々と問われたし修文も答えた。今よりずっと親身な感じがした。考えてもみれば当然の変化であって、あの段の修文には問われるべき立場があった。家があり職があり一口には説明し難い経緯《いきさつ》があった。

窓に戻ってきた女の名札を読むと、清水《しみず》とあった。真新しい造成地宜《よろ》しく昨日までの蓄積を失い、文字通り右も左も不明な新参《エトランゼ》として都会に吐き出されたという事実が、修文には心許なくも清々しい。このところ言動の端々に羊歯《しだ》のように繁茂していた依怙地《いこじ》も今、清水さんが一斉に枯らしてくれたと感じた。

清水さんは口から書類の覗いた大封筒をカウンターに置いた。

「秋野さんね。紹介物件はこの袋の――」と中から間取図を出して向きを変え、初めて此方の胴体に頭が載っかっているのを認識したかのように目をぱちくりさせた後、「この近所で、ピアノ付きで、本当に破格だと思います。地図も入ってますけど秋野さん、急がれますか。急がれるなら嘉山《かやま》くん、申し訳ないんだけど閑《ひま》だったら――」

今修文は知ったのだが、岡山の名は嘉山であった。もう頭の中では岡山で宜《よ》かろうとした。

「道案内してやったら分納可?」と闇雲に自分の要求へと結び付けようとする。

「それとこれとは話が別」

「おい風月荘?――七階の端。うわ」図の下に記された住所を側《はた》から読んだ岡山は、妙な声を発して後退った。

「お願いできる? 私、もう三十分は離れられなくて」

「清水さん、知ってて仲介したの。出るよ、茲《ここ》」

ぽかり、清水さんは唇を開いた。岡山は胸の前に両手を揃えて指先を垂らした。

「詰まらない噂で新入生を脅かさないで」

「この家賃、変だと思わなかったのかな」と岡山は云って返した。「前の前は作曲専科に居た、なんつったっけ、此間《こないだ》アイザック・マオと共作した」

「二階堂《にかいどう》さんの事?」

「そう、それ。次が己と組んでた湯浅《ゆあさ》ってギターで、知ってる?」

「話した事はないと思う」

「二者《ふたり》とも逃げ出したんだよ。相変らず格安なのが出るって証拠だし、己も実際、この目で見たもん。ピアノ科にいた久世《くぜ》さん。かのん」

このとき修文はかのんという響きをして、話者の意図とは別な捉え方をした。その人の弾くカノンが余程のこと耳に印象深かったのだと思っていた。実のところそれは、修文が暮らし始める部屋の三代前の住人の、親の期待を滲ませた美しい名前であった。久世花音。

二

風月荘は歴史ある学生向けの下宿だったが設備の老朽化が深刻となり、約二十年前、時代の要請に鑑みた防音マンションとして建て替えられた。国産の普及品とはいえグランドピアノが備付けの数室は当初の目玉だった。しかし小型軽量なデジタルピアノやコンピュータによるデスクトップ音楽が全盛になると生活空間の狭さが嫌われ、かといって音大ピアノ科に通う程の学生は置かれている楽器を見下して、昨今は空室がちである——以上が、修文が入居契約した建物に関する清水さんの理解だった。破格の家賃といっても徒歩で新宿に出られる地の利に鑑みてであり、他の学生街や都下を思えば充分に高い。特殊な事情分を割り引いた賃料などではないと、岡山に対して強く主張した。

電話でも清水さんは頻《しき》りに、都心に住むのと郊外に住むのとを比較していた。学校から遠い街に暮らせば家賃は安いし部屋も広い。一方で通学には不便が伴う。仲間と羽目を外していて終電を逃せばタクシー代や夜明しの費用もかかる。住所は都内なのに家賃が安いと半端な物件に飛びつく前にそう加算して、然《しか》るべき後に都心の物件と比較するべきだというのが清水さんの持論だった。

「代々木の辺に住んだんが得、いう事ですか」と修文は見ず知らずの相手に尋ねたのである。

「学生さんによって事情は違うから、私の口からは何方《どちら》が得とも云えないわねえ。時間と空間を比較するような物でしょう」

洒落た言回しをするものだと感じ入りながら、「ほじゃけん、僕の事情ではどうですか」

「荷物は多い方かしら、ＣＤとか楽器とか」

「いいえ」と正直に答えた。仮初めにも音楽家を志してい乍《なが》ら録音物の体系立った蒐集《しゅうしゅう》に興味がない。聴いていて不意にふわりと心の揺れる音楽がある。点けっぱなしのテレビから、通りすがりの自動車から、街灯に組み込まれたスピーカーから、予告なしにそれは生じる。ふわりとする刹那を修文は内心で逢魔《おうま》と呼んでいる。大禍時《おおまがとき》から来た言葉だから縁起が悪いが、字義や語感は合っているような気がしている。

逢魔の一節を記憶しておくのが修文は中々上手い。辛抱強く憶え続けてそれが曲名を伴う幸した。運を待つ。いざ曲名が判明したら、凡庸な田舎青年らしからぬ迅速さで音源の入手を算段した。流行《はや》りが過ぎて再評価の訪れない音楽だと、どうしても販売しているウェブサイトを見つけられない場合がある。すると修文は松山、稀《とき》には岡山や広島の店にまで問い合わせ、在庫があれば休日、親から借りた車を飛ばした。修文が音楽を聴くといったら、そんな具合にして集めてきた宝物を飽きもせずに繰り返し聴くのだった。

楽器らしい楽器も新居には持ち込みえない。家には母が嫁入りに運んできた古いアップライトピアノがあり、小学生の修文はこれでバイエルやハノンを練習させられた。ピアノ教室を辞めた後も文化祭の練習はこれでやった。本番の楽器は講堂に備付けのピアノや友人のシンセサイザーだった。短い大学時代にノートパソコンを手に入れ、思い付いて頭から離れないメロディは記録しておくようになった。煉瓦を積んでいるような画面操作に辟易《へきえき》して入力用の小さな鍵盤を奢ったが、それ自体に音を持たないから楽器とは云えない。

その時は未《ま》だ名も知らなかった清水さんとの通話の後、自分の楽器という想念に憑かれた修文は、長らく触れずにいた抽斗《ひきだし》を開けて回った。小学生の頃の鍵盤ハーモニカを発見した。吹いてみると音程は甘いが機能に問題はなかった。思えば修文が自分の楽器と呼びうるのは、それから、矢張《やは》り小学校で買わされたソプラノリコーダーだけのようである。リコーダーは出てこなかった。巧く吹けたわけでもないので諦めて鍵盤ハーモニカだけ、油性ペンで名前が記されたケースごと荷の隙間に入れた——。

「第一、出るとか出ないとか噂があるんだったら、それを隠したまま部屋を貸すのは問題じゃないの」と清水さんが噛み付けば、「ええ知らないんだ」と岡山は嘲笑して、「不動産屋に通知義務があるのは次の借り手だけなんだよ。だからギターの湯浅は何も聞かされてなかった。学校で——又忘れた、作曲専科の」

「二階堂さん」

「その人から直接教えられたってさ」

「二階堂さんは見たの」

「見えたのか声が聞えたのか、其処《そこ》までは知らない。でも居るって断言したって」

「湯浅くんは見たの」

「見た。だから己《おれ》も一緒に見た」

二階堂某は既に音楽業界に於いて活躍している有名人で、学校のウェブサイトにも誇るべき卒業生の一人として載っている。多少なりとも修文が仕事を知っている程だから、小賢しい岡山がそう度忘れするとは思えない。忘れやすい苗字でもない。態《わざ》と興味など持たない振りでいるのだろう。

尾《つ》いて進みながら修文は、逐一翻訳をやっている心地でいた。二人のやり取りは決められた科白《せりふ》を演じているように澱みがない。石の上を水が流れていくようで、うかうかしていると何か耳にしたという印象しか残らない。見たの見ないのが幽霊の話であるとの想像はつく。これも昨夜のテレビの話でも聞いているようだ。いざ懸念を数えて挙げれば、炊事場は利便だろうか、玄関に黴《かび》は生えないだろうか、エアコンは五月蠅《うるさ》くないだろうかと、枚挙に遑《いとま》がない。未知の場の事で総じて現実味がない。今は隙間風も幽霊も同列である。少しは怖がって見せた方が心証が好かろうかと気遣う程だった。しかし話しかけられない限りは黙っていた。

清水さんが早めに手許の仕事を切り上げてくれ、岡山もそれまで待って、三人で修文の新居に向かっている。岡山が先導している。細い路《みち》を葛折《つづらお》りに進んだ挙句、車の烈《はげ》しく行き交う大通りに出た。こんな場所に住まねばならないのかと修文は肩を落とした。実際のところ岡山は、自分たちの位置を確認したに過ぎなかった。

「学校から直《じか》に行った事ないから」と言い訳をする。

岡山が折れるべきだった角を見つけた。何処の地方都市にも見つかる、補修に補修を重ねられた路面がパッチワークのようになった無名の通りに這入った。商店は見当らないが人通りはある。その程度の通りに在ってさえ後ろを前を常に赤の他人が歩いているというのは修文には新奇な体験だったが、自動車が通わないぶん未《ま》だしも安堵していた。都市の人口密度を思えば常に他人と見張り合うのは致し方ない。

丈の短い毛皮を羽織った女が電話で話しながら闊歩してきて、修文たちを左右に割った。ボアから突き出た女の横顔は、百合の花の様に各所が尖っていた。映画の一場面に加わったような心地がして今の女は芸能人だろうかと想像したが、清水さんも岡山も振り向きもせず会話を続行している。

修文は想っていた。東京という場所は存外田舎染みている。行く処へ行けば別天地の景色にも江戸情緒の名残にも逢えるのだろうが、新宿の隣町にしてこの程度では大半が同様であろう。

昔両親に連れて行かれた大阪や京都は通りの隅々に至るまで強烈な大阪臭京都臭を放っているようで、幼い修文が酔って気分を悪くした程だった。お蔭《かげ》で旅行の苦手な子と思われた。しかし此地《ここ》には臭いを感じない。銘々が目先の都合で手を加えていたら、何時《いつ》しかこういう景色が出来上がったという風情で、そう着眼すれば修文の郷《さと》と変らない。物理的に閑静か煩《うるさ》いかの差異くらいしか思い当らない。

「秋野くん、料理はするの」と清水さんから問われた。

「しませんね」と答える。

「自炊した方がいいわよ。外食ばかりだと栄養が偏るから」

「そうします」と素直に応じた。

嘘を吐《つ》いた。修文の母は長らく肝臓を患っていて、どうしても起き上がれない日がある。そういう時は修文が賄いをした。単純な料理なら手慣れている。料理ができると答えて理由を問われるのが面倒だった。今からは父親が台所に立つ日もあろう。そんな故郷に残してきた心配事を思い出すのも厭《いや》だった。

建物の切れ間に黒々たる林が覗き、岡山が「明治神宮だ」と我が家を自慢するように指差した。

「東京タワーはどっち」と修文が尋ねた。

清水さんと岡山は別々な方を向いた。

「部屋から見えますか」

「見えないだろ」

現在の風月荘は灰色の細長いビルディングだった。昨日は雨だったらしくコンクリートの外壁がしっとりと色濃い。入口で背広姿の不動産屋が待っていた。学校を出る前に清水さんが連絡を入れたのである。不動産屋はひょろりとした顔色の冴えない男で、こういうのを青瓢箪《あおびょうたん》というのだろうなと修文は思った。へらへら頭を下げながら専《もっぱ》ら清水さんに対して、部屋は既に綺麗になっている、家賃には火災保険が含まれている、振込み先は契約書に記してある、二年めの更新には一ト月分の家賃がかかるといった話をし、自分の名刺をクリップ留めした契約書と鍵を封筒に入れて手渡した。借主として紹介された修文には何度か目礼しただけだった。次の学生が待っていると云い急いで去っていった。

「訊《き》かれる前に逃げた」と岡山が曲がった顔を更に歪めた。

「何を」と清水さんが目元を険しくした。

「出るのかって」

「まだ云ってる」

風月荘にはエレヴェータがあった。「便利だ」と清水さんが感心しているので、五階建以上には必ずあるのだと教えた。

「詳しいのね」

修文は理由を黙った。父親は四階建てのアパートの仕事を厭がった。建築基準に引っ掛からないためエレヴェータが設置されていない事が多いからで、即ち五階建ての五階、十階建ての十階より、四階建ての三階四階の仕事の方が建材の搬入にずっと手間がかかる。

籠は三人でも窮屈だった。岡山が性急《せつかち》に閉釦《ボタン》を押した。閉じかけた隙間に手が生えて扉が戻り、新たな人が乗ってきた。

「何階ですか」と岡山が怯えたように訊いた。

人物は答えずに自分で６釦《ボタン》を押した。籠内はフレグランスと汗の混ざった奇怪な香に満ちた。上昇の間、修文たちは無言であった。六階で降りたその人は、一方の肩が剝き出しになり袖は手の甲まで隠れる大きなセーターを着て、銀色の短いスカートを穿いていた。髪は枯葉色に染められ左右に大きく広がっていた。それでいて肉体的な年齢性別は明らかに壮年男性であり、その事実を無理に糊塗《こと》している風でもなかった。唯々《ただただ》肉体と出立《いでた》ちとが通常とは異なる取合せなのだった。

岡山も清水さんも勿論《もちろん》修文も、降りていった人を論評しなかった。全員が無言のまま、もう一階上昇した。岡山が先に進んで「この部屋」と振り返り、清水さんが番号を確かめ「そうね」と首肯《うなず》き、鍵を挿して廻した。二人が道を空けたので修文がドアを開けた。重いドアだった。

透《す》かさず岡山が、「此処《ここ》で死んだんだ」

「お已《や》めなさい」と清水さんが窘《たしな》める。「亡くなった場面《ところ》を見た訳でもないのに」

「正確にはこの部屋の向こうの地面だな。バルコニーから飛び降りたんだよ。実の姉がそう云うんだから」

「直に聞いたんでもない癖に」

「小田急線の踏切の手前にエッジっていう店がある。其所にいるよ、お姉さん」

清水さんは目を瞠《みは》り、唇を結んだ。

「本当は知ってたんでしょう、出るって噂」

清水さんは黙ったままである。

修文は玄関で靴を脱いだ。洗濯機や冷蔵庫を置くためらしいぽかりとした空間の先に、小さな流し台がある。反対にあるドアはトイレだろう。間は一人しか通れない。直ぐ先でピアノの屋根がバルコニーからの光線《あかり》を照り返している。予想を凌《しの》いで手狭である。床は板張りである。

「奏《ひ》いてみろよ」と付いて上がってきた岡山が云った。

修文は聞えなかったような顔で、清水さんに、「余り家具は置けませんね」

「住むというより練習室として借りる人が前提なのかも」間取図を能《よ》く読めない人らしく実際を見て驚いている。トイレを開けて顔を突っ込み、「ああ、やっぱりシャワーだけだわ。でも荷物少ないんでしょう」

「はい。ほんじゃけ、別に宜《え》えんですけど」修文は室内を見回した。「僕は何処に寝るんでしょう」

「小さなベッドなら置けますよ。あと小さな本棚に小さなテーブルくらいは」

清水さんが電気や水道の使える事を確認して回った。修文は玄関の靴箱を覗いて黴が生えていないのを確認した。岡山がピアノの鍵盤蓋を開けようとして鍵が掛かっているのに気づいた。

不動産屋に訊いてあげると清水さんが云った。

「それにしてもさ、この狭い玄関を一体どうやって通したんだ?」と岡山が蓋を叩く。「エレヴェータにも載らないよな」

「起重機《クレーン》で吊ってバルコニーから」と、又思わず知識を披露してしまった。

岡山は眼を見開いて、「お前、やけに詳しくね?」

「たぶん」と胡魔化した。

引越屋の到着を待たねばならない修文を、軈《やが》て二人は部屋に取り残した。出ていく前に岡山が自分の電話番号を云い、今架けろと命じた。修文は架けた。向こうの電話が鳴った。受けて切って架け返してきた。

「出たら、架けて」

やり取りに対して清水さんは素知らぬ顔でいた。独りになった修文はまずピアノを眺めた。屋根は擦過傷《すりきず》だらけなうえ、塗装の各所が円《まる》く曇っている。岡山と組んでいた先住者はギタリストだというから、閉じっ放しで食卓として使っていたのかもしれない。

空腹を意識して外に出た。留守中に引越屋が来ても電話を架けてくるだろう。簡単に戻れる処で食べていればいい。屋外《そと》は何時しか昏《くら》かった。岡山たちと来た道を戻って大通りに出た。饂飩《うどん》屋でも無いものかときょろきょろしながら当てずっぽうに歩いた。饂飩屋は無かったが蕎麦屋はあった。四角い坐りにくい椅子に掛けてメニューを見て、値段が高いのに愕《おどろ》いた。月見と云うと店員から「お蕎麦ですかお饂飩ですか」と問われた。習慣で饂飩と答えた。

温い黒蜜に細長い白玉を沈めて生卵と葱を浮かべたようなのが来た。そう見えた。無理に食って茶を飲んだ。蕎麦茶で、これは美味かった。すると電話が鳴った。風月荘に駆け戻った。引越屋は既に荷を修文の部屋の前に積み上げていた。といっても段ボール四箱に蒲団袋一つである。ボストンバッグとそれらだけが上京の荷物の総てだった。「此階《ここ》までで可《い》いですか」と云うので、構わないと答えて金を払った。自分で室内に運び入れた。

運び終わると静寂に包まれた。修文は防音の意味を悟った。此方《こちら》の音は誰にも聞えない。誰かの音も此方には聞えない。バルコニーとを仕切った硝子戸を開けてみた。思いがけない騒音に見舞われた。何の音ともつかない、街全体の発する混沌の響きである。幽霊話を信じているのではない。かといって出て下を覗こうという気力も生じない。騒音が気に障らない程度まで戸を閉めて、おおい、と声を発した。

誰も答えはしない。退屈なので荷を開けた。鍋や茶碗を台所に運び、本は壁に沿って並べ、箱の中身を種別毎になるよう入れ替えた。出した灰皿をピアノに置いてたばこを喫った。その晩の修文は薫へのメールを打っては消し打っては消し、結局一語も送信することなく、眠気を感じて、袋から出した蒲団を板敷に敷いて睡《ねむ》った。夢は見なかった。

少なくとも、起き上がってから憶えている程の幻影《ヴィジョン》は見なかった。音の記憶も無かった。瞼を開くまでの半覚醒の寸刻《あいだ》、修文は懸命に薫の顔を思い出そうとしていたので、その念に掻き消されたのかもしれない。新居浜《にいはま》の乾いた空気のなかでは細部まで再現できた顔が、どうした事か都《こちら》では滲む。

その朝、修文は猫の気配によって睡眠を終了せしめられたのである。音を寄せ付けぬ筈のバルコニーの硝子が、かちかちと鳴ったように感じた。外から引っ掻いている音だった。それで修文は一刹那、自分は未だ田舎にいると錯覚し、上京の事実全般、長い夢であったと勘違いしかけた。隣家の老婦人が放し飼いにしている猫は、修文の実家も続きの一軒と信じている。婦人の窓が開かないと、屋根を跳び移って修文の窓を引っ掻きに来る。放っていれば諦める。寝床の感触やピアノの匂いから瞼を開くまでもなく孤独な目覚めであると悟ったのだが、同時に手指が痺れて刻々と冷たくなっていくような、およそ経験した事のない気怠さに襲われた。それで横向きになって手足を縮めて、少なくとも薫との再会に歩を進めているという風に考えようとしていた。

起き上がってから猫の事を思い出した。死んだ女が飼っていた猫かもしれないと想像してみたが、岡山好みの出来過ぎた話と云えよう。もう三代も前の住人なのだし、いくら猫でも七階まで容易《たやす》く上がってこられるとは考え難い。そもそも現実の音だったという確信がなかったから、戸を開けてみようとはしなかった。

戸の下半分は筋の入った曇り硝子である。上半分は街の上空を切り取っている。間引かれた建物と仄暗い空が、見慣れないのに那辺《どこ》か懐かしい異景を成して、その手前に墨で引いたようなバルコニーの手摺がある。

携帯電話で時刻を見ると未だ八時前だった。母から複数の簡易メールが入っていた。一便にまとめきれず分割したのだろう。父が母に携帯電話を渡した時、修文がメールを手解きした。

その際に試験的に送信し合って以来、初めての受信だった。よくやり方を覚えていたものだ。マニュアルと首っ引きで打ったのかもしれない。各便の冒頭は、新しいお住まいは――お父さんは少し寂し――どうぞお体に気を――といった調子であったから、取り急ぎ読もうとはしなかった。

ボストンから道具を出して歯磨きした。流し台の横で平べったい電磁焜炉《こんろ》が味気なく輝いている。家から焦げ付いて使わなくなっていた鍋とフライパンを持ってきた。台所に余っていた皿や椀も持ってきた。しかし箸やスプーンは忘れてきたと気づいた。庖丁やまな板の事も考えなかった。煮炊きばかりはできる次第だが、味噌汁にはお玉杓子、鍋で飯を炊くには鍋蓋、茶や珈琲には急須やフィルターと、常に何某《なにがし》かが足りない。

必要な買物を数えあげればきりがなさそうなのに、どうしてか修文は退屈な思いにかられた。ともかく歯を磨き終えたら不足品を紙に書かねばならない。見知らぬ街を歩きまわって、それらを安く買わねばならない。外食は高くつく。昨日の饂飩も安くはなかった。早めに算段しておくに越した事はない。今度はボールペンと手帖を取り出した。

ピアノの上で、思いついた物や食品を書き連ねる。冷蔵庫と書いた時、日持ちのしない食品は購入に慎重を期さねばならないと悟った。それとも真っ先に冷蔵庫を買うべきか。今時の冷蔵庫は幾らくらいするのだろう。漫然と色々に考えているうち喉が渇いてきた。寝ていたままのスウェットの上下に昨日の上着を羽織った。エレヴェータの中、今度はどんな人と乗り合わせるだろうかと身を固くした。しかし誰も乗って来なかった。エントランスの掲示板にごみ出しに関する注意書きを読んだ。矢鱈《やたら》と分別が細かく、到底憶えきれそうにない。書き写して部屋の壁にでも貼っておく他なさそうである。外は昨夕より一層寒かったが、寝惚け頭を冷水に洗われるようで、それなりに心地好い。

東京で迎えた初の朝、まず修文が目にした人物は、このとき電柱の蔭から現れた犬連れのホームレスであった。不潔な風姿《なり》ではなく、それどころか縞の三揃いで粧《めか》し込んでいるのだが、どうも寸法が合っていないうえ、靴の取合せもちぐはぐである。髪の伸びた頭にバケツのような帽子を載せている。そんな恰好で見窄《みすぼ》らしい犬を散歩させている。犬は後肢《あとあし》の片方を欠いており、跳びはねるように歩く。男の歩みは犬を気遣ってのんびりとしている。この初老の人物はホームレスに見えるが、同時に宗教者にも見える。

修文は男に好感を懐《いだ》いた。この人に、冷蔵庫は何処に売っていますかと訊いてしまえば、有用な回答が得られるにせよそうでないにせよ、一日の行動の指針となるのではないかと考えた。相手の反応を窺いつつ犬へと近付いてみた。しかし偶然か、犬にも男にも反対側に顔を背けられてしまい、声を掛けるには至らなかった。

ひん、という金属質の音が修文の耳を刺した。男の靴が誤って犬の足を踏んづけたのだった。失礼しました、と男が丁重に詫びるのが聞えた。愉快で、何だか不気味でもあった。犬の悲鳴は低い空にいつまでも残響した。

路を折れた先にコインランドリーを見出し、近付いた。商店を改装したと見える構えは古惚けているものの、稼働しているようだ。当面洗濯機は買わずにおいて、下着類はシャワー室で手洗いして、大きな物だけ此処で済ませるのが得策かもしれない。端の引戸が開いている。入口とも人口とも読める左右対称の貼紙がある。験《ため》しに踏み入ると、乾燥機が回っているせいで異様に暖かい。暑い程である。たばこの匂いがする。乾燥機が並んだ奥に漫画雑誌が堆積した穴蔵のように見える場所があり、髪を金色に染めた若い女が居座っていた。円椅子の上で膝に雑誌を広げ、罎《びん》入りのカクテルを呷《あお》っている。同じ指にたばこも挟んでいる。

修文に気づいて顎を突き出してきた。出ていけとの仕草だと思い、踵《きびす》を返そうとした。

「違うって。呼んだんだって」と女が発した。幼さを帯びた甘え声だった。

修文は振り返ったままで突っ立っていた。

「又戻ってくる?」

孰《いず》れ利用する心算《つもり》なので頷いた。女は店番だろう。

空になったらしいカクテルの罎を振って、「じゃ、何《なん》か買ってきて。こういうの。お金払うから」

「何処で」

「コンビニにあるから」

ランドリーを出て、女が指差していた方角に進んだ。大通りに出た。自動車が途切れるのを待って渡り、昨日《きのう》遠目にコンビニエンスであろうと目星を付けていた店へと至る。自動ドアが開く。コンビニに間違いはなかったが故郷《くに》では見た事のない高級デパートのような造りで、陳列された商品も皆、小洒落ている。通りに面した一角に買った商品をそのまま飲食できる場があり、通勤途中の人々が行儀良くサンドウィッチや菓子を啄《ついば》んでいた。

保冷棚を目指して奥に進む程に、目につく商品は見慣れた庶民的な物へと変化した。ここで又修文は、東京という土地の本質を垣間見たような気がした。適当なカクテルを二罎、それに自分のパンと日本茶のペットボトルを買い、袋を提げてランドリーに戻った。女は穴蔵から抜け出して乾燥機の円窓を覗いていた。その姿から修文は漸《ようや》く、女がこの店の客に過ぎないのを知った。

「あ、本当に来た」と失礼な喜び方をした。

修文は罎を立て続けに手渡した。女は代金を払おうとしない。

「お金」と修文は云った。

「本気?」女は心底愕いたような顔付きをした。平板な眉目に似合わない派手な化粧のためか、どうも容貌に捉えどころがない。面倒臭げに罎を洗濯機の上に並べ、出鱈目にも見える重ね着の何処からか長方形の蝦蟇口《がまぐち》を出して、「大きいのしかない。あ、一本分なら」

修文は小銭を受け取った。一本分に満たなかった。「一本返して」

女は一層驚いて見せ、吐き捨てるように、「飲めよ?」

「家で飲むよ」

「今飲めよ」

「了解《わか》った」手近な方の罎を取って蓋を捻じ開けた。カシス云々と書いてあったがよくは読まなかった。

「駄目。そっち飲む」と女の手に奪われた。

修文はもう一本を取った。

女は罎を傾けながら、「何《なん》か態度がむかつくんですけど。何処の子?」

答えなかったのは、ただ返答に窮したからである。昨日の朝までは新居浜の工務店の倅《せがれ》で通った。今は何処の誰でもない。

「こんな時間にそんな恰好って近所でしょ。何処の寮?」

修文はかぶりを振って、「直ぐ近くの、風月荘という――」

「なんだ、同じ建物《とこ》か」

「なら、貴女《あんた》も音楽」

「御兄《おにい》さん、発音変じゃね? 職場職場。そうか、田舎から出てきたばっかりだ。何階?」

「ええと、七階」

唇から離した罎の口を女は寄り眼に見凝《みつ》め、軈て此方に視線を戻して、「若《も》しかして花音ちゃんの処?」

女は部屋まで付いて来た。付いて来ているとは思わず職場とやらで小銭を調達するのだと期待していたら、七階までエレヴェータを降りなかった。降りてから初めて、室内を見せろと云いだした。ランドリーの洗濯物を放っていて構わないのかと問えば、毛布だから時間がかかると云う。

「どうしたの。何じろじろ観察してんの」と女が修文の視線から逃げる。

確かに観察していた。学生には見えない。朝から酒を飲んでいるのだから、真当な勤め人でもない。どういう積もりで部屋に這入りたがるのかを想像するに、好ましい理由は泛《うか》ばない。真逆《まさか》早々に自分に恋をした訳でもあるまい。金に困っている事情でも語って更に集《たか》ろうというのだろうか。

鍵を手にした修文は咳払いをして、「何《なん》で中を見たいんや」

「だって花音ちゃんの部屋だし」

「今は儂《わし》の部屋なんじゃやけど」

「花音ちゃんで通じんだったら、色々と聞いてるっしょ。会えた？」

ここに至って修文は遂に悄然となった。岡山が得意げに披露したのはあくまで噂話であり、生前の花音とも面識はない口振りだった。しかしこの女は花音を知っており、その亡霊についても確信している。修文は相手がどうとでも取れるよう、ゆらゆらと頭を振った。女は嘲《あざけ》るように笑んで、又「這入らせて」と云った。修文は鍵を廻した。亡霊の噂など気に留めていないと示す積もりで、とっとと上がり込んでピアノの椅子に腰掛けた。女は検分するように玄関から部屋を見回した。床に蒲団敷いてる、と見た通りの事を云う。

「ほんとに越してきたばっかりなんだあ」

「昨日」

「でも花音ちゃんもそんな風にしてた。マットレス直に敷いて寝てた」

「住んどったんか。ただ練習室じゃやなしに」

「寝泊まりしてたよ」

女が靴を脱ぎかけたので制するように名前を問うと、かすみ——霞か雲かの霞、御兄さんは、と返した。修文は教えかけたが、途中で莫迦らしくなり唇を閉じた。相手が本当を名告《なの》っているとは思えない。コンビニエンスで買ったコロッケパンの袋を開けて齧《かじ》り始めた。女は上がってきてピアノの反対側に肘を突いた。黒光りする屋根にその肩と横顔が細長く映った。見返って、緊張しているのかと訊いてきた。修文は否定した。

すると女は躊躇も澱みもなく、未だ朝だが金を呉《く》れるなら直ぐにでも自分を抱いていい、若し護謨《ゴム》があるなら、と云った。

修文の味覚はコロッケもキャベツも判らなくなった。「職場いうて、何の職場や」

「え?」霞と名乗った女は、寧《むし》ろその問いに驚いたようだった。「風俗。あ、でも今の相談は店とは別。店を通した客と本番したのがばれたら馘首《くび》だもん。だからバイトとして」

修文はパンの残り半分を口腔に詰め込み、ペットボトルの茶を飲んだ。それから慌ててたばこを喫い始めた。たばこが半分になった頃、ようやっと霞に、この建物はその種の施設として利用されているのかと質問した。女の回答はふらふらとして筋が見えづらく、修文は幾度も聞き返したり、時には詰問の調子となった。

要約するならば、同目的で業者に借りられている部屋は界隈に点在しており、このマンションでは自分のいる三階の部屋と、恐らくもう一室あると思われるが、どの部屋かは特定できていない。店というのも実相は別のマンションの一室である。日に一度、売上げを渡しに出向くものの接するのは係の男のみで、他の女と顔を合わせる事はまずない。そんな具合に電話の指示で動いているだけだから、きっと女の誰も店の委細は知らない。職場である今の部屋には清潔にしておく事を条件に寝泊まりを許されているが、店の調整次第では暫《しばら》く他の女に空けねばならない。するとインターネットカフェで過ごしている。花音が生きていた頃は、此処に居させてくれたから助かっていた。

「花音ちゃんも同じような仕事をしてたと思うよ」と霞は云った。

「嘘吐《こ》くな」と修文は即座に否定したが、惟《これ》といった根拠はない。花音という女の事は何一つ知らないから、擁護する必要も嫌悪の必要もない。只《ただ》、この奇妙な部屋を起点として歩み出そうとしている、自分を愚弄されたように感じたのである。

「グランドピアノに占拠された部屋でか」と思い付いて云い足した。

「茲《ここ》でじゃなくて、先刻《さっき》云った別の部屋にでも通ってたんだと思うよ——私は思う、だけど。変な時間に部屋を空けてる事があったし、此方《こっち》の事情は全部分かってる感じで居させてくれたし」

花音の後の住人も居させてくれたのかと修文は訊いた。自分は一期《いっとき》北陸に暮らしていた、と霞が身の上を話しだして又道筋が見えなくなった。

常客だった大層年上の男から求婚された。物腰が柔らかいし過分なほど自分を賛美してくれるので好きな客の一人だった。慣れた生活に留まるか、それとも足を洗い時かと迷っているうち、男の母が死んだ。老いた父親を放っておけないので北陸に帰って家業を手伝うと云いだした。北陸という響きは霞に広大無辺の風景を感知せしめた。意を決して入籍し、男の帰郷に追随した。

北陸の何処かと修文は尋ねた。富山だが、夫は北陸としか表現しなかったと霞は答えた。家は酒屋だった。暗く心淋《うらさび》しい店内で旧《ふる》い顧客からの電話を待つばかりの小商いに、年金受給している老人以外の入り込む余地は乏しく、夫は早速暇を持て余して外に職を求めるようになった。優しかった舅《しゅうと》の霞への態度が急変した。夫が出掛けていくや家政婦に対するように那是《あれこれ》と命じる。不服顔をすれば、折角《せっかく》の教育に有難味を感じていないと叱咤される。他方、何彼《なにか》につけて手や背中を触ってくる。夫が自分の前職を洩らしたに違いないと霞は云う。しかし厭な事ばかりの暮しではなかったから、やんわりと舅を諫《いさ》めてもらう心算で夫に相談した。

数日後、その手から、あとは霞が署名捺印するばかりに調えられた離婚届が渡された。霞は夢現《ゆめうつつ》のまま署名をし、印鑑は旧姓の物しか持たないのでどうすればいいかと問うと、此方で捺《お》しておくからと云われた。そうして翌日の晩、霞の身は再び、北陸行の起点であった新宿の路上にあった。已むなく辞めた店に電話すると、北陸での半年間が幻だったかのように、鍵ならあるから取りに来いと告げられた。霞は当風月荘《ここ》に舞い戻った。数日を経て、七階の花音が死んでいた事を知った。例によって自室を空けておくためにこの部屋を訪れたら、男が出てきた。花音は飛び降りて死んだよと教えてくれた。

あ、と女は不意に蝦蟇口を出して中身を確かめ始めた。証拠品でも取り出すのかと待ち構えたが、ただ金額を数えただけのようだった。小声でなにやら計算を口にして、此方を向き、

「どうする？　――三万で最後まで可いけど」

修文はかぶりを振った。「金が無い。コンドームも無い」

「護謨《ゴム》、取って来ようか」

再びかぶりを振った。

「そう。そういう感じじゃないなら、別にいいよ。私としてもタイプじゃないし」

刺々しく云われて修文は寧《むし》ろほっとした。霞の見て呉《く》れや言動を斟酌《しんしゃく》するに、金を吝嗇《けち》って欲求を怺《こら》えていると思われるのが最も厭だった。尤《もっと》も見切り発車のようにして始まった新生活にこれから補っていくべき諸々や、否応なく生じるであろう空費を思うに、預金の残高が心許ないのも事実である。

「バルコニー出ていい？」霞の態度は一層粗野になった。

修文は手を向けて自由にしろと示した。

「カーテンが要るよ。外に遮る物が無いから夏が凄いんだ」と家主を気取ったような物言いをし、慣れた手付きで錠を開く。街の騒音と思いがけない冷気が這入り込んできて小部屋で渦を巻いた。「履く物《もん》無いんですけど。出た事ないんだ？」

「其処《そっ》から飛び降りたいうて聞いた」と確かめるように修文は云った。は？　と霞が聞き返したので、声を大きくして繰り返した。

「ああ、だから恐くて覗けないんだ」

「危ないか思うて」

「手摺に上がんなかったら墜ちないよお。景色佳《い》いんだよ」霞は笑いながらピアノと壁の間を通って玄関に向かい、自分のミュールと修文のスニーカーを両手に抓《つま》んで戻ってきた。

この機を逃せば当分出てみる気になるまい。猫の実在の是非も確かめておきたかった。修文は腰を上げた。霞は既にミュールを履いて、その踵のぶんを足しても肩の高さまである手摺に、両腕でぶら下がろうとしている。スニーカーを突っ掛けて隣に立った修文は、あ、と愕きを声にした。

「初めて見た?」

「おう。うん」

ビルディングの狭間狭間で、白と灰色に塗り分けられた河のような高速道路が、朝の光を茫然《ぼんやり》と照らし返している。そしてその向こうには、巨大な獣の背のように盛り上がった、或いは錯覚によって非道《ひど》く窪んだ湖にも見える深い緑が、延々広がっているのだった。暈《ぼや》けがちな建物が並んでいる辺りが杜《もり》の果てであろうと見当はつくが、それらを頭の中で浮島に見立ててしまえば、一体何処で尽きるとも知れない、広大な上下反転の湖である。

「このくらいの高さが絶妙。何処までも続いてるみたいっしょ」と霞も同じ事を云った。

「全部明治神宮か」

「何処《どっか》から何方《どっち》かが代々木公園」

「東京タワーは何処《どっち》」

霞は拇指《おやゆび》の先で後方を示した。

花音、と修文は初めて発語した。他人の舌が喋っているような奇異な心地がした。「——は、猫飼《こ》うとったか」

「猫コート？」

「猫、は飼《か》っていたか」と標準語で云い直した。孰《いず》れ慣れねばならない。「朝、猫が硝子を引っ掻いたような気がした」

「何も飼ってなかった。後からの人達は知らない。でも上がってこれないっしょう此階《ここ》まで」

修文は靴の下の長い浴槽のような空間を見渡した。階にも依るのだろうが少なくともこのバルコニーは独立して宙に突き出しており、隣室から這入り込む事はできない。猫が渡れるような壁の出っ張りも見当らない。

「仕事を辞めてから北陸に行くまでの一週間くらい、仕方なく相手の部屋に居たんだ。そいで新幹線に乗る朝、新宿で一寸《ちょっと》時間を貰って此処まで走ってきて、花音ちゃんに挨拶した。一緒にこの景色を眺めながら、誰よりも一番倖せになってねって云ってくれた」

ほうか、とさして興味もないまま相槌を打ったら、唐突にシャツの袖を摑んできた。又売笑の交渉が始まるのだと思い、払おうとした。

「後で聞いたら、その日、もう花音ちゃん死んでたんだよね」

テレビで詰まらないゴシップを聞かされたような忌々しさが、眼前の景色に紗《しゃ》をかけた。そんな内心を表す積もりで、ほうか、と今度は強く短く云った。

伝わったらしく、霞は悔しそうに、「事実だもん」

「ほいなら今も視《み》えて話せるんか」

「会えるかと思ってたのに」と霞は口惜しげに云った。稍《やや》あって、あ、と何か思い出したように振り向いた。「口だけだったら二万でいいけど」

「金が無い」

不意に屋内から電子音の円舞曲《ワルツ》が響いてきて、共にぎょっとなり振り返った。

「なに——玄関？　前はこんな音楽じゃなかった」

「ジュ・トゥ・ヴ。お前が欲しい」

「人が来る前に云えよ」

「曲名じゃ」

修文は靴を脱ぎ玄関に向かった。ドアは独りでに開いた。

出たか、と問いながら岡山が這入ってきた。コンビニのレジ袋を提げている。霞の姿に気づいて小声で、「なんだ、おい、恋人《かのじょ》も上京してたのか。本当はいたんじゃないか。大丈夫か」

「どうぞ。あの人は、よう知らん人」

「何云ってんだ」と岡山は勘違いのままませせら笑うと、「これから秋葉原でバイトなんだよ。気になったから寄ったんだけど、一瞬にして消えっから」

「こんにちは」霞が余所《よそ》行きのような声色で挨拶する。此方の会話が聞えていたとすれば、片時の芝居を愉しんでいるのである。

「バイトいうて」と岡山に尋ねかけて、なんら興味を懐いていないのを自覚した。バルコニーへと出る前の場所——ピアノの椅子の上に戻ろうとした。

肩越しに岡山が青い短冊を渡してきた。「昨日渡すの忘れてた。今晩、ライヴ。この近く。来るだろ?」

「誰の」

「己《おれ》。己のバンド」

考えて、断る理由もないので頷いた。

岡山は反対の手を伸ばしてきて、「千五百円だから二枚で三千円」

招待を受けたと思っていたので面喰らった。「二枚?」

岡山は霞に視線を投げた。修文も霞を見た。

「何時」と霞は岡山に尋ね、八時くらいとの返答に首肯して、「仕事が入んなかったら行くよ。買って」と修文に強請《ねだ》った。

「自分で買えや」

「買ってやれよ。——あ、嘉山です」岡山は霞に助太刀をして一礼した。自ら岡山ですと名乗ったように聞えた。

修文は吐息し上着の内から財布を出し、「今?」

「店の入口で払ってもいいけど、チケットで持っといた方がいいんじゃないか。地図が載ってるから」

買った。一枚を霞に渡した。

「金あるんじゃん」と云われたのは黙殺した。

「で、視たか?」

話題を遠ざけるべく、ただ眉を顰《ひそ》めて頭を振った。花音についてとなれば又霞が喋る。取り留めない長広舌を岡山は自分好みに曲解し、広めようともするだろう。部屋の住人である修文には一層不快な事態になろう。

「そうか」と岡山はどこか嬉しそうにした。

幽霊が出ると主張し、視たかと問いにきておいて、視えないと聞いて安堵している岡山は自己矛盾している。合点のいかぬ思いで霞と談笑する横顔を観察していて、修文はその優越心を発見した。花音を目にして会話できる霊感が、生得《しょうとく》の才《さい》を象徴するものであるなら、岡山にも霞にも劣った自分が今、立証されようとしている。この種の成行きに於いて、視えたと他人や自分を偽る世渡りが修文には難しい。劣るが悪いかと意地になり、決して視るなと自分に云い聞かせる程である。

岡山はペットボトルのコーラを買ってきていた。「ノンカロリーだ」と自慢げにする心理も修文には解らない。容れ物を所望されて段ボールを掻き回した。実家で珈琲紅茶を飲んでいた砥部《とべ》焼きのカップの他には、飯茶碗しか見つからない。岡山と霞が茶碗で構わないと云うので、それらを水洗いした。洗剤は無い。布巾も無い。手で振って水を切る。

「そうか、まだ冷蔵庫も無いんだったか。早いとこ色々調達しないとな。グラスに、布巾に、生ごみの——」と岡山は勝手に数えている。

「追々《おいおい》、揃えるけん」

「追々？」と岡山は歪んだ顔を一層歪めた。「リハーサルが四時半からで、五時には一旦体が空くから、お前ライヴハウスに来とけよ。一緒に新宿まで足延ばして、冷蔵庫だの何だの調達しよう」

思いがけず親切な申し出の、真意の程が量り兼ねた。「いや追々で。出演前は其方《そっち》も忙《せわ》しかろうし」

「その気になれば一時間で済むって。その気になるのが下手な奴は卒業まで不便なまま我慢して、後で東京は不便な街だったとか云うんだ。お前、そういう柄《タイプ》だろ」

三

中学生の時、テレビでルイ・マル監督の『ルシアンの青春』を観た。

ぽかんと明るい映像とは裏腹に戦時下の悲惨な青春が描かれた映画だが、この冒頭で流れる音楽によって修文は金縛りに遭った。少年なりに懸命に調べて、一九三〇年代、ジャンゴ・ラインハルトとステファン・グラッペリを軸に活動していたホットクラブ五重奏団の演奏だと判った。親にねだってCDを手に入れた。部屋でヘッドフォンを被り息を詰めて再生したが、同曲が始まっても一向にあの金縛りめいた感覚は得られなかった。期待外れだったというのではない。名演奏をおおいに愉しみ、解説文からは楽団に関する知識を得て、自分が一段高い位置に上ったような心地がした。ラインハルトの操った楽器が単なるギターであること自体、解説を読む以前の修文は気づかずにいたのである。特殊な民俗楽器のように思い込んでいた。その左手が不具で殆どの演奏を人差指と中指だけで熟《こな》していたと読み、知識として級友に披露したけれど信じてもらえなかった。

一枚のCDを毎日毎晩、曲間の空白が記憶されるほど聴き続けた。しかし自分が景色の内に焼き付いてしまったような、そのまま影を過去に置き忘れてしまったような、曾《かつ》てと同様の感覚へ導かれた晩はなかった。図書館に通い、又小遣いも貯めて、同時代のジャズを聴くようになった。教養は増した。しかし異様な体験は訪れなかった。音楽愛好とは則《すなわ》ち、こうして幻の一刻《ひととき》を追い続ける事なのだろうと思うようになった。段々と修文はラインハルトやグラッペリを忘れていった。

夏、父親の自転車を借りて遣いに走っている時、起きた。頭の中で〈マイナー・スウィング〉が高らかに鳴り響き、修文はこの幻聴に驚いてハンドルを誤り、電柱に身を強《したた》かぶつけた。自転車を降りて田舎道を見渡したが、飛ぶ鳥、風に揺さぶられる草木、他に動いている物はない。ハンドルのずれを直して今度は慎重に走り始めた。冷静に考えていれば、散乱する陽光の為した映像《フィルム》を彷彿《ほうふつ》させる景色が、脳内に『ルシアンの青春』を再生せしめたに過ぎない。しかし修文は、曾ての希求が何を欠いていたか判ったように感じた。

以後はテレビも映画も、重ねてある音楽ばかりを気にしている。聴覚が主、視覚は従で、瞼が落ちても耳が起きていれば十全に視聴したつもりで、画《え》を見ていなかったのを忘れる程である。映画館に通うようになった。音に重きを置いて映画を味わっていると、娯楽映画は効果音ばかり派手派手しくて退屈する。取り澄ましたような芸術映画が音に無神経で、噴飯ものに滑稽な事もある。ドキュメンタリ映画は出来合の音楽を嵌めて済ませている事が多い。しかし、そのぶん選び抜いてある。

高校時代、公民館の上映会で、数年に亘ってタイの貧困地域に取材したドキュメンタリを観た。野生の象と隣合せに暮らしてきた村人たちは、いま余りにも貧しい。絶滅に瀕している象たちに情けをかける余裕はない――。この映画に織り込まれていた音楽に、修文は一つの理想を見出した。陽気な動物映画を期待して足を運んでいた騒々しい親子連れたちは、どの程度まで気づいていただろうか。音楽は徹頭徹尾、唯《ただ》一本のギターであった。零《こぼ》れ落ちるようにアットト・ランダムな音列は、瞬《とき》に切なく、瞬に不気味な予感を孕《はら》んだ。映画に修文の心は共振して、つい闇の中で泣きじゃくったが、映像と字幕だけからそうも魂を揺さぶられたとは考えられなかった。

上映が終わり照明が点くと、観客は半減していた。修文は機材を片付けている一青年に次は何処で観られるかと訊いた。青年は仕事を中断して上映日程の載ったチラシを呉れ、それだけでは物足りない顔でいるのを見て取り、鞄を運んできて制作の経緯が記された資料を読ませてくれた。音楽についての記載もあった。雨木《あまぎ》一夫《かずお》というギタリストによる、映像を観ながらの即興演奏とのことだった。翌週、修文は隣市の上映会まで足を運んだ。映画とその音楽は色褪せておらず、寧《むし》ろ一層に鮮やかだった。

　雨木一夫は一般に全く無名である。他に如何なる活動があるのか、幾つくらいの人でどういう経歴の持ち主なのか、修文からして何も知らない。奏法はクラシックのようだったがフラメンコやジャズ畑の人かもしれない。秋野修文は幼い時分から何彼《なにか》につけ固陋《ころう》である。新しい洋服を与えられても頑なに古びたのを着続けるような習性がある。例えば学校では陸上部に入っていたが、体育での短距離走の記録に瞠目した顧問に無理やり引き込まれたに過ぎず、人前で走るという、ただそれだけの行為にどうにも馴染めなかった。ぺらぺらのユニフォームや競技会の雰囲気も不快だったから、膝を怪我したのを格好の言い訳に、大会予選を前にして辞めてしまった。例えば雨木一夫に心酔し乍《なが》ら、自分もギターを手にして拍手を浴びてみたいという発想には一向至らない。今更に新しい事を始めても、一生の内には習得しきれまいと判断するのが修文である。

　この保守的な少年が不図《ふと》、映画音楽に憑かれたというのは、つまり稀有な出来事だった。だから工務店の跡取りを虚しく感じてきた頃、それに縋った。他に縋るものが無かった。ピアノは弾ける、次に映画のからくりを深く識《し》る必要がある、絵は下手だから美大には入りようもないが、文学部でなら脚本書きのような事は学べると、父親との諍《いさか》いの日々に於いて発想した。陸上の対極が文学であるかのような思い込みも背中を押した。

　入ってみた文学部に、脚本の講義など用意されてはいなかった。時々雑誌に小説を発表している現代文の講師が「君ね、そういう実践的な技術を学びたいんだったら、寧ろ専門学校だよ」と教えてくれた。専門学校を選択の分母と捉えるようになって初めて、改めて音楽の先生に師事して学べば、今よりは雨木一夫に接近できると考えるに至った。この男の頑迷なこと、映画『象の居る村』を鑑賞してから音楽を志すまでに五年、『ルシアンの青春』からは八年を要している。……

暗い階段を下りていくと灯りの点いた小窓があり、おてもやんのような化粧をした若い女がその顔を突き出して「お早うございます」と挨拶してきた。修文は足を竦めた。

「あの」

「何方《どちら》の」

「はい?」

「何方のバンド」

修文はポケットから入場券《チケット》を取り出し、初めてそこに五組の名称が記されているのを見て取り、「八時くらいからの」

女は用箋挟《バインダー》に視線を落して、「ストーレンハッツでしたら、もうリハーサルに入ってますけど、スタッフの方ですか。お名前は」

「いや、スタッフいう訳じゃ——メンバーの岡山さんから、来るように云われたもんで」

「じゃあどうぞ」と投げ遣りに黒塗りのドアを指し示された。後から名前を間違えて云ったのに気づいた。上手く誤聴してくれたのかもしれないし、勘違いしている人間は少なくないのかもしれない。

ドアを引いた。それ以前から低音は響いていたものの、開いてからの轟音には肝を抜かれた。音楽の会場は初めてではないが、客が入っていない間の音はこうも刺々しく喧《かまびす》しいものか。舞台中央には岡山がいて、マイクスタンドにぶら下がるような姿勢で熱唱している。徒《いたず》らに荒々しく、詞《ことば》が何語かも聞き取れず、修文にとって好もしい歌い方ではない。しかし予想していたよりは佳い声だった。音程も悪くはない。最終的確認の演奏だったらしく、間奏の途中で岡山はバンドに演奏を已めさせ、「本番、宜しくお願いします」とマイク越しに云ってステージから飛び降りてきた。

まっ直ぐ修文の前に来て、「出音《でおと》、どうだった?」

「音?　よう判らん」

「歌、よく聞えなかったか」

「いや聞えたよ。巧いんで驚いた」

「そうか」と岡山は喜んだ。

舞台袖から出てきたメンバーと引き合わされた。ギタリストにベーシストにドラマー。ベーシストは眼鏡をした女性だった。口髭を蓄えたドラマーは、自分よりだいぶ年上に見えた。

「同じ学校のシュウブンだ」と岡山は紹介していた。修文は訂正しない。醜聞と同音だから音読みされるのは好まないが、よしふみと読める人も少ないので小供の時から諦めている。

「此奴《こいつ》の買物に付き合ってくるから」

岡山はメンバーに云い置いて、修文を外に連れ出した。

「好《え》かったんかね。本番の打合せがあるんじゃ――」

「だから一時間で済ませる。多少オーバーしても三十分前には戻れるさ。金は持ってきたか」

「少し。ほいじゃけどクレジットカードがある」

「親の？」

「自分の。先日《こないだ》まで働きよったけん」

「やっぱりそうか。なんか老けてると思ってたよ」相手がずっと年長かもしれぬ可能性にも思い至った筈だが、別段態度を変えるでもない。「で、何だっけ。冷蔵庫と洗濯機と――」

「洗濯機はええ。当分コインランドリーで済ます。近くに在った」

「そうか――まあいいか。オーディオは」

「要らん。パソコンで聴ける」

「電子レンジ」

「要らん。実家でもほとんど使《つこ》うとらんし」

「独り暮しには便利だけどな。ベッドは」

「取り敢えず考えとらん。実家でも蒲団じゃった」

「畳だからだろ。変に拘らずにソファベッドでも買っとけ。今なんてピアノの椅子しか坐る場所がないじゃないか」

「床がなんぼでもある」

「阿呆か。鍋やフライパンは」

「ある。ほいでも庖丁や俎《まないた》は無い」

「炊飯器も要る」

「要らん。鍋で炊けるよ」

「余裕があるなら買っとけ。飯まで鍋で炊いちゃ焜炉《こんろ》が足りなくなるだろ。炊飯器ってのは飯以外にもあれこれ料理できて、意外と便利なんだ。序《ついで》に秘訣集《レシピ》も買っとけ」

「要らんって」

岡山は聞えない素振りで、「コップが足りてなかったな。庖丁に俎に、食器、洗い桶、洗剤、布巾――そういうのは百円ショップで充分だろう。帰りに寄って三千円ぶんくらいざっくりと買い込もう。あ、それからカーテンだ。見たところレールの位置が高いからさ、既製品だと一番長いやつだ。ベッド見るとき特価品をチェックしよう」

「いや、あの」

「何だよ」

「カーテンや食器はじっくり選びたいし、追々――」

「まだ云ってやがる」岡山は歩みを速めて態《わざ》と修文に追わせた。「お前、あの部屋に実家の生活を持ち込もうとしてるだろう。彼所《あそこ》を家だと思ってたら、あれも足らんこれも足らんで鬱病になるぞ。長期滞在のホテルくらいに思っとけ。長く愛用できる品物なんか選ぼうとすんな。仮に卒業まで住むとしても唯《たった》の二年。専科まで行っても唯三年――その期間をさ、そこそこ便利に過ごせりゃいいんだ。本気の助言だぞ」

修文は聊《いささ》か不満である。それ以前に不可解だった。この男は他人の生活になぜこうも心を砕くのか。久世花音が暮らした部屋に住んでいるというのは、そうも大変な事なのか。それとも余程のこと心霊現象に興味があるのか。

踏切の手前で、岡山は遮断機が下りてもいないのに足を止めた。

「エッジだ」と線路際の店を指差す。こう近接していては電車が通るたび地震に見舞われたように揺れることだろう。硝子の塡《はま》ったドア越しに乱雑な店内の一部が見える。「今は時間が無いから素通りだ。そのうち紹介する」

「バーかいね」

「そんなとこだ。夕方からやってて定食も出すから、必定《きっと》お前も通う事になるだろ」

踏切を渡って奇妙に広い歩道を足速にしていると、五分足らずで縁日ばりの殷賑《いんしん》の最中《もなか》に出た。

「新宿か?」

「新宿かと問われりゃあ随分前から新宿ですが、まあ茲《ここ》も新宿だ。この辺、初めてなのか」

修文は首肯《うなず》いた。何だか誰も彼もが急いでいる場所である。自動車の動きも、混んでいる癖に忙しない。家電量販店が並んだ、恐ろしく喧しい通りへと連れ込まれた。店頭からの音楽と拡声機を通した呼込みの声の所為《せい》で、岡山との会話すら覚束ない。革ジャンパーを追って入った店内が又、戦場宛《さなが》らだ。まず狭い。元々窮屈に配置された棚の上のみならず手前に並べた陳列台にも自重で崩れる寸前まで商品を詰めて、来る人と擦れ違うのも儘《まま》ならず、恰《あたか》も塹壕《ざんごう》内の移動である。そこに一つの音楽を大音量で流しているなら未だしも我慢が利くが、何せ売場毎てんでに別々の音楽を流して大概は三つくらいが混じり合っている。嫌がらせに等しい。対抗して、客も店員もみな大声である。一度全部を消して調整しなおす必要がある。満員のエレヴエータの壁際で、漸く岡山と口をきけた。

「物凄い店じゃの」

「田舎にだってこの手の店はあるだろ」

「パチンコ屋でもこうは五月蝿《うるそ》うない」

岡山の買物は——本当は修文の買物だが、兎《と》も角《かく》も手早かった。検討という行為を殊更《ことさら》拒んでいるかにすら見えた。例えば冷蔵庫の並んだ通路に入り込んで、脱する以前に「あの部屋だから、これか、これだ」と選択肢を二つに絞ってしまう。「どっちの色が好い」

双方、似たような鈍い銀色であったから、「色は別にどっちでも」

「じゃあ安い方だ」と決めて、勝手に店員を呼び付けてしまった。

慌てて扉を開けて覗いている修文に、「使い始めりゃ、どれも同じだよ」と云い放つ。

同じ店員を引き連れて電子レンジの区画《コーナー》に向かおうとする。

「要らん云うたじゃないか」

「そうか、炊飯器だった」

強硬に抵抗する気は失せ始めていたし、焜炉の口が足りなくなるという意見には心を動かされてもいたので、温和《おとな》しく追従した。ここでも岡山は一分足らずで選択肢を二つにした。今度は価格が同じだった。見た目も一長一短である。双方とも太った宇宙船のようだ。その一号と二号だ。

「何方《どっち》でもええ」と修文は投げ遣りになった。

「これとこれ、何方で炊いた飯が美味い？」岡山が店員を捕まえて問う。

同等と答えるに決まっていると思っていたら、驚いたことに店員は「此方《こちら》ですね」と片方を示して断言した。「メイカーへの拘りをお持ちでないなら、断然此方です」

店の利得が大きい方を薦められているのではないかとも想像したが、助言を信じる事にした。品物選びより、支払いと配達に纏《まつ》わる取決めの方が時間がかかった。

十分後には近くのデパートの家具売場に居た。降りたエスカレータの真正面に展示されている、地味なソファベッドを岡山は敲《たた》き、腰を下ろして、「これにしろ」

流石《さすが》に面喰らって、「いや一応他も見て――」

「此処に置いてあるんだから目玉商品なんだよ。まわっても一寸ずつ高い品物《もん》を見せられるだけだ。嘘だと思ったら確かめてこいよ。急いでるから一分以内でな」

早足に売場を巡った。そして岡山の持説《ことば》通りであった。そのデパートでソファベッドと、対にして展示されていた抽斗《ひきだし》付きのテーブルと、見切品の丈の長いカーテンを買った。古い学校の講堂にでも提がっていそうな臙脂《えんじ》色の重厚な代物で修文は全く気に入らなかったが、最早この男の選択に逆らおうとも思わなかった。ここまでの買物を安かったとは云わないものの、覚悟していた金額よりはだいぶ低い。

岡山推奨の百円ショップは多少《すこし》離れた私鉄駅のビルの中で、その移動とそこでの細々した買物が、最も時間を要した。併《しか》し乍《なが》ら当初の予定を十五分ほど過ぎた頃、修文は両手に大きなレジ袋を提げ、もう一つの袋を提げた岡山共々、代々木への帰路に在った。

「ありゃ」エッジの前で岡山が声を上げてドアに近付く。「なんだ、此処で食ってたのか」

硝子越しにストーレンハッツの女性ベーシストの横顔が見えた。岡山の背中にくっ付いて修文も足を踏み入れた。軈《やが》てその狭苦しい空間で、初めて花音の顔を見た。

それは写真である。壁にピン留めされた無数の写真の、数葉《すうよう》に、花音が写っていることを岡山が伝えてきた。「貌《かお》が良く判るのは一番奥の瓦落多《がらくた》が積んである上」

「オブジェ」とカウンター内の、頭に布を巻いた女性が発する。

「オブジェだってさ。夕子《ゆうこ》さん、此奴、風月荘のあの部屋の新人」

「あら。もう花音には逢った?」

非道く痩せていた。目許、口許の風情は瑞々しいが、輪郭が骨張っているので老けて見える。実年は三十前後であろう。その口から軽々と発せられた質問に、修文は愕き困惑した。助けを求めて他方を見た。岡山はメンバーの背後から演奏曲が連ねてあるらしい紙を覗き込んでいる。修文の表情の一連を、夕子さんはどうしてか肯定と捉えた。

「なんて云ってた?」と身を乗り出して尋ねてきた。

そのとき店が揺れた。線路を電車が通過したのである。修文はかぶりを振っていた。揺れが収まった。メンバーに指示を与え乍らもやり取りを聞いていた岡山が、

「昨日上京してきたばっかりなんだよ」と助け船を出してきた。

「そう。じゃあこれからね」と夕子さんは納得したように見えた。

「誰でも逢えるんですか」修文は度胸を出して問うた。

「私は逢った事がない」と夕子さんは答えた。「よく喧嘩してたからかしら」

「今更、なんじゃないの」とドラマーが落ち着いた声を響かせた。

「今更、夕子になんか逢いたくないと?」

「悪い意味で云ったんじゃない。花音にしてみれば、夕子さんなら自分の事は何でも分っているんだから、態々《わざわざ》出てきて話さなくても、と」

「なんにも分ってないわ」と夕子さんは笑った。

「そろそろ」と岡山が左腕を突き出した。蜥蜴《とかげ》革と銀細工で飾った腕輪に、次いでに小さな文字盤もちょこんと接着したようなその珍奇な時計は、昨日から気になっていた。欲しいからではなく、仕掛《ムーヴメント》の電池を何処から出し入れするのか想像がつかなかった。

　取り急ぎ、面々の椅子の後ろを通って店の奥へと進んだ。岡山が瓦落多と称したのは、鉄の板や棒を切り、曲げ、熔接して組んだ、抽象立体の一群であった。例えば熱帯の魚のように見えた。別なのは天秤に、又別のは公園の遊具に見えた。暫くそんな気がしていただけであって、良く見れば魚にも天秤にも遊具にも似ていない。ロールシャッハ試験宜しく深層心理を覗かれているような気がしてくる。張り出した棚の上でそんなのが複雑に重なって、想像上の都市のような空間を形成《かたちづく》っている。

「夕子さん、美大出なんだよ」とドラマーが後ろから教えてくれた。後、この男は小河内《おごうち》といって本分はカメラマンだと判った。写真では食えないので日頃は実家の八百屋を手伝っているとも知った。

都市の上空では様々な寸法の写真がコルク張りの壁を被い隠さんばかりである。一枚に写りこんだ髪の長い女が目についた。「これ?」と指差すと、

「それ。真ん中が花音」と小河内が応じた。

姉と同様に整っているが捉えどころのない貌だと修文は思った。それでいて妙に強い貌だとも思った。前歯を覗かせて笑っている。笑っている間を撮った物か、それともカメラに向けられて殊更笑ったものか、印画紙上の結果は同じにせよ、修文は気になった。数枚を隔てた所にも同じ顔を見つけた。今度は横向きだった。人には焦点が合っているのに背景は曇り硝子を隔てたように滲んでいる。どうやって撮ったのかという曖昧な問掛けの意図を小河内は察して、後ろが滲んでいるのは望遠レンズを使っているからで、保管していたのを死後夕子さんに渡した、一種の隠し撮りであると教えてくれた。

「向けると、態《わざ》と変な顔をするから」

その小河内の弁は先《せん》の疑問への解答ともなった。張り出した額から鼻先までの曲線が優雅なS字を描いているのが心地好い。

一人又一人、ストーレンハッツの面々が会計を終えて店から出ていく。夕子さんに頭を下げて追う。

「又おいで」と背中に向かって声を掛けてきた。

ライヴハウスの入口で修文だけ呼び止められ、飲み物の料金を取られた。慌てて追ったストーレンハッツは楽屋へと消え、修文は所在なく立ち尽くして、見知らぬバンドが発する轟音に身を浸した。座席といったら壁際に二つ三つ長椅子があるだけで、客の大半が同様に立ち尽くしている。床に直接坐り込んでいる者もある。既に出演したかこれから出演するらしい風体の者が散見される。合計三十人程度の客のうち、仮に半分近くが出演者だとしたら、今宵出演する五バンドの純然たる客は実に乏しい。他人事《ひとごと》乍ら《なが》落胆した。舞台上のバンドは、ギターを掻き鳴らしながら歌っている男と女性ドラマーの二人組だった。海外に同編成の有名バンドがいるから斬新とは思わないものの、洋服を替えるように流行りの編成を採り入れる軽佻さに、都会らしさを感じて軽い昂奮を覚えた。二人組の演奏はお世辞にも巧くない。中低音を欠いている事もあり、屢《しばしば》どんな音を鳴らしているんだか不明になる。しかし煽情的である。

人が寄り添ってきた。見れば霞だった。氷の浮かんだ紙コップを突き出した。呉れるのかと思い摑もうとしたら、すっと引っ込められた。背後のバーカウンターを指差している。酒は飲まないのかと問われたのだと気づいた。そう云えば引換券を渡された。

「花音を見た」と相手の耳に顔を寄せて教えようとした。成丈《なるたけ》大声で云ったのだが伝わっているという確信が持てない。霞も何か云い返してきたが聞き取れなかった。諦めてバーカウンターに向かった。

メニューを指差して迷っていると、早とちりした店員が氷の入った透明な飲み物を出した。

黙って券と換えた。口を付けたが度数の高い酒としか判らなかった。霞の横に戻った。丁度バンドが最後の曲を終えた。場内が稍《やや》明るくなった。

「部屋で?」と霞が云った。伝わっていたようだ。

「写真。エッジいう店。お姉さんが居《お》った」

「踏切際の店ね。私、入ったことない。なんか色々云われそうで」

「これ、なんやと思う」飲み物を見せた。

霞は捥《も》ぎ取って飲んで、「テキーラ。違うの頼んだんだったら換えてもらえば」

「いや、これで可《え》え」

「友達のバンド、次でしょう? とっとと始まんないかな。仕事が入っちゃう」

マイクスタンドやアンプが置き換えられ、小河内が出てきてとことこばしゃばしゃと太鼓やシンバルを叩いて位置を調整し、ベーシストとギタリストも出てきてばらばらに曲の断片を発して、始まるかと思いきや静まり、軈て又音楽に成りきれぬ音の波が押し寄せては去り、また来て静まり、大概には辛抱強い修文も流石に焦《じ》れ始めた頃、岡山が登場してマイクスタンドに凭《もた》れかかって、舞台と客席の明暗がゆるりと逆転した。

小河内が合図《カウント》を発するものと予想していたが、バンドはごく短いフィルインを経て一気に曲へと雪崩《なだ》れこんだ。良く構築されている。先の二人組の好い加減な始め方とは比較にならない。岡山の歌もリハーサルより佳《よ》い。但し相変わらず詞は聴き取れない。短い一曲を終えて岡山が挨拶し次の曲を紹介する。考え抜かれた台詞《せりふ》らしく澱みがない。ゆったりした二曲めで演奏に粗が覗き始めた。威勢の良い前曲では生気に満ちていたギターが今は辿々《たどたど》しい。時々ベースが螺旋《らせん》を描くように音数を増やして間を保《も》たせている。

演奏は五曲で終わった。修文は拍手を贈った。完成された表現とは評し兼ねるものの、音楽の興に、それを味わえる自分を再認識させてくれた人々に、感謝していた。昂揚していた。離れて立っていた霞が又近付いてきて「帰るね」と告げた。修文の返事を待つことなく遠ざかっていった。

修文は壁際のベンチに空きを見つけ、氷が溶けて薄まったテキーラを手に腰を下ろした。無意識にたばこに火を点けたものの傍に灰皿が見当らない。急ぎ紙コップを空にし代用とした。次のバンドが舞台に現れ準備の雑音を発し始めた。演奏が始まった。ストーレンハッツより聴き易いが、詰まらないとも感じた。歌が、ではない。いま歌っている女と岡山との間に実力上の大差はない。ギターは此方が巧い。

アンサンブルの特徴から云えば、まずベースの役割が違う。此方のベーシストは力任せである。ドラムのリズムを自分に引き寄せんと躍起になっているかに見える。ストーレンハッツのベースは魚の泳ぎのように滑らかで捉えどころが無かった。リズムの牽引はドラム任せ、自分はバンドに足りない音を補っているだけといった、悪く云えば無責任なベースであった。それを許容していた小河内のドラムの力量を修文は思い知った。

ストーレンハッツの面々のうち最初に楽屋から出てきたのは、楽器のケースを担いだベーシストであった。次のバンドの演奏は続いている。修文の姿を見出すと出入口を指し示した。腰を上げて従った。

「お疲れさまです。あ、再入場は――」おてもやんが修文だけ呼び止めようとした。

「打合せです。此処だとお客さんの邪魔だから」とベーシストが黙らせた。

両者は路に上がった。修文は月を探した。見出す前に、「嘉山くんが引き留めといてくれって。来てくれてありがとう。でも今日で解散みたい」と女が云った。

驚いて月探しを已めた。「なんで」

女は小首を傾げた。「私はサポートみたいなもので――巻き込まれたくないし、今日はもう帰ります。又何処かで会いましょう」

楽器を担いだギタリストが階段を上ってきた。「佐久間くん」と女は声を掛けたものの、素知らぬ顔で駅の方向に去った。女は吐息した。

「喧嘩ですか」と修文は訊いた。

「嘉山くんが手厳しいから。でも下手って云ったら、小河内さん以外はみんな下手な訳で」

「理想が高いんでしょう」

「嘉山くん、貴方と新しいバンド作るって」

一層驚き、「作らんですよ。そんな話、聞いた事もない」

「そうなの」女は口許を隠して笑った。建物の二階へと通じる階段に並んで坐り、ぽつりぽつり、如何《どう》という事もない問答を交わした。修文が訊いて、女がどこか澄まなそうに答える。悪い事を訊いたと思う修文が、又別を問う。女が短く答える。

女は沢瑞絵《さわみずえ》といった。小河内の高校での後輩だという。小河内が二十代の前半には見えないから、此方も修文より年上の計算である。ピアノや歌はともかくギターやベースが得意な女を間近にするのは初めてで、存在そのものが不可思議な感じだった。なぜベースという楽器を選んだのかと訊いた。

「まあ色々と」と女は茶を濁した。問われるのに飽きてしまったという横顔だった。

「立ち入った事を澄みません」と修文は謝った。

瑞絵は慰めるように、「云いたくないんじゃないの。理由が無いの」

ぽつりぽつり、別段音楽上の動機からではなく成行きでベースを始め、続けている事を説明してくれた。兄のギターに触っていたという理由で女友達のバンドに引き込まれた。未だ音の低いギターという意識で弾いていて、ベースの何たるかは分っていない。楽器の良し悪しも分らない。いま使っている楽器は色で選んだ。そのバンドを聴きにきた小河内から、此方の辞めたベーシストの代理を頼まれた。呼ばれれば何処にでも加わるが深入りはしない。そんな調子で今は三つのバンドを掛持ちしている。

「青が好きなんですか」と訊いた。

「楽器の話?」

「そうです」と修文は云った。舞台上の瑞絵の抱えた楽器は箔《ラメ》の入った青い塗装だった。

「夢でね」と瑞絵は答えた。「初めてバンドに誘われた時は興味がないから断ったんだけど、その晩青いベースを弾いている夢を見て、起きた時には青い楽器を買わなきゃって気に。それで誘ってくれた子と楽器屋へ行ったら、壁に一本だけ青いのがあって、予算よりだいぶ高価《たか》かったけれど——」

女が喋っている間、修文はずっとその横顔を眺めて、誰に似ているのかを思い出そうとしていた。

不意に判明した。実家の隣の老婦人である。即時に発見するには齢が余りに違ったが、気が付いてしまえば親類かと疑うほど似ている。出身を問おうかとすら思った。しかし口調や話の様子からすると関東人である。じきに隣家の老婦人へと想いが跳んで、眼前の現実は薄らいできた。

認知症の気《け》があり、よく路上に立ち尽くしていた。挨拶しても反応しない。徘徊するでも寝込むでもなく立って居るだけなのだから、こんなに安心な事はないと酒に酔った父親が云った。すると修文も立ち姿に接すると寧ろ安堵するようになった。この唯今《たつた》も佇んでいるだろうか。潤んだ視界に月は輝いているだろうか。

瑞絵も去った。残り香も消え、コンクリートとペンキの匂いが思考を冷やした。徐々に客が上がってきた。岡山もいた。だいぶ飲んでいるらしく足許が覚束ない。来い、と修文に命じる。付き従って又地階へと下りた。

店は幕間の明るさに戻っていた。古いソウルが流れていた。バンドマンはまだ多くが居残って酒を飲みたばこを燻《くゆ》らせていた。小河内がビールの入った紙コップを渡してきた。礼を云って口を付けた。

岡山が舞台の上から手招いている。ケーブルを巻いている店員に何か云い、修文が観客でいた間は一度も使われなかったピアノの蓋を開いた。上がっていった修文に回らぬ呂律《ろれつ》で「何か弾いてみろ」と命じた。

怒らせれば厄介な事になると思い、立ったままバイエルの一曲を高速で弾いた。其処此処から拍手が湧いた。岡山が肩に手をまわしてきた。

「バンドに入れ。己に曲を作れ」

修文は肩を動かして手を払った。ピアノの蓋を閉じた。「忙しいけん」

「己は分んだよ。だって霊感があるからな。お前は絶対に己と演《や》る」

「的中《あた》ったら好《え》えの」と笑って去《い》なした。

店員に礼を云って舞台を下りた。小河内が寄ってきて「相手にしなくていいから」と耳打ちした。それから閉店までの時間、おもに小河内と差向いで飲んでいた。バンドの見通しを問うと、「那奴《あいつ》があれじゃやね」と渋面を見せた。岡山はすっかり悪酔いをして他のバンドに絡んでいる。それでも逸早《いちはや》く場を去ったギタリストに対しては、自分が電話し慰留してみると小河内は云った。

駅へと急ぐ人々に別れを告げ、風月荘に戻って部屋の灯りを点ける。レジ袋のまま放置していた買物を跨ぐ。喧噪に浸され続けた両耳にこの部屋のしじまは痛い程である。

「おい花音」と呼んでみた。誰も答えはしない。修文は自嘲し、間近な人に囁くように、「顔見たで。お前、中々可愛いの」

ピアノの椅子に腰を下ろし、初めてその蓋を開けてみようとした。鍵が掛かっていた。

四

学校は樅《もみ》ノ木《き》音楽学校という。代々木の地名の由来たる井伊家下屋敷の樅の老木に因《ちな》んだもの、と冊子やウェブ頁《ページ》にある。私塾としての創立は大正時代と歴史ばかりは矢鱈《やたら》と長い。元来、僅《わず》かな良家の子女に、専らピアノを教えていたようである。

今は、基本的に二年制、専科に居残れば三年制の専門学校として、音楽の総合教育と専門教育の両立を標榜している。演奏家を育成する課程であろうが、現場のエンジニアを育てる課程であろうが、修文のいる作曲課程であろうが、一年次の授業内容に大差はない。この点が先《ま》ず修文を落胆させた。

作曲科の同学年は約三十人。みな作曲を学びたくて入学してきたのだろうに、ある授業では、小学校の班分け宜しく六つのバンドに振り分けられた。ほぼ全員が困った。演奏できる者が多い楽器と少ない楽器とがある。気の弱い者が、では自分はドラムにまわるだとか、本来はギターだがベースも持っているからそちらで好いと云い始める。修文は穏やかにではあったが鍵盤に固執して譲らなかった。一人、周囲より年嵩《としかさ》である。

雨木一夫と同じクラシックギターならば未《ま》だしも一考の価値があろうが、他の、見込みが有るとは限らない楽器の練習で時間を浪費する気は更々持ち合わせていなかった。

かと思えば別の授業では、講師の用意した楽曲データをパソコンを使ってお手本通りにミックスしろと命じられる。バンド演奏もミキシングも、いざ取り組めば難しい。難しいだけに面白い。作曲を学びにきた自分を忘れそうになる。こんな筈ではなかったと我へと返るだに苛立たしい。英語も仏語も独語も話せれば、それは嘸《さぞ》かし便利だろう。しかし修文が入学金と授業料の大枚を叩《はた》いたのは、一語の奥義の為である。東家西隣《あちらこちら》に笑いかけるためではない。

もちろん理論を学びながら作曲を実習する授業も用意されていて、否応なく時間がかかる録音実習とともに他の授業の倍の齣《こま》が割かれているのだが、伸ばした半白髪を後ろで結んだ講師の弁説が、修文を驚嘆させた例《ためし》は今のところない。ピアノと我流の作曲で体得してきた便法や秘訣への命名が披露されるだけの儀式に過ぎないと感じている。

一人、奇天烈な講師がいる。二度めの授業にしてはや出席者が減っていた、ポピュラー音楽史の講師だ。どうせ自分は今年限りで解雇となろう、いや今年契約が続いたのが奇蹟、と初めの講義で放言したのが、真向《まとも》に学生の顔を見ながら話した唯一の時間だ。以後は矢継ぎ早な独白のように、教科書《テキストブック》も其方退《そっちの》けで大衆音楽が進化し分岐し融合してきた過程《プロセス》を喋り続けている。ノートするのは到底間に合わないから、熱心な学生でさえ机上に録音モードにした電話機を置いて茫然としている。

修文は音楽家や会社やレコードレーベルの具体名を控えるに徹している。さいわい講師には固有名詞を出すたび白板《ホワイトボード》に板書する習慣がある。「これは一聴の価値がある」「個人的にはお勧めしない」といった評釈は無視している。少なくとも講師が口にせねばならなかった名称である。

講師は外野《との》という。アレルギーでもあるのか、いつも泣き腫らしたような眼で終始瞬《まばた》きをしている。初夏、半分にまで減った出席者を前に、「やっとやりやすくなった」と口許を緩めた。それから学生一人一人に、どのような音楽を志しているのか語らせたが、どこまで真剣に聞いているのか、頻《しき》りに窓外を気にしているようにしか見えなかった。修文も窓に顔を向けてみたが、惟《これ》といった事物は観察されなかった。

曖昧模糊たる表現しか出てこない者も、誰某《だれそれ》のような具体名を出す者も、体験を語って斯《か》くの如き音楽と明言する者もいる。修文は、御存じないと思いますがと前置きしてから、雨木一夫の名前だけ挙げた。

「雨木ねえ――雨木か」と外野は含み笑いをした。

修文は空恐ろしいような気分に襲われ、笑いの意味するところは到底問いえなかった。

「次回からは成可《なるべ》く、いま君らが挙げた人たちが登場するようなかたちで講義を進めよう。成可く、だが」と外野はその日の授業を括った。先の話ではあるが講義は以後も何ら変りなかった。

幼い日、大人から理不尽に叱られたような沈んだ心地で、教室のある四階から一階までを階段で下りた。秋野くん秋野くん、と受付口から呼ばれた。清水さんが顔を出していた。

「湯浅くんと連絡がついた。でも――」

七〇四号の先住者である。ピアノの蓋が開かない事に気づいた修文は不動産屋に電話をかけたが、此方に鍵は無いと云われた。先住者から返却してもらわなかったのは当方の過失につき今からでも連絡をとって返却なり弁償なりを求めるが、おそらく予備の鍵が学校にあるだろう、そちらを使っていてくれと異《ふしぎ》な事も云った。

久世花音から暫く遡ったところの賃貸契約者が、樅ノ木音楽学校そのものであった事を修文は初めて知った。風月荘が防音マンションとして生まれ変わった当初、内の数室が練習室として学校に賃貸された。しかしアコースティック楽器を専攻する学生の激減に伴い、一室又一室と解約されていったのである。

そこで清水さんに鍵について訊いた。清水さんは、部屋を昔は樅ノ木が借りていた事自体、知らなかった。他の職員に尋ねてみると云ってくれたが、翌日、誰しもが「誰かが持っている筈」としか認識していないと伝えてきた。湯浅と二階堂には連絡を取ってみると約束してくれた。

「突き止めてみて吃驚《びっくり》、屋久島に移住して観光ガイドをやってた。御両親も知らなかったの。来週、久し振りに上京するから秋野くんと会いたいって云ってる」

「鍵は？」

清水さんはかぶりを振って、「住んでいた間、一度も開けていないんだって。開かないなとは思ってたけど、どうせ弾けないから気にしてなかったって」

しますが」
「ほいじゃあ、鍵は二階堂さんのとこに？　なら湯浅さんに会ってもしょうがないような気が
清水さんは返答するに躊躇した。周囲の視線を確認していた。軈《やが》て両手を胸の前で垂らし、
「——の話じゃない？　気にしてるみたいだった。もちろん私は信じてないのよ」
「僕も、信じるもなにも、住んどって何の気配もありません」
「秋野くんが気にしてないなら、良かった。二階堂さんにも、もう何度も事務所に電話してい
るから、好い加減に連絡があると思う。ピアノ、弾けなくて不自由？」
「いいえ。鍵盤じゃったら、どうせ授業のバンドやストーレンで弾いとるし、曲をいじるんと
かはパソコンですから」
「あの嘉山くんのバンド、どう？」
「楽しいですよ、それなりに」
佐久間というあのギタリストはストーレンハッツに戻らなかった。瑞絵も存続の為の尽力に
及び腰だと聞いていた。修文の顔を見つけてはバンドの停滞を嘆く岡山が鬱陶しいので、授業
で組んでいる面々を紹介したが、これらも一度音を合わせただけで岡山が追い出してしまった。
呆れ果てていたところに、小河内から電話があった。
譜面を用意するから練習スタジオに来てくれないかと頼んでいる。もし岡山がそう云ってい
るのなら、バンド経験は乏しいし今のところ興味も薄いから組むつもりはない、そう改めて伝
えて欲しいと答えた。すると小河内は、そうではなくて自分が試してみたいのだと云った。修

文に比べれば拙い事だろうが鍵盤を弾けなくもない。それで一曲作ってみたものの、ドラムを叩きながら弾く訳にはいかない。先々の事は考えていないから、楽曲が成立するかどうかだけ確かめさせてほしい。

本音だったのか巧みな方便だったのかは判らないが、落ち着いた声音でそう説得されて修文は絆《ほだ》された。翌日、岡山が学校のスタジオを予約したと伝えてきた。在校生が半分を占めていれば利用できるのである。何やら謀られたような気がした。出向くと、瑞絵も呼ばれて青いベースを持参していた。岡山もギターを運んでいて、途中からはそれを弾きながら歌った。楽器に気を取られているから荒っぽいが、歌えていなくはない。ピアノが、ベースが重なり、混じり合ったのを確認した小河内が徐《おもむろ》にドラムを叩き始めた瞬間、修文は軽く鳥肌を立てた。

中間部が頂けなかった。無理に岡山の声域に合わせたせいか、本物の旋律は上空にあって、岡山は手が届かずに地表を徘徊《うろつ》いているようである。葡萄の下で狐が跳ねているようである。いっそ部分転調すべきではないかと修文が提案して、些《すこ》しずつ下げては弾いてみせた。小河内は主調に戻る瞬間を聴きたがった。聽て「それだ」と修文に手を止めさせた。ゆっくりと弾き直させた。

瑞絵がコードに翻訳して岡山に伝えたが、直ぐには弾けない様子だった。取り敢えずその部分はギターを抜くことにして、練習を続行した。

「入る？　だったら私も戻ってもいいかなって」

練習終了後、瑞絵から訊かれて、修文は憂鬱になった。

「バンドは色々と金がかかるでしょう」

「シュウ」と後ろで聞いていた岡山が分け入ってきた。ここまで略すようになった。「あれからエッジに行ったか」

「いや、一度も」

「夕子さんがバイトを探してる。金が無いんだったら彼所《あそこ》で働けよ。晩飯代も浮くし」

修文は益々憂鬱になった。見送る積もりで桟橋に出て、背中を押されて甲板まで上がった瞬間、タラップを外されたような心地がした。

否、その種の憂慮はだいぶ前から胸底にあり、事有る毎に顧みては茫々たる不安と戯れるのが、今や習慣化しつつある。二年を修了した段階で懐具合が許せば、専科へも進みたいという希望は予《かね》てからあったし、一年次に学べる事の天井が見えてしまった現在、その意向はより強い。そうやってある程度の作曲能力を身に付けられたとして、一体社会の何処に身を置いて生きる心算《つもり》かと自問すれば、修文の内には如何なる答も存在しないのである。意欲を失わず不断の努力を重ね、しかも余程のこと運が良ければ、或いは雨木一夫と近い仕事にもありつけよう。しかし継続的に得られる保証はない。雨木からして今も音楽を続けているとは限らない。疾《と》うにギターを棄ててしまったかもしれないし、例えば故人であっても不思議はない。

本当のところ自分はどの時点で汀《みぎわ》を跨いだのか――代々木の駅の改札だったのか、風月荘の防音ドアだったのか、音楽学校の簡素な入学式だったのか、それともライヴハウスへの下り階段だったのか――は判じ兼ねるが、ともかく修文は今、揺れる船上に居て、自分がどんな港に向かっているのか皆目予測できずにいる。同じ甲板の人々が何処まで同乗してくれるのかも知らない。新居浜での自分は只《ただ》、一度船らしい船に乗ってみたかっただけではないのかという、憮然たる想いにかられる寸刻《とき》がある。それは、父親に頼んで長い休みをもらい、東京なり観光地なりを漫遊していれば、軈て解消されてしまう程度の欲求だったのではあるまいか。……

清水さんに頭を下げて外に出ると、初夏の陽気に温《ぬく》もりきった街を、遅い黄昏が冷まし始めた匂いがした。東京ではこの気配が判白《はっきり》としている。新居浜の街は、こんなふうには冷めない。海風が已んで寧《むし》ろ熱気が充満し、それは夜、山からの風が起きて海へと一気に吹き払うまで、街の隅々に蔓延《はびこ》り続ける。

「秋野さん」

後ろから修文の肩を叩いて前方に来たのは、授業で組まされたバンドのドラマーである。田島という。高校を出立てで童顔、髪も坊ちゃん刈りで、演奏中にこの顔が視界に入ると、修文はまるで中学生と合奏しているような錯覚に囚われる。

幼児期から高校までピアノを習い続け、周囲も自分自身でも音楽大学に進むものと確信していたそうだ。受験期に入るとそれまで付いていた先生から、今後は志望大学の先生のレッスンも受けなくては合格は望めない、そういうものだと告げられ、途端にクラシックの世界に嫌気が差した。学歴を問われない商業音楽へと志望を変えた。

担当楽器の振分けが終わり、少しは気心が通じるようになった段で、斯様《かよう》な告白を聞いた。とすれば田島のピアノが修文の何倍も上手いのは間違いない。アンサンブルを構築するに自分が鍵盤を弾くのが得策だと分かっていながら、年嵩の修文が譲りそうにないので渋々とドラムに回った事となる。

田島の来歴を聞いて暫くは、ドラムを交替してやるべきではないか、少なくとも意向は問うべきではないかと悶々とし、しかし顔を見れば切り出せずにいた。そのうち練習熱心な田島がそこそこ叩けるようになってしまったので、解消しようのない羞恥だけが修文の胸中に蹲《うずくま》った。

「秋野さん、昨日女の子と歩いてたでしょう。彼女っすか」と田島は云った。

花音が自分に付き纏っているといった類《たぐい》の話かと思い、咄嗟《とっさ》に、いや、と否定した。

田島は首を傾げ、「喋りながらコンビニに入ってったけど、他人の空似かな」

「ああ」と修文は安堵して首肯《うなず》いた。霞である。安ワインと調味料を買いに出て、エレヴェータに乗り合わせた。新宿をぶらつくと云っていたが、コンビニエンスと聞くと、サプリメントを買い足すからと付いてきた。そして先に買物を済ませて出ていった。「同じマンションの人。それだけ」

「秋野さん、風月荘でしたっけ」

「うん、学校の紹介で」

「あんな子が住んでんだ。あの人、激可愛くないっすか」

「そう?」

激とまで力まれては必ずしも賛同し兼ねたが、身内を褒められたようでこそばゆい。

田島は駅へと別れ、修文も短い帰路についた。霞がいたら今し方の会話を伝えてやろうとコインランドリーを覗いたが、無人だった。風月荘のエレヴェータで思い切って3に指を伸ばした。常駐している部屋の番号は教えられているが、未だ訪ねた事はない。

初めてその部屋のインターフォンの釦《ボタン》を押した。防音マンションだけに向こう側で音が鳴っているという感触さえない。後退って待ち構えたが、返事もなければドアも動かない。しかし、きっと中にいるという気がした。又、今度は二度、続けて押した。

案の定、ドアが動いた。しかし鎖錠《チェーン》は掛かったままで、開いたのもその長さの範囲である。霞は髪を後ろで纏め、胸から下にバスタオルを巻いていた。普段から平然と肩を出している女ではあるが、礼儀として目を逸らした。

インターフォンはカメラ付きで、外の様子はモノクロのモニター画面で確認できる。これは修文の部屋も同様である。だから霞に、来客が修文である事に驚いている気配はなく、しかし話しかけるべく見直した円顔の中央には、般若めいた形相が泛《うか》んでいた。

「仕事中だよ。先に携帯鳴らせ、莫迦」と無声音で叱咤された。

修文が謝罪を口にするより早くドアは閉まって、最早二度と動きそうもなく見えた。吐息してエレヴェータの前へと戻った。上がってきた籠に乗っていたのは上京初日にも乗り合わせた人物だった。季節の移ろいを映した、あの日よりも露出度の高い女装である。修文は視線を泳がせた。花音は視ようとも視えないというのに、直視しにくい物は平然とようようよしている。

「七階ですか」と相手は訊いて、返事するよりも早くその釦を押した。異装とは裏腹な、無理のない男声だった。「七〇四の方ですよね。私、真下の伊集院《いじゅういん》ですけど、最近バルサン焚きました？」

　修文は面喰らって、ただ頭を横に振った。

「あ、そうですか」と伊集院は簡単に納得した。

　六階の床が見えてきた。ドアが開いた。伊集院は開放釦に指を置き、次の質問を投げかけてきた。

「花音ちゃん、まだ居ますか」

　同様の質問ばかり受けてきたと、肩を動かして示す他に、反応を思い付かなかった。伊集院はどこか哀しげな面持ちで籠から出ていった。

　自室の鍵を廻しながら、きっぱり否定しておくべきだったろうかと考えた。しかし人々の花音への奇妙な執着を思い合わせれば、今のところは成可《なるべ》く曖昧な顔を保っていた方が好《い》いのかもしれない。如何なる態度が利益となるかは孰《いず》れ自ずと明らかになろうと、この男らしからぬ小利口な考えを懐いた。

　岡山の尽力で小部屋に持ち込まれた利便は芋蔓式に身内を増やして、今や修文は雑貨店の倉庫に身を置いているような心地さえする。否、岡山にばかり非を擦《なす》り付けるのは気の毒というものだ。詰まらぬ物は買い込まないよう心掛けているものの、料理をすればプラスティックの容器や袋、酒を飲めば空瓶、着替えれば脱ぎ捨てた衣類、電話を充電すればケーブル、音楽を扱うだけでも数々のケーブル、それに参考書やノート、計画を練ればメモ書き、最低限の機材を買ったに過ぎなくとも大量の梱包材と手引書とソフトウェアの入ったディスク、何もしなくてもダイレクトメールや学校で配られた書類が、否応なく部屋の其処此処に堆積する。

背凭れを上げたままで使っているソファベッドに鞄を置き、中から電話を掘り出す。

工務店時代、携帯電話は互いの窮地に駆け付けるための命綱であり、作業中でも肌身離さず身に付けておく必要があった。上京した当初もそういう習慣でいたのだが、そのうち学生に対して真に急ぎの電話など滅多にありはしないと判った。以前シャワーを浴びているとき重ねて呼出しが鳴り、初めは放っていたものの三度めには家族の身に何か起きたかと、ずぶ濡れの全裸で上着のポケットをまさぐって出てみれば岡山で、曲の出だしを思いついたと云って、だだーだだーと唄いだした。続きを作れと云う。憶えたか？　だだーだだーと又唄うのだが、明らかに最前《さっき》と旋律が違う。明日聴かせてくれと告げて切った。

又以前ストーレンハッツの練習——それも演奏中に二度ヴァイブレーションが起き、曲が終わるのを待って確認すると、田舎の母からだった。練習室を飛び出して架け直した。母は息急《いきせ》ききった様子で出てきたから、父親か他の職人に何かあったに違いないと確信した。するとテレビでお前の好きな画家の特集をやっているから見ろと云う。それが用件だった。外に出ているし家に帰ってもテレビは無いと云った。買う金が無いのかと訊く。必要を感じないと伝える。ニュースはどうやって知るのか、新聞かと問う。インターネットで読めると云った。はあ、インターネットは新聞も読めるんね、と感心している。その電話機からも読めると教えたが、いやインターネットには入っていないので読めないと言い張る。

そもそも、そのイラストレイターに熱をあげていたのは修文の小学校からの友人であって、修文ではない。極めて絵が上手く、何かにつけて優れた美的感覚を発揮する男だったから、高校時代、松山のデパートでの個展に誘われた時、その薦める画家なら観ておいて間違いなかろうと考えて同行した。予想していたより小さな画《え》ばかりで点数も少なかったが、友人は一枚一枚を舐め上げるように鑑賞していた。この男は高校を出ると当り前のように東京の美術大学へ進んだ。在学している筈で、修文から連絡を取れば顔を合わせられよう。しかしそうしたいという気が今のところは起きない。

会場の一角で、画を絵葉書にしたのを売っていた。羊が描かれている一葉《いちよう》を母への土産にした。未年の生まれなので羊を模した小物を見るとつい買って、水屋の一棚に並べている。修文の買った絵葉書もその目立つ位置に立てられた。

母が携帯電話を持たされているのも職人たちと同様の理由からだが、最近、同じ電話会社のもの同士なら無料で授受できる簡易メールの機能を発見して、時々送ってくるようになった。文字数が限定されているというのに時候の挨拶をし接続詞も多用するから、何件にも分れている。漸《ようや》く辿り着いた本題はというと、重成《しげなり》さんが柴犬を飼い始めました、まだ仔犬なので昼は自分が面倒をみています、といった具合である。重成さんはいちばん年嵩の大工で、修文の両親より一干支《ひとまわり》も老いている。自分の工務店を持っていたがアル中になって潰してしまい、家族も失った。治療後、又従弟《またいとこ》である修文の父親が後見人となって雇い入れた。技量《うで》は今も確かだ。しかし時偶《ときたま》魔が差して飲んでしまい、自分よりずっと年若い人々からどやされては、目を潤ませ、しょぼくれている。……

母から又、三件の簡易メールが入っているのを発見した。最新の一件を開き、お葬式という語を見出して身が凍りついた。恐る恐る着信順に読み始めた。隣家の老婦人の訃報であった。深夜路上に立ち尽くしていて、タクシーに撥ねられたという。

いま母に返信すべき一句、一語が、修文には見当らなかった。花音というのはこういう時にこそ姿を現して、此岸《しがん》の未熟者に示唆を与えるべき存在ではなかろうかと、室内を見回したものの、誰も居はしなかった。電話機を握ったままスニーカーを突っ掛けて外に出た。エレヴェータで下降しているうちは何処に向っているのか判らずにいた。地上で、足が自然と或る方角へ向いているのを自覚して、これからエッジへ行くのだと気がついた。

外から覗いたところ客は居ないようだが、夕子さんはカウンターの内で忙しげにしている。入店を躊躇している修文を見つけて向こうから手招いてきた。這入っていくと、

「驚いた。伝言が通じた」と此方を見るでもなく云った。「どうせ伝わらないと思って今日にも嘉山くん以外に頼むつもりだったの」

岡山は余程のこと信頼されていない。

「どういう伝言ですか」

「君に、このくらいの時間に顔を出してほしいと」

「いいえ、そういう話は。アルバイトを探しておられるとは聞きましたが」

「前半しか伝えてないじゃない。結果はこうだから、まあいいか」

「アルバイトをすると決めた訳ではありません」

「分ってるわよ。飲める?」

「何を」

「酒」

「はい」

「今夜、練習や本番はある?」

「いいえ」

「では保冷庫から勝手にビールを出して飲んで。呼び立てたお礼です。グラスも中」

カウンターの奥まった位置に紙のコースターが出された。夕子さんの話し方には不器用な朗読者のような、独特な抑揚の欠損がある。視線も余り相手に向けないので、耳を傾けて一語ずつ咀嚼していないと、思考の狭間を幻聴が吹き抜けていったようで、そう考えているのが夕子さんなのか自分なのか、区別できなくなる。

本当にビールを飲むよう指示されたのだろうか、それとも自分は内なる声に従って動いているのだろうかと、保冷庫を開く時、心底戸惑った。保冷庫には外国産の缶ビールが並んでいる。夕子さんが何も云わないので物珍しい缶を取って口を開け、スツールを引きながら飲み始めた。

「グラスで飲んで。外の人に、直《じか》に飲ませる店だと思われるから」

「はい」と素直に従った。

店は相変らず、外を電車が通過する度に揺れた。今は音楽が流れていないので振動はより長く強く感ぜられる。調理台は客と対面する側、焜炉《こんろ》は壁の側にあって、夕子さんは俎板《まないた》から鍋、又俎板へとくるくる向きを変える。店内はトマトソースの匂いに満ちていた。夕子さんが背を向けたとき腰を浮かせてその手許を覗いたものの、赤い色彩は見当らず、別の鍋からの蒸気の香だと分った。そして夕子さんが炒めているのは雪花菜《おから》であった。

「元々友達と二人で始めた店なんだけど、独りになってからは学生さんたちに手伝ってもらって凌いできた。このところ来てくれていた子が辞めてしまったので、代りを探している。定休は日曜と祭日。今は昼間は営業していなくて、午後六時開店、深夜閉店。私は軀《からだ》が弱くて深夜まで立っていられない日があるから、そういう晩、代って此処に立ち続けて、店を閉めて帰ってくれる人が必要なの。料理は温めて出せば大丈夫にしてある。出勤は週に二三日、授業や行事との兼合いで自由に決めてもらって構わない——但し、非番に急に呼び出されても文句を云わない事」

「でも、例えばライヴ中だと駆け付けられませんが」

「そういう場合は元の共同経営者が手伝ってくれることになっている。別に喧嘩別れをしたわけじゃないから。全員の都合がつかなかったら、潔く早仕舞いするしかない。アルバイトの主な仕事はお客さんに給仕する事、店内を清潔に保つ事、それから話しかけられるまで黙っている事。ビール、それ飲み終えたらもう一本どうぞ」

はい、と返事をした。夕子さんは金銭面の条件を伝えてきた。修文が予期していたより高かったが、出勤が少ないから然《さ》したる収入にはならないとも云われた。ざっと頭の中で計算してみれば、その通りである。

「何で僕なら働くと思われたんですか」

「閑《ひま》そうだから。よく独りでほっつき歩いているでしょう。何度も見掛けた。寝床が近いから遅くなっても終電の心配が要らないし」

「路《みち》を憶えようとしとるんです。知らん路は一応歩いてみるように」

「地図無しで?」

「地図があったら憶えられんので」

「迷うでしょう」

「迷うのは好きです」

夕子さんは手を動かすのを已めた。唖然としたように修文を凝視し、「花音の恋人も同じ科白《せりふ》を云った」

写真だらけの壁に目を遣ってから夕子さんに戻すと、まだ此方を見ていた。視線から逃れたくなってたばこを取り出し、火を点けた。しかし訊いた。「誰ですか」

「二階堂雅彌《まさや》。肩書は——プロデューサー? よく知らないけれど」

「そうですか。でも僕はただ、何の気なしに」

「花音を殺したんだって。最後に会った時に云ってた」

愕きに愕きが重なり、暫くは正しく物も云えなかった。そう本当に二階堂が発したのだとして、男の真意も、その儘《まま》を自分に伝える夕子の真意も、修文には量り兼ねた。一切、この店内でだけ通じる妄想であるとするのが、最も理に適っている。「飛び降りられたと聞きましたが」

「自分が自殺に追い込んだという意味か、それとも突き落としたのを誰かに教えてやりたかったのか——その時、二階堂も部屋に居たのは確か。今の、君の部屋にね。こんなの話していたら帰りたくなくなるね。もう已めよう」

「いいえ。一緒だった二階堂さんを、誰も追及せんかったんですか」

「花音は抗鬱剤を常用していたから、その副作用による事故という事で警察の捜査は終わり。矛盾しているようだけれど、私や両親にとってはあれは、真相を追及しているどころではない程の大事件だった。あの子は苦しまずに即死できたのか、これでも天寿と呼べるのか——そういった事の方が遥かに重要だった。風月荘の人たちが、あの後も花音を見掛けたり話したりしたといって蒸し返すまで、二階堂が泣きながらどう呟いていたかなんて、具体的には思い出しもしなかった」

「花音——さんは、真相を伝えようとして現れるんでしょうか」

「花音に訊けば」

「僕には一向に視えません」

夕子さんは口許でだけ笑って、「それでいいの。本当は誰も視えてやしないんだから。自分にとって都合のいい、自分のなかの花音と話しているだけなんだから」

「そう思われるんですか」

「私だってそうだから」

「本当は視えるんですか、そういう感じでなら」

夕子さんはゆっくりとかぶりを振って、「一度も。夢にさえ」

「どういう人でしたか、生前」

「花音の話はお終い」

「澄みません」

「アルバイトに来る?」

「試用していただけますか。お役に立てるという自信がないので」

「化粧品や洗剤じゃあるまいし、人を使うのにお試しも本気もないでしょう。お互い期待と違ったり事情が変わったなら、話し合って善後策を決めれば好いんじゃないの」

修文が返答に窮しているうち客が這入ってきた。定食と云ってカウンター席に掛けた。夕子さんが見えた。そんな若者が独りで這入ってきた。身分は修文と変わらぬ何某の学校の生徒と有線放送のスイッチを入れたり客に灰皿を出したりしている間に、修文はこっそりと新しいビールを保冷庫から出して席に戻った。夕子さんが定食の献立とその主立った食材を云う。食べられない物はあるかと問う。若者はブロッコリーと答えた。夕子さんはアレルギーかと訊いた。若者はそうではないと云った。じゃあ残してください、他の具を多めにしておくから、と夕子さんは笑顔で、それから三分程で手際よく膳を調えて若者の前に据えた。修文は黙ってビールを舐めていた。若者は急かされでもしているように食事を掻き込み、茶を飲み干し、代金を置いて出ていった。食べ残しは無かった。

「以前は昼に定食だけ出していたから、今も早い時間は食べにくる人が多いの。その時間帯は私が居るから――若《も》し君だけの時に定食を頼まれたら、終わりましたで可いから」

「分かりました」

「何時《いつ》来る？」

「授業とバンド練習の感じから云うと、火曜と木曜は空け易いです」

「じゃあ明日、まず夕飯を食べに来て。それも給料の内だから」

「分かりました」

「生前の花音を私は嘘吐きと呼んでいた。相手の期待を裏切るまいとして振舞って、そのうち辻褄が合わなくなって逃げ出してばかりいたから。何だか今もそんな感じね。これでいい？」

はい、と修文は首肯いた。「もう暫時《すこし》お仕事を見とっていいですか」

「どうぞ。でも無料《ただ》のビールは終わり。前の女の子が次の人にと云って残していったボトルがあるから、それを飲みなさい。ソーダかジュース代で済むから。カンパリ。飲める？」夕子さんはカウンターに屢《しばしば》酒場で見掛ける大きな罎を置いた。ラベルに囲われた空間で赤い液体が揺れている。

「飲んだ事はありませんが、飲めると思います」

「君は正直ね」

「そうでもないです」

又客が這入ってきた。又同じような年格好だが今度は複数で、賑やかである。飲み物を頼む時、一人が音楽をヒップホップにしてくれと云いだした。流れていたのはモダンジャズである。

夕子さんはヒップホップという言葉を初めて聞いたような顔付きで、有線放送なのでアルバムは選べませんと空惚《そらとぼ》けた。甘苦い酒のソーダ割を修文は気に入った。若者たちは別な話題を思い出して騒ぎ始め、夕子さんは鬘の向こうでくるくると廻り続けた。修文は不図《ふと》、壁を振り返って花音の写真を探した。しかし夕子さんが並べ替えてしまったものか、額から鼻先までがS字に見えるあの写真が、どうにも見つからない。直《じき》に諦めた。

修文は酔い、帰途では足取りが縺《もつ》れた。誰かに何かを伝えたかったが、誰とも何とも思い付かない。歩きながら無意識に開いた電話機には、又母からの簡易メールが入っていた。修文は通りの隅に佇んで、夜だというのに隅々に至るまで明るい、自己《おのれ》の今の居場所を見回した。何か泣き出しそうな気分であった。母のメールを読んだ。人生とは儚《はかな》いものです、と冒頭にあった以外、隣家の老婦人を想起させる文章は無く、あとはひたすら、修文の健康への気遣いを連ねてあった。修文は短く返信した。酔いを悟られないよう平静を気取って打ったが、後で読み返してみれば、それは些《いささ》かも平静な文面ではなかった。

私は大変元気にやっております。東京はなにもかもが美しい街で、送り出していただけたことに感謝しています。修文

五

修文がうっかり岡山くんと声に出して呼んでしまったのを機に、嘉山はストーレンハッツでも岡山と呼ばれ始めた。本人も意外と抵抗を示さず、一日の終わりには岡山くんと呼ばれて手を振っていた。

新生ストーレンハッツの初ライヴは、代々木ではなく渋谷の、大小のホールが合わさった複合施設で敢行された。その最も小さなホールに於ける、当夜の前座という扱いである。自分のコネクションがあったから出演が可能だったのだと、岡山は頻《しき》りに自慢していた。修文は客を呼べないと諦めていた三人が集客に努め、蓋を開けてみれば修文も学校の者を思いの外《ほか》呼ぶことができたので、バンドとしての入りは上々だった。偶《たま》さか早出して聴いていた店長から早々に再出演を打診され、常客からはストーレンハッツは甦ったと褒めそやされた。

岡山も小河内も、瑞絵までもが此世《このよ》の春が訪れたと云わんばかりに御機嫌麗しく、出演後、早めに帰っていく客たちを見送って店外へ転《まろ》び出ると、そのまま皆してコンビニで安酒を求め、連込みホテルの狭間の路地で内輪の小宴が始まった。お前のお蔭、お前は凄い、と岡山と小河内が両方から肩を組んできた。そのあと瑞絵が同じ事を云って抱き付いてきた。

夢心地の裏側で、修文は静かに恥じ入ってもいた。用意された演奏時間は三十分で、ストーレンハッツは六曲を演奏した。岡山、小河内、そして修文が二曲ずつを提供した形だ。岡山の曲は共に典型のブルース進行を流用したロックンロール——流儀に則った伝統芸だから、どこが自分たちの創意といった意識は懐《いだ》くべくもない。大昔のバンドのように弾けば弾く程、岡山が調子に乗って叫べば叫ぶ程、形《さま》になる。小河内の曲は繊細な進行のバラッドと、修文を呼び寄せた晩に試したソウル——どちらも岡山に見合った派手さには乏しいのだが、小河内でなくては作りえない曲だと感じる。共に詞は作曲者が書いた。

引き比べて修文作とされている二曲は、岡山が口で発したイントロを如何《どう》にか斯《こ》うにか譜面に起こしてハーモニーを付し、それに有りがちな旋律を繫げて辻褄を合わせた代物である。授業で習った通りに音符を連ねてやっつけた宿題である。瑞絵が一風変ったベースラインを考えてくれたから、今時の曲らしい体裁を得られたに過ぎない。詞も半分以上は瑞絵が作って、こっそりとメールで送ってくれた。せめて二人の合作としてバンドに提出しましょうと修文は提案したのだが、出娑婆《でしゃば》りを知られたくないと瑞絵は拒否した。舞台で拍手の量は、修文作、岡山作、小河内作の順で、この事実が修文をして尚更赤面せしめた。此方に向けられた瑞絵のまなざしを意識する度、未だ何一つ創作しえていないという意識に苛まれていた。

加納某が通ったと小河内が鋭い声を上げ、路地の奥へと走り込み、戻ってきた。誰かと岡山が問えば、今は何処其処で敲《たた》いている、ポスターがあったろう、そうか、ああ行けば楽屋口なのか、どうしよう、と説明しながら煩悶している。

「だから誰」と岡山は笑っている。修文も知らないが、敲いているというのだからドラマーなのだろう。

瑞絵は分っているらしく、「追いかけてってサイン貰えば。ホールは違えど共演の記念に」

「何処に」

「着てるそのシャツ」

「ペンが無い」

「コンビニで買ってくるから、じゃあ引き留めといて」

小河内と瑞絵は、銘々路地の反対へと飛び出していった。

「助太刀するか」と岡山は小河内を追った。修文もそれに従った。

裏通りの瀝青《アスファルト》の上で小河内はきょろきょろと、途方に暮れていた。追い付いた修文たちに、

「もう中に入っちゃったよ」

「まだ居るじゃん」と岡山が警備員に護られた裏口を指す。見れば確かに非常階段の周囲に溜まって談笑している一団がある。大声をかければ通じるくらいの距離だ。

「いや本人はもう——あれはたぶんギターの若いのと、その取巻きだよ」

「行けば呼んでくれんじゃやねえの」

「どうしよう。——いや、本番前に迷惑だから」

「己《おれ》だったらそういう熱いファン、嬉しいけどね」

そうかな、いや、でも——と小河内が逡巡しているうち、マジックペンを握った瑞絵が早くも追い付いてきた。余程のこと急いで買ってきたものだ。しかし気の毒にもその荒らいだ息が、却って小河内の少年じみた意気を殺《そ》いだようである。諦めるよ、御免、と瑞絵を慰め始めた。

岡山は未だ煽っている。それらを修文は耳だけで認識していた。

目は、未だホールの裏口に釘付けだった。一団は最早、最後の女だけ残して屋内へと消えている。ファンが声がけに躊躇している情景を見慣れているのか、立ち尽くしている、恐らく修

文に向かってお辞儀をしてきた。赤の他人に対してとしては慇懃《いんぎん》すぎると思った。そう思いたかった。髪はすっかり長くなっているものの、女は薫に違いなかった。

女が頭を上げて、今度は判白《はっきり》と顔の全体が見えた。矢張り薫である。連れに呼ばれたらしく、素早く建物の内へと消えていった。

追い縋るべきだった、と居酒屋の間仕切りに凭れた小河内が嘆く度、修文は自分の優柔不断を叱咤されている心地だった。駆けつければ数秒の距離だった。縦《よ》し》んば他人の空似だったにせよ、友達がサインを、と云って小河内を手招けば怪訝には思われなかったろうし、小河内にも感謝された。事実薫だったなら、より話は早かった。真逆綺麗さっぱり忘れられてはおるまい。首を傾げられても、秋野です、新居浜の、工務店の、と幾つか要素を並べて、思い出されなかった筈はない。

バンドの最年長者、実質的統率者として、初舞台に臨んでは相応の重圧を感じていたのだろう。解放された安堵から、又恐らくは憧れの人物を逃した悔恨から、小河内は早々に酔い潰れて眠り始めた。修文は加納というドラマーについて瑞絵に訊ねた。三十年前、一枚のＬＰを発表したものの、直後に中心メンバーを事故で失い解散した、博多出身のロックバンドの一員だという。以後長らく流行歌手の伴奏に名を見掛ける程度だったが、近年、当該レコードの再評価がめざましく、その波に乗ったかたちでメンバーを補充して活動を再開している。従姉が持っていたそのレコードが、小河内がドラムという楽器に興味を懐いた切掛けであった。

「小河内さんに詳しいねえ」と岡山が揶揄《からか》う。

「当然でしょう。高校の時はこんなにも上手い人が居るんだって尊敬してて、どんなに下らない冗談だって真剣に聞いていたもの」今宵の瑞絵は中々饒舌である。

「今は？」と岡山が、眠りこけている小河内に視線を投げる。

「まあまあ」

三人が三様に笑った。小河内は起きない。

「あの」と沈黙が訪れた時機を見計らい、修文はこの男なりに勇んで述懐した。「最後の女の人に挨拶されたような気がする」

目敏《めざと》い岡山なら見ていたかと期待して云ってみたのだが、意外にも瑞絵が素早く反応した。

「丁寧にお辞儀してたね」

そう認められ、胸中に暖かな火が点《とも》った。「あのバンドの関係者かな」

「プレス関係じゃないかしら。黄色い名札が見えた」

「プレス？」

「出版。たぶん音楽雑誌とか。前、あの大きい方の会場にお客として行った時、入口を間違えて付けられそうになったことが」

「勿体ない。間違えられたまんまだったら楽屋に入れたんじゃね？」と岡山。

「そうかも。でも、お名刺を頂戴できますかって云うんだもの。は？　って聞き返したら態度が豹変して、一般の方は那所《あちら》ですって顎で」

思った。自分はストーレンハッツと歩みを共にする事で、期せずして薫の世界に近付いていていたようだ。無論雑誌取材を受ける程の人々と、唯《たつた》一度の前座演奏に浮かれているバンドとの間には、ホールの規模が示している以上の差がある。厳然たるその現実を見失う修文ではなかったが、今夜のところは一切を好都合に考えていたかった。

共同幻想の指揮者《コンダクター》たるべき岡山が、一座の昂揚に水を差した。巷で流行《はや》りの音楽を流し続ける有線放送に退屈し、客として訪れていた同級生に託してあった録音機《レコーダー》の音を聴き始めたが、そのうち渋面となり、一曲めが終わった程度の頃合で「己の歌、いまいちだな」とイヤフォンを抜いた。

瑞絵が続きを聴いて、これも暫くするとイヤフォンを放り出し、「歌はそう劣《わる》くないと思う。ベースがこうも乱れてたとは思わなかった。ライン録音、怖いね」

イヤフォンが回ってきた。聴いた。なるほど歌もベースも小河内のドラムも、記憶の中の音像よりばたばたと騒々しく、どこか調子が外れている。しかし最も耳障りに感じたのは、ライヴハウスの備品であるデジタルシンセサイザーが発する、ピアノやハモンドオルガンを模した音色だった。修文は黙って聴き続けた。岡山と瑞絵がしんみりと語らっているのを敢えて尻目に、両者の肩に伸《の》し掛《かか》っている荷も自分が支える気概で、最後まで熱心に聴いた。イヤフォンを抜くと二人はぴたりと会話を已め、神妙に修文の所感を待った。

「理想と現状との間に、だいぶ落差があるね。もっと熱を入れて練習をせんと」

そう選び抜いた末の科白を吐いた。これが岡山の内なる琴線に触れた。

「理想が判白してるからな。あとは練習だけだ。練習さえすれば勝てる。勝ち残れる」

「僕も、自分の楽器を買った方がええね。リハーサルの時間だけで音色を作り込むのは、やっぱり難しい」

某社の何々が評判が良い、軽くて持ち運び易いらしい、と瑞絵が薦めれば、その旧モデルの中古にしろ、と岡山は主張した。何故かと問えば、己のギターも中古で買った、と解せない返答をする。ギターの改造遍歴を語り始めた。

小河内が目を覚ました。腕時計を覗き、終電車を逃したからもう帰れないと云い、些《すこ》しだけ酒の続きを飲み、又瞼を落とした。

「みんなでシュウん処《とこ》行こう。シュウん処で飲もう。小河内さんは寝てればいいし」

「狭いよ、本当に」

「でも防音だろ」と又、捻れた返答をする。

駅に向かっている間の小河内の足取りはそれなりに確かだったが、混んだ山手線の中では辛そうにしていた。代々木の改札を出ると、

「悪いけど己は先に行っているから」と掌を突き出した。修文は部屋の鍵を渡した。

「じゃあ二手に分れよう。己とシュウは酒とつまみ買ってから行くから、小河内さんと瑞絵はさきに」

「場所が分らない」

「私も」

「そうか。じゃあ己が案内するよ。瑞絵、シュウと一緒に適当に買ってきて。任せるから」

「好いけれど」

二手に分れた後、瑞絵は修文の横でくすくすと笑った。「シュウくんが先に帰れば済むじゃないのねえ」

「酔っとるんでしょう」

コンビニエンスの商品を、瑞絵は次々と籠に放り込んで、たちまち溢れさせんばかりにした。

修文は吃驚《びっくり》して、「そんなに要らんでしょう」

「余ったらシュウくんの晩酌に。きっと小河内さんが払うから大丈夫」

帰宅した。小河内はソファベッドに坐って寝ていた。岡山は、修文が未だ物入れに使っている段ボール箱の前に膝を突き、何やら物色していた。

「何」

「他のＣＤ」

「床に重ねとるだけしか無い」

岡山はぽかりと口を開けた。「まあいいか。再生するもんは」

「ノートパソコン」

「外付けのシステムとか、何か――」

「パソコンだけ。以前《まえ》も云うたよ」

「言葉通りだったのか。だってＭＰ３の管理とかの話だと思うだろ。持ち歩きはｉＰｏｄなんかで」

「そういうのは無い」

「凄いな。ミュージシャンに、聴く環境には大雑把な奴って多いけどな。ピアノの蓋もまだ開かないいんだろ？　シンセもアンプも無い。そう云やテレビも無いし、この部屋って音が出る物、殆ど無いじゃん」

鍵盤ハーモニカを見せようとして別の箱に近付いたが、芳しい反応は望めまいと思い留まり、

「うん」

「何の為に防音マンションに住んでんだ？」

修文は返答に窮した。いざ思い回してみれば、惟《これ》と表せる必然性は奇怪なほど見当らなかった。防音性能を欲しているのはグランドピアノであって修文ではない。そして修文はその鍵を持たずに暮らしている。

「ラジカセでも借りてこようか。友達の部屋にあるかも」

修文は霞に電話した。幸い仕事中でも不機嫌でもなかった。事情を話した。

「古いミニコンポなら在るよ、ＣＤとかＭＤとか入る奴。店の備品。今日はもう上がりますって連絡したから貸せなくはないけど、貸さない」

「なんで」

「ストーレンハッツに親切にする理由が見当らないから」

巫山戯《ふざけ》ているだけなのは口調で判った。「酒が余っとるよ。なんじゃや、君の好きそうな甘いのも。お菓子も仰山」

「じゃあ貸す。重いから自分で運んで。秋野さんしか来ちゃ駄目だからね」

部屋を出てエレヴェータを待っていると、サキソフォンのケースを肩に担いだ隣人が、客を伴って出てきた。修文は頭を下げた。相手もパナマを取って一礼してきた。深夜だというのにサングラスで、艶々した高級そうな背広からはアロハの襟を出し、喉元には金のネックレスをぎらつかせている。隣人は何時もこういう恰好をしている。夜にばかり会う。住んでいるのではなく時々通っているようで、日が落ちる前に会った事は一度もない。

女は隣人の傍《かたわら》に相応しい婀娜《あだ》なドレス姿である。客と判断したのは修文を無視している上に以前の女とは違っているからで、詮索する気はないが同じような女を更に二人は見ている。

三人続けてエレヴェータに乗り込んだ。直ぐ下階《した》で停まって伊集院が乗り込んできた。その風体に驚いた女が、ぴゅうと咽が鳴るほど激しく息を吸い上げた。伊集院は修文に会釈してきた。どうも、と返した。

修文だけ先に三階で降りた。霞は部屋の鍵を開けて待っていた。男のような、Tシャツにスウェットパンツ姿だった。「上がって。電源だけは抜いといた」

ドアを閉じると、顔を蹙《しか》めて、

「おっさん、酒臭い」

「誰がおっさんじゃ」

「三秒以上見凝《みつ》めたら金取るから。ブラしてないから」

「分った」と答えて靴を脱いだ。

「引き退《さが》る前に値段訊けよ」

「ラジカセ何処？」

「奥」

広くはない修文の部屋よりも更にだいぶ狭い。台所とシャワー室のドアの間を抜けた所に薄型テレビが点いて、その対面に大きなベッドがあったかと思えば、殆どそれだけの部屋であった。ベッドの宮《みや》にスピーカー以外は一体のステレオセットが載っていた。

「ベッドに上がる」

「どうぞ」

そうしないとステレオに近付けなかった。膝歩きに寄って持ち上げると、霞の弁とは違い少しも重くはなかった。見た目だけで重量を判断したのだろう。スピーカーごと一抱えにして、霞にコードを手繰り寄せてもらった。

「ありがとの。一緒に来るじゃろ。それとも後でお礼だけ持ってこようか」

「あ、じゃあ行く」

女はベッドと壁の隙間からスーツケースを引きずり出した。何を運ぶつもりかと思えば、それをベッドに載せて開き、手鏡を立て、前髪を上げて化粧を始めた。

「お前、阿呆か」

「何でよ」

「持たせたままで化粧なんかすな」

「そっちこそ阿呆か。置いて待ってればいいじゃん」

修文はステレオを床に置いた。霞の化粧と背中を向けての着替えが終わる迄、二十分ばかりを要した。修文は斜めを向いたテレビ画面に見入って待っていた。久々のテレビ鑑賞だった。韓流の時代劇が流れている。日本人と変らぬ面立ちから、吹替えの尺の合わない科白が発せられるのが面妖《ふしぎ》で、その事ばかりが気になる。自分が二人になったような気がする。女が化粧をする場になった。大写しになった顔を背にして霞が化粧をしている。そう云えば今日の楽屋にも男だてらに懸命に化粧をしている一群がいた。よく化粧に立ち合う日である。

「伊集院さんって知っとるか」と霞に訊いた。

「六階の漫画家さん？　うん」

「漫画家なんか」

「うん、意外と有名らしいよ、秋葉《あきば》辺りじゃ」

「女の漫画を描いとんか」

「なんで」

「服装が」

「あれは只の趣味じゃね？　本貰ったことあるけど格闘物っぽかったよ。でも女の子の画《え》は可愛かったな。哲学的な科白ばっかりで話の意味は分んなかった」

「ほうか」絵面の想像がつかない。「あの人、中身は女なんかの――つまり、心が」

「おっさんでしょ。どっからみてもおっさんじゃん」

「ほうじゃの」

霞が七〇四に来て酒臭い酒臭いと騒ぎ、小河内が目を覚まし、修文が壁際に並べて電源を入れたステレオセットは無事FMの電波を受信して、場は華やいだ。岡山は既に目ぼしいCDを選り分けていたが、出だしを流しては、気分と違う、次を流しては又、違う、と次々にディスクを替えた。そのうちスティーリィ・ダンに辿り着いた。停めようとするのを「変えるな」と小河内が制止した。岡山は臍を曲げた態《てい》で非道く音量を上げた。修文は慌てたが、相手は「防音だよ」と笑っている。その通りである。

会話が困難な迄の音量には、間もなく岡山自身が飽きた。適度な音に戻した。ソファベッドを女たちに譲り、男三人は床に余分な蒲団や毛布を畳んで坐った。しかし女たちも次第に辷《すべ》り落ちてきて、全員が同じ高さになった。皆でピアノの陰に隠れて悪巧みでもしているようだった。

いざ第三者を含んでみると、霞という女は他人の話を聞くのが上手い。バンドの行く末になど何の興味もなかろうに、岡山や小河内が語りたいであろう向きを察知しては、無知を演じながら問いかける。曾《かつ》て一方的に自分の過去を語っていた女とは別人のようである。恐らく修文に彼此《あれこれ》問わないのは修文が問われるのを好まないと端《はな》から察しているからで、相手の顔色を能《よ》く観察しているのである。瑞絵に対しては最初の挨拶以降、全く話しかけていない。修文同様の、自分を語るを好まぬ傾向を霞は見切っている。

小河内がデジタルカメラで一座を撮り始めた。瑞絵は撮られるのを好まないらしくソファベッドの上に逃げ、立て掛けてあったベースをケースから出して流れている音楽に合わせて奏で始めた。アンプに繫いでいないから音は殆ど響かない。

修文も隣に移動した。「御免、何か繫ぐもんがあれば」

「好いの。本当はあるの」と瑞絵はケースのポケットからカセットテープ大の機器を出した。「アンプもリズムもチューナーも全部入っていて、家だと周りが五月蠅《うるさ》いから是《これ》で練習してる」

折畳み式のヘッドフォンも持参しており、それらをベースに連結して音を聴かせてくれた。中々の音質だった。ヘッドフォンを返した。瑞絵は楽器を調絃し直し、今度は本格的な練習に入った。酔っているから指が命令を聞いてくれないと苦笑した。そのまま笑い続けた。

ね、と笑いを引きずったまま話しかけてきた。「シュウくんは防音マンションに住んでる癖に、きっと殆ど物音も立てずに暮らしている。私たちは騒音を立てずにはいられなくて、その中で仕方なくヘッドフォンをしてるの」

小河内が又、船を漕ぎ始めた。岡山も気怠げに毛布を身に巻いている。霞も自分の寝床へと帰っていった。修文も坐ったまま目を閉じた。

はたと目が覚めた。瑞絵は楽器を抱いたままで寝息を立てていた。小河内は床に伸びて鼾《いびき》をかいている。音楽は無い。岡山だけが起きて、ピアノの椅子に手を突き膝立ちでいた。ソファの軋みに振り返り、寝惚けたような声で、「今、この上に花音が」

何も居はしない。椅子だけである。「今も？」

「いや」と岡山を室内を見回した。「もう消えた。すこし喋ったよ」

自ずから眉間に力が隠《こも》った。「どう云うとった？」

岡山は躊躇を覗かせたのち、「今度の住人は感じが好いってさ。気に入ったって」

この男は嘘を云っている。そう修文は思った。

六

湯浅は本来の予定に二週間遅れて上京してきた。赤く日焼けした無精髭面が硝子越しに覗き込んできた時、既にこの男だと察した。清水さんから、昼時、湯浅が学校に顔を出したむね連絡を受けていた。予想通り這入ってきて店内を眺めた後、

「秋野くん？」と尋ねた。

修文は夕子さんの様子を振り返り見た。普段の会釈と変わらない。湯浅の何者たるかを知っている風ではない。

「遠方からの友達なんですが、一寸《ちょっと》だけ中抜けしても構いませんか」

「四国から？」

「屋久島です」と湯浅が答えた。此方《こちら》も相手を判っている様子ではない。

「まあ。沖縄？」

「鹿児島県ですね」

「一寸外で話してきます」

「此処で話せば好いじゃない。そんなに遠くから見えたのなら一杯くらい奢らせて」

「行く宛てがあるんです」と適当を云った。湯浅と話し始めて、花音の話題は決して避けられない。夕子さんに聞かせたくなかった。

夕子さんはもう引き留めなかった。修文は前掛けを取り、湯浅を押し出すように店の外へと出た。怪訝そうにしている相手に、

「今の、花音のお姉さん」と教えた。

「ああ」と、幾らか店に関する知識があったのだろう、湯浅はそれだけで納得した。上京初日、岡山に連れ込まれた珈琲店に目星を付け、駅の方向に足を向けた。連なって夜路を進んだ。

「花音、もう視た?」と湯浅は訊いた。

「いいえ。どうも僕だけ視えんようです」と皮肉交じりに云った。

「余裕だね。怖くないの」

「だって視えんし」

「信じてもないし?」

修文は答えなかった。

「執《いず》れ視るかも」

「湯浅さんは何度も?」

何やら返答に窮している。視もせずに噂に煽られてしまった口らしい。

暫くして湯浅は思い出したように、「一度だけ」

この男も怪しいものだ。

目当ての喫茶店は混んでいた。たぶん二十分ほどお待ちいただければ、と店員が顔色を窺ってきた。振り返り見た湯浅は、かぶりを振っていた。

「マックでいいんじゃない？　己、晩飯まだなんだ」

「御免。やっぱりエッジに戻りますか」

「あの店、美味しい？」

「と思います。評判は良いです」

「安い？」

「まあまあ。夕子さんがああ云いよったから、サーヴィスしてくれるかも」

「じゃあその辺で話だけ済ませて、戻ろうか」

学生街だけに路上に屯《たむろ》する若者の姿には事欠かない。それに紛れようと云うのである。自分も風景の一部だった頃に郷愁を覚えているのだろうか。コンビニエンスの店先に置かれた筒型の灰皿の傍らで、湯浅はアメリカンスピリットに火を点けた。

「中で飲み物買《こ》うてきます」

「いいよ。気、使わないで」

「どうせ自分の買うし」

「じゃあ珈琲。普通に甘いやつ」

普通に甘いというのが能《よ》く分からなかったので、銘柄違いで二つ買って戻った。湯浅は迷いなく一方を選んで、律儀に代金を支払った。

「改めまして、湯浅です」

「秋野修文です」

「ストーレンハッツに入ったんだってね」

「ええ。嘉山くんから?」

「いや、清水さんっていう学校の人から。嘉山とは、今回は会わずに帰るよ。今の生活についてとやかく云われそうで、こう云うと申し訳ないけれど那奴《あいつ》、時と場合によっては鬱陶しいというか」

率直に同意しかけたが思い留まり、「世話焼きですよね」

「その清水さんから、ピアノの蓋が開かなくて困ってるって聞いたんだけど——」

「いえ、困っとるという訳じゃあ。でも誰かが持っとるか、失くしたかは確かなんで」

「己じゃないよ。己も一度も開けてないんだ。鍵盤はからっきし駄目で、ただ変に安かったからあの部屋にしたってだけ。安かった理由は後で判ったんだけど」

「鍵は?」

「見た覚えすら——ひょっとして不動産屋から貰った封筒の底にでも入ってたのかな。でも丸ごと突き返しちゃったからなあ」

「不動産屋には無いらしいです。まあ早晩《そのうち》出てくるでしょう」

「ピアノ弾きじゃないの？　困らないの」

「困ると云やあ困るけど、死ぬほど困るという訳でも」

「君、変ってるなあ」

修文にしてみれば、隣町へでも引っ越すように南の島へ、しかも親に無断で移住してしまった人間の方が、遥かに奇矯に思える。

「島暮しはどうですか」

「楽園」と湯浅は呟き、住人もそう感じるものかと修文は頷きかけた。しかし所感には続きがあった。「——に辿り着いたと、最初は思った。深い森が在り清流が在り、海が在り空が在り、満天の星が在り、眩しい太陽が在る。都会からお客さんとして遊びに来るには、本当に楽園だからお薦め。でも共同体《コミユニテイ》に這入り込んじゃうと最早お客さんじゃないからね、新参なりに片身が狭いし近所との諍《いさか》いも無いじゃない。都会だと珍しくもない品物の入手に苦労したり、変に物価が高かったりで、不自由も多いよ。女と一緒なんだ。まだ籍は入れてないけど」

「はあ」

「結構年上で、それは兎も角、離人症でさ」

「病気ですか」

「簡単に云えばね。テレビに夢中になってる小供に話しかけて通じない事があるでしょう。時《とき》偶《たま》の現象なら問題はないが、若し一日の大半がそうだったら？　周囲に迷惑なのは勿論だけど、本人の苦痛も半端じゃなくてね」

記憶力にも深刻な問題が生じつつあった。確実性のある治療法は未だ確立されていない。聞けば湯浅も、樅ノ木までの道程を遠回りした口である。予備校の国公立大学コースに通っていたが、冬が迫ってくると、受からねばという重圧からか偏頭痛を伴う耳鳴りに襲われるようになった。

「こう見えて幼児の頃から英才教育でね、現役合格せずに予備校へ行ったのは、まあ慢心から。本番に弱い自分を知らなかったんだ。寧ろ逆だと思っていた。今にして思えば東大の本番中、既に難聴の兆しはあったんだよな」

「問題に集中できませんね」

「うん」と湯浅は重々しく首肯《うなず》いて、「高《たか》が耳鳴りと思うかもしれないけれど、鉄工所の騒音みたいなのが、恐らく脈動のリズムで、現実音を打ち消してしまうほどで、あれはあれで辛い物《もん》だよ。外で起きたら静まるまで一歩も動けないし、酷い時には吐いてしまうし」

「薬や手術じゃあ治せんのですか」

「耳の機能の問題じゃないから。自律神経調整薬を処方されたけど、今度は眠くなるから勉強どころじゃないし」

女とは、病院の喫茶室で出合った。相席となり、互いを一目で好もしく感じた上に同じ小説を鞄から出した。笑い合った。そこまでは良かったが、話そうとしても相手の言葉が意味を成さなかったり想像と区別が付かなかったりで、中々に真っ当な遣り取りへと至らない。双方、寧ろ躍起になった。自らの病状を細かく伝え合い、粘り強く筆談を重ねた。

「世界の捉え方が根本的に違うって凄いよね。急に視野が広がったところはあるよ、己、今まで何を焦燥《あせ》ってたんだろうって。何？　と能く考えるようになった。何に向かって走ってた？　愉快だけど後に悪影響がないよう羽目を外しすぎない大学生活と、百パーセント希望通りとは行かなくても成可《なるべ》く挫折感の薄い就職活動と、特別贅沢は出来ないだろうけど通勤からして惨めってほどじゃないサラリーマン生活と――考えてみたら大した物は追った事がないなと思うようになって、それはたぶん彼女の、自分が生まれてきた世界は一体どういう場所なのか、再び全《まっと》うに感じられるようになりたい、それだけで充分っていう悲願との比較だよね。苦労してそれなりの大学に入ったからってさ、次の競争はずっと過酷だろうし」

「就職活動？」

「うん。あれってさ、後悔しない選択って何処かにあるのかな。まあ此処ならっていう一流企業に滑り込めても官僚に伸《の》し上がってもそこで又競争で、こんな場所になんて来るんじゃなかったって思わない人、存在するのかな。どう思う？」

「賢い人ほど、後悔するんでしょうね」と修文は煙と一緒に吐いた。「なら僕は後悔せずに済むかも」

　引き返しの余地は残しておく心算《つもり》で、飽くまで休養として一旦水戸の実家に戻ると、日に数度起きていた耳鳴りがぴたりと収まった。湯浅の心は決まったものの、離人症の女が心配で、恋しくて、最早離れていたくない。矢も楯もたまらず上京時に診断書を書いてもらい、それを手に治れば本道に戻るからと親を説得して、予備校を辞めて中途で樅ノ木に入った。ギターには自信があったから、案外その道でなら巻き返せるかもしれないという淡い期待もあった。「耳が悪くなったからギターだ？　と親父《おやじ》からは散々に云われたけどね。心の病気だというのを理解していないっていうか、そこから目を背けてるっていうか——」湯浅は不図《ふと》、吾へと返った顔で、「己の個人的な話ばっかりで、一向に部屋の話へと辿り着かないね。退屈？」

「いいえ」実際には右から左へ流している事も多いのだが、如何にも身を入れて聞いているように見える目付きなのか顔貌《かおかたち》なのか、修文を前に長々と自分語りをしてしまう者は昔から多い。霞も然《しか》り。本人は、そういう星の下にでも生まれたのだろうと思って意に介していない。自分の事を執着《しつこ》く問われるより百倍も好い。「ギターは、小供の頃から弾いとられたんですか」

「いや、始めたのは高校に入ってからだから、遅い方」

「そうですか。いや、さっき自信があったと云われたんで」

すると湯浅は他人に苦笑するように、「厳密には過信がね。嫌味な話で、つまりお勉強は得意なんだ。自分で云うのも何だけど効率が良い。例えばさ、或るフレーズを頑張ったら百の速度で弾けるとするじゃない。でも本番で百を要求される事はない。精々七十、本当は四十や五十の速度だ。すると己は五十でしか練習しない。それ以上は無駄と判断して、余った時間を別の練習に回しちゃう。そういう習性なんだ」

自嘲気味の語りだが、併《しか》し、楽曲が求めている水準を予め確信できるのだとすれば、それは大した才覚であるとも修文は思う。

「コードだってそう。ストーレンに必要なコードを、転回や省略を駆使して整理していったら

——例えばＣ系でもA_{m}系でも$F_{\Delta 7}$でもD_{9}でもE^{+}でもドとミしか弾かないみたいにね、すると新しく押さえ方を覚える必要のあるコード、一体幾つだったと思う？　一ステージで四つ。一曲でじゃないぜ。己、ストーレンの為にはそのくらいしか練習してないんだ。勿論アドリブなんて利かないし、他の楽器が一緒じゃなかったらどんな進行かも分らない。でも聴いてる人は、己が色んな弾き方を出来るようになった上で、場面毎、周囲の音に呼応して音を略してるんだと思う。逆なんだ。最初に略しちゃってて、それしか覚えていない。受験勉強癖だよ。合格ラインにさえ達すれば勝ちで、先の創造性《クリエイティヴィティ》は皆無」

「そうやってコードを整理する作業が、立派な編曲になっとるような気がしますけど」

「欲しい響きから導き出された押さえ方ならね。己のは楽する事しか考えてない。いんちきもいいとこだよ、今にして思えば」

　ストーレンハッツの母体は、一年次の授業で組まされたバンドだという。そこに岡山が居て、言葉巧みに他のバンドと交渉してはメンバーを入れ替え、藁稭《わらしべ》長者式に巧いバンドへと刷新していた。その状態のままプロフェッショナルへの坂道を駆け上る心算でいたのは間違いなく、引き入れられた湯浅も吝《やぶさ》かではなかった。併し気儘でいる事が必須である以上、演奏を楽しみながらも何時も何処か、虚ろな心地でもいた。一進一退を繰り返す女の病状も、心痛の種だった。記憶が、時に訂正しきれないほど出鱈目である。

「現実が現実感を失って、裏腹に夢が異様に現実的なのが、離人症の一つの特徴なんだ。現実の己が如何に優しくしていてもそれは夢の中の己、そして夢に見た暴力的な己を現実の己だと錯覚している――恐ろしい話だと思わない？　そしてその比率が逆転し始めた」

　夏の終わり、湯浅は女を屋久島に連れ出した。旅行した知人、テレビでレポートする芸能人、皆一様に「癒される」と唱える。真に受けていた訳ではないが、藁へも縋らぬよりは、鰯《いわし》の頭も拝まぬよりは、ましだった。

　鹿児島空港での乗換えまでは夢遊病者のようだった女の表情は、日射しによって黄みがかった屋久島の景色のなかで、別人のそれへと移ろった。湯浅が見たことのない、普通な女の顔がそこに在った。平凡で健全な顔だった。

「普通の有り難さっていうのかな、当り前に目配せし合ったり会話できる事が、震えるほど嬉しかった。有名になるより金持ちになるより、己はこの倖せを手に入れて放したくないと思ったんだよね」

「そのまま屋久島に？」

「いやあ、そう簡単には」

　島に居る間じゅう女が朗らかだったことから、離島する前日には湯浅の心は定《き》まっていた。世話になった観光ガイドを訪ねて下働きをさせてほしいと頼んだ。湯浅の話にガイドは同情を寄せてくれたが、自分のは人を雇える規模の事業ではないと云った。人手を必要としている所を探しておくから、連絡先を書き置いて一先《ひとま》ず本土へお帰りなさいと云った。

　代々木での暮しに舞い戻った湯浅に対し、軈《やが》てガイドは誠実に、島のガソリンスタンドを紹介してきた。しかし湯浅の気持ちは早揺らいでいたのである。

一つには間違いなく、日射しの違いが起因している。東京に戻って暫くすると、島で体験した一切合切、ちっぽけな記憶媒体《メモリ》に刻まれた空事のように感じられてきた。女の顔付きも以前の通り硬化したが、それは見慣れてきた顔でもあった。両人《ふたり》して片時、勇ましい夢を見たのだと思われてきた。

ガイドへの返答を一ト月も引き延ばしての一夜、湯浅は花音を視た。

部屋の曾《かつ》ての住人に関する知識は皆無だった。夢の中にバッハが響いて途絶え、又響いては途絶え、はたと目を覚ましてみると部屋に他人が居る。玄関に灯したままの燈光《あかり》が、ピアノの蓋を閉じようとする女の輪郭を照らしていた。顔が此方に向いて、翳った。

眼前の一切を現実として捉えていた湯浅は、学校か不動産屋が急な事情でもって、業者にピアノの調整を頼んだのだと思った。ぐっすりと寝入っていたような気がしているが、僅かな間の居眠りだったらしい。自分が起きなかったから合鍵で入ってきたのだろう。

「澄みません、今点けます」と慌ててベッドから起き出し、部屋を明るくしてみれば、誰も居ない。散らかった小部屋に、自身の息遣いが響くばかりである。恐る恐るピアノの蓋に手を伸べた。其《それ》は動かなかった。

合理主義者を自認する湯浅がここで疑ったのは、恋人と同様の記憶障碍の可能性である。調律師なり修理屋なりの他人がピアノを触りにきたのは以前の話で、それを自分は忘れており、しかし覚醒時に記憶の断片が甦ったのではないか。翌日を待って不動産屋に電話をし、昨日女の人がピアノを触りにきたようだが、と訊いた。ここで電話口の担当者は迂闊にも、「出ましたか」と発したのである。尤も後日、そういう意味ではなかったと懸命に弁解した。

そんな一体験に因って幽霊を信ずるに至ったとは云えず云いたくもないが、元々不便の多い部屋の居心地が一層悪化したのは確かで、夜は眠れず延々とテレビの番、学校に居る間も迫り来る帰宅が憂鬱でならない。ストレスを引鉄《ひきがね》に難聴が再発しそうな予感もあって、思わず岡山に体験を打ち明けると、この男らしく無責任に面白がって、自分には霊感があるから確かめてやる、今夜泊まってやると決め込んでしまった。

「気配がする。――ああ、居る居る」と部屋に通すなり云われたが、その種の弁さえ聞き流していれば、学生同士の貧しい酒盛りに過ぎない。同じ口から繰り出される誇大妄想気味の夢語りや落語の出来損ないが気分を晴らして、夜半過ぎには安らかに瞼が落ちてきた。

「湯浅」という鋭い呼掛けに目を覚ました。飲み合せの所為《せい》か妙に真っ赤な顔となった岡山が、部屋の一角を顎で示して、

「居る。こっちを見てる。若い女だな」

湯浅は息を詰めて振り返ったが、布張りの壁にギターのケースが立て掛けてあるばかりである。単に岡山は調子に乗っているのか、酔って幻を見ているのか、それとも事実、両者の網膜が別々の像を結んでいるのか、見極める術《すべ》を湯浅は持たない。呆然と頷いている他なかった。

事の本質はどうあれ岡山は「出る」と結論し、翌朝、湯浅を不動産屋まで引きずっていった。過去同室に自殺者がいた筈であると、自信満々に担当者を問い詰めた。

「どんな人物か憶えてますか、その担当者」修文は湯浅に訊いた。

「よく憶えてるよ。ひょろっとした、胃が悪いような顔色の――」と答えた。恐らくあの青瓢箪である。

青瓢箪は先ず自殺者の存在を否定した。我々は視た、と岡山が語気を荒らげる。視えたにしても人畜無害な残像なのだから、冷静に考えれば奇天烈ないちゃもんである。

岡山の態度を腹に据え兼ねたのだろう、仮に自殺があったとしても通知の義務は次の住人に対してのみ、先代住人が健在である以上、当方に落ち度はありえないと青瓢箪が勝ち誇れば、では正当性の立証として先代を教えろ、本当に生きているんだなと岡山が迫る。その利発な切り返し、幽霊への執着ぶりに湯浅は舌を巻いた。

青瓢箪は憮然としつつ、樅ノ木に在籍していた音楽プロデューサーが、個人スタジオとして利用していたと教えた。渋面を演じてはいたが、有名人と判れば穿鑿《せんさく》を諦めようとの計算が見え隠れした。

「嘉山くんは、なんでそうも確信があったんでしょう。本当は最初から噂を知ってたって事は?」

「そうだね――ありうるね」

「確認はしなかった?」

「したって本気で答えやしないよ、あの男は」

遣る瀬ない心地で不動産屋を出た湯浅だったが、岡山は腹の虫が収まらない態《てい》で、二階堂雅彌に違いないから事務所に電話して確認すると息巻いた。学校で、暫く姿を消していたかと思うと、電話番号のメモを手に寄ってきて、「湯浅、架けろ」

調べてきたのである。どうせ本人には繋がるまいと思ったから、従って見せた。女が出てきた。二階堂の名を云うと此方の名も問われた。冷たい調子だった。湯浅ですと答えた。何方《どちら》の、と問うので校名を云った。用件を問われた。

説明しようもないので、「幽霊の件で」

「は?」

「部屋の幽霊の件で」

女は沈黙後、「二階堂は普段此処にはおりません。御用件はお伝えしておきます」

慌てて自分の番号を云ったが、女は復唱もせずに通話を断った。岡山は地団駄を踏んで悔しがった。しかし次の授業中、愕いた事に二階堂本人から発信してきた。少なくとも自分ではそう名告《なの》った。急いで廊下に出た。

「音楽プロデューサーの二階堂です。其方は、失礼ですが樅ノ木の——?」

「学生です」

「風月荘に?」

「はい」

「部屋は」

「七〇四です」

「そうですか」二階堂は暫し黙っていた。それから、「視たのは、君自身?」

「はい。それに、たぶん友達も」

二階堂は吐息した。「その部屋は出た方がいい」

偶《たま》さかか意図してか通話はそこで途切れて、湯浅から架け直しても最早通じなかった。

一連の出来事を知った恋人は湯浅本人より余程怯えて、即刻《すぐさま》風月荘を出るようにと懇願した。湯浅が居を移せるよう親に話を通して、自宅に部屋を用意させた。女を宥《なだ》めるためにもひとまず引っ越さざるをえなかったが、無論のこと気兼ねだらけの生活である。曾て思い描いた屋久島暮しが、湯浅の胸中で再び光彩を放ち始めた。

恋人の心を読んだ女が云った。「又旅行しようか。今度は長く」

そうだ、旅行で良いのだ。人生を決するなどとは考えず、気儘な長旅を続けているとでも思って、眼前の日々を乗り越えていれば良いのだ。

岡山に、旅行のためストーレンハッツも学校も休むと伝えると、何やら誤解したらしく、代々木に幽霊など居ない、自分も本当は見ていない、と急に宗旨変えしたそうである。如何《いか》にもあの男らしい。なぜ貴重な若さを浪費するか、なぜ築いてきたものを放り出すか、と激するまでになったので、己は心因性の難聴なんだ、心が弱いんだと初めて告白するに至った。

バンドから離脱していく湯浅を懐柔せんと、岡山は当分、躍起になって動き回っていたようだ。そもそも現代に於いて自殺など平凡な死に過ぎないというのがその新しい立脚点であり、自殺者を包んでいた霧を吹き散らすような発見を次々に報告してきた。曰く、死んだのは二階堂の先代、久世花音なる女で、矢張り樅ノ木の学生であった。曰く、その姉が学校近くで飲食店を営んでいる。曰く、生前の花音を知る人物にドラム敲《たた》きがいて、これが素晴しく巧いからストーレンハッツに引き入れる心算《つもり》である。曰く、花音の写真を見たが中々の佳人《かじん》である。

報告の種が尽きたと見えた頃、湯浅と女は女の両親にだけ行く先を告げて、再び屋久島に渡った。ガソリンスタンドの仕事はまだ空いていた。今、休暇には観光ガイドの見習いをさせてもらっている。幸い島への客は増えている。孰れ自信がついたら、看板を揚げ独力で客を迎える心算だ。……

「己の話はこんなとこかな。次の人が入ったら、色々と正直に話しておくべきだろうと思ってたんだ」

「花音は居ると思いますか」

「あの部屋に幽霊が？」

修文は首肯いた。

「己の体験談は以上だから、そこから判断してもらうしかないけど、いま改めて居たかと訊かれたら、居たから、自分も屋久島に居るとしか答えられないな。御免」

「あ、いいえ。ところで一緒に居られる彼女、快《よ》くなられたんですか」

すると湯浅は吐息して、「期待が大きすぎたのか、現状を冷静に評価すれば、まああってとこ。希望は有るって感じ」

他人事《ひとごとなが》乍ら切なくなったが、「でも希望が」

「うん。昔《まえ》は無かったからね」

エッジに戻った。途中、ところで東京に何をしに来たのかと問えば、救命の研修だそうである。屋久島観光は山歩きが中心だから、客に何が起きるか分らない。本当は二週間前のコースを予約していたが、悪天候で飛行機が飛ばなかったのだと云った。

夕子さんが奢ろうとしたビールを湯浅は断った。宿に戻ったらノートを整理せねばならないと云う。日替り定食の酢豚を大袈裟なほど美味しがって食べていた。修文は夕子さんのオブジェの向こうの壁に度々目を遣り、湯浅が部屋で見た女は果たして写真の花音と似ているのか、確かめうる機会を窺っていた。夕子さんが何かの不足を思い出して、買物にでも出てくれないものかと願った。

何時ぞやの晩は、どうして見つけられなかったのだろう。店に勤め始めてみれば、花音のうつった写真は初めて訪れた夕刻に眺めたのと同じ位置にあって傾きまで等しく、一旦取り払われたり移動させられていた痕跡もない。とすれば修文は写真そのものは視認しつつ、その内に花音の顔を見つけられなかったのである。

結局花音の写真を目にする事なく、湯浅は店を辞去した。夕子さんは体調が思わしくないらしく、溜息をついてカウンター内に置かれた円椅子に腰を下ろした。

「ちょっと疲れた。休憩させて」

「どうぞ」そう云えば路上での話から察するに、岡山はこの店で小河内と知り合ったようである。修文は洗い物を続行しながら、「質問なんですが」

「許可する」

「小河内さんとは長いんですか」

「美大の後輩」との返事だった。「学部も在学期間も重なっていないんだけど、何かの場に他の後輩が連れてきたの。でも何処だったかしら」

「夕子さんの個展とか」

すると女は面倒臭そうに青白い歯列を見せて、「個展なんて開いた経験ないって。でもグループ展だったかしら」

「今も新しいのを創られよんですか」

「うん。まあ、ちまちまと。でもこのところ完成しないわねえ、花音が死んでから、これで完成という感覚が摑みにくくなっているかも。昔は人から『此処をもう多少《すこし》』と云われても『これで完成なんです』って激怒できたのに」

その晩、夕子さんは早めに帰っていき、後は修文独りで店を切盛りした。軈て雨になった事情もあり、客の少ない晩であった。その雨も店を閉める段には已《や》んで、仰ぎ見た青灰色の空には辛うじて二つ三つの星を数えた。

七

田島は本気のようだ。真実をどこまで伝えてやるのが親切なのか、それとも一切を黙っているべきか、未だに迷い続けている。

婚姻歴は、田島の心が誠実であれば然《さ》したる問題とは云えない。如何に短く奇怪な結婚生活であったにせよ、純粋なる幸福の希求と精一杯の献身に現実が呼応しなかっただけの話であり、全く恥じ入るべき過去ではない。

隠匿すべきはその前後であって、霞の仕事の法に抵触する部分については、単なる近隣住人の立場から見ても論外であるとせざるをえない。にも拘らず修文が見ぬ振りを続けているのは、先ず違法を立証する手立てが存在しないからである。行為は無かった、意気投合した相手と一緒にテレビを観ていただけ、とでも云い繕われてしまえば手詰まりであり、いやいや、男女がほぼベッドに占められている同じ部屋に居て――といった類推の論を用いようものなら、疑わしき相手の筆頭は、部屋への出入りを許された上、直ぐ上層に暮らしている修文その人となってしまう。

霞の部屋に修文が足を踏み入れたのは、ステレオセットを借りにいった際、返却した際の二度限りである。但し那方《あちら》から修文の部屋に足を運んでくる事が珍しくない。当初は専ら、もう花音は視たかと間接的にでもその俤《おもかげ》に接したがっている様子でいたが、そのうちこの男には視えないものと諦めたらしく、余り名前を口にしなくなった。

来訪は仕事柄、時刻を問わない。深夜だろうが明け方だろうが平然と〈ジュ・トゥ・ヴ〉を鳴らす。ちなみに湯浅が入居した時点で、インターフォンの呼出しは既に同曲に設定されていたと聞いた。しかし霞によれば花音の時代は只のチャイム音だった。修文が試しに一度電池を抜いてみたところ初期設定は後者で、花音はそのまま使用していたと思しい。霞が最後のその音を耳にした後、花音が気紛れに音を変えたか、それとも次の二階堂が変えたか、である。

睡眠中でも、〈ジュ・トゥ・ヴ〉に気づけたなら起き上がって、錠を開くだけは開いてやる。然《しか》し眠気を怺《こら》えて相手をしてやる義理はないから、大概、またソファベッドに戻ってしまう。霞は勝手に過ごして、起きた時には消えている事が多い。冷蔵庫の飲み物まで消えている事もある。埋め合わせの積もりか増えている事もある。煩《うるさ》い事は云わない。目くじらは立てず気も遣わないのがこの女と付き合う骨《こつ》だと覚えた。

バルコニーには必ず出て、景色を眺めていく。眠っていても音で判る。修文が一向に専用の履き物を置こうとしないものだから、到頭《とうとう》自分のサンダルを運んできて置き去りにしていった。霞にとって七〇四の主は未だ花音であり、修文は管理人、自分はその中間的存在といった位置付けと見た。

一度、勝手に酔って変な気でも起こしたか揶揄《からか》いか、寝ている修文の頭の前に腰を下ろして、髪を撫でながら好きな女は居るのかと訊いてきた事がある。面倒なので花音と答えたら、花音ちゃんは渡さないからと怒りだした。一層面倒になったので「他に居る」と正直を答えた。落ち着きを取り戻して、私は邪魔かと訊いてきた。

少し目が覚めて、しかし瞼は閉じたまま、「何で」

「もしその人に勘違いされたら」

「それどころか、一体何処に居《お》ってやら」

「逢えないの。相手の気持ちは？」

「知らん」

「可哀相に」

「どう？」

「騙されてる」

「それ以前の話よの」

「逢ってなくても女は騙すよ」

「何の為」

「綺麗なまんまで秋野さんに棲息《すみつ》くため」

「訳が解らん」

「そのうち解る」

「霞さんも騙すんか」

「もう騙してる」

「ほうじゃったか」

思考が何か像を結ぼうとする度、睡魔がそれを掻き乱す。薫は根が少年だから、人を騙す知恵など持たぬ筈だと考えながら、修文は又、睡《ねむ》りに落ちた。……

霞との仲を薫に誤解されるなど望んでも得られぬ状況だが、田島については用心している。何ぶん霞の金髪は目立つから、その後も何度か路上で目撃して、今や聖母《マドンナ》か詩神《ミューズ》の如く崇め奉っている。頻《しき》りに修文の部屋を訪れたがるのも、一目霞に逢いたさからだというのは痛いほど伝わってくる。部屋で引き合せるだけなら文字通り朝飯前だが、自分との関係を田島が誤解するのは火を見るより明らかにして、説明に対して冷静に耳を傾けてくれるとも思えないのである。何故なら田島には、花音との接点がない。

ストーレンハッツの面々に誤解が広まらなかったのは、彼らが直接なり間接的になりに花音を知っているからだ。花音という不在の、真空よろしく人と人とを強烈に引き合せてしまう特質を見慣れてきたからだ。そう、今の修文は思う。通常では考え難い人と人との特異な関係性が、花音が介在するや不思議と成立してしまう。

時折否応なく夕子さんの口から漏れ出《いず》る述懐を信ずるに、生前の花音はピアノ弾きとしても人間としても、然《さ》して際立った存在ではなかったらしい。防衛本能ばかりが先に立ち物事の好き嫌いが激しい、他人の期待を裏切ることを極度に恐れて場当りな嘘を散布する、かと云って芸術面での才能も十人並みの、優柔不断な美女といったところか。皮肉《アイロニカル》にも死んでからの彼女の方が遥かに人を惹きつけ、幾つもの人生を揺さぶっている。

少なくとも幽霊としての花音には懐疑的な修文からして、花音なかりせば、まず霞との交流はなかったであろうし、エッジの店員でもなかったし、ストーレンハッツに在籍したとも思えない。そしてストーレンに入っていなければ薫の姿も見はしなかった。伊集院なる女装の漫画家から認識されるといった些かどうでも好い事まで数え上げるや、花音が修文に齎《もたら》した縁《えにし》は既に無数と云えよう。それでいて当の花音は、修文の目にその幻すら映らないのである。……

盆休み、修文は帰省しなかった。学校は無論休みだし瑞絵が新潟に帰省してしまうからストーレンハッツの予定も入っていなかったが、家を出て五箇月足らずで舞い戻るのは女々しいような気がしたし、両親に胸を張れるような報告事項も無い。何より交通費がもったいない。心残りは隣家の老女に墓参りできない事だったが、何故そうもあの故人が自分には重要と感じられてならないのか、何か遠くに忘れてきたような気がしつつ、孰《いず》れの日にか墓石を丁寧に洗って勘弁してもらう事とした。

目覚めた。時刻を読むため手にした電話に、着信の記録が残っていたが、見知らぬ番号である。間違い電話だろうと思い放っておいてトイレに行き、ソファベッドに戻るとまた入っていた。今度は録音も入っている。聞いた。

「あ、シュウブン?」と男の声が問いかけてきた。岡山ではない。何を話すか決め兼ねている状態で録音が始まったらしく、やや沈黙があり、それから笑い交じりに、「幽霊に手を焼いとんやないか思うての。また架けるわ」

保存するか否かを問う自動音声が続いたが、どう操作したか憶えていない。新居浜の訛りだ。新居浜の誰に、どうやって花音の噂が伝わった? 無意識に立ち上がり、無意識にピアノへと進み、その屋根の輝きを見つめていて、日影《ひかげ》の声ではないかと思い至った。羊の絵葉書の、あのイラストレイターの個展に自分を誘った男である。

電話を折り返した。相手が出てきた。

「おお、シュウブン」

「日影か?」

「久し振りやの。此方《こっち》で会えるか思いよったら、帰省しとらんいうてお母さんが。ほいで幽霊は元気なんか」

「お前、なんで知っとる」

「やっぱり実話か。そういう気がしとった」と向こうの声音は暢気《のんき》である。「教えられとらんのんか。お前、漫画に載っとるで」

ぽかりと唇を開いて、当分は発するべきを思いつかずにいた。

「で、元気にやっとるか。音楽を勉強しに東京に出たんとの」

「ああ。そっちは」

「元気は元気やけど、一体何年後に卒業できる事やら。雑誌の漫画超特急いうて読んどらんか、理念社いう版元の」

「知らん。雑誌も会社も何方《どっち》も知らん」

「まあ高名《メジャー》な雑誌じゃない。ほいじゃあジーン有為《ゆうい》いう漫画家も知らんの」

「知らん。外国人か」

「日本人だろう。ジーンは片仮名、それから漢字でアルとタメ――才能があるという意味の、有為と書く」

「知らん」と重ねて断言したものの、何か心に引っ掛かる。「秋野いうて書いてあるんか」

「いや、片仮名でオサムくんとだけ。ほやけど東京に居《お》るとは知らんうちから、顔立や行動パターンや、偶然にしちゃお前に似すぎとるとは思いよった。何よりお前と同じ位置《ところ》に黒痣《ほくろ》がある」

「顎に？」と訊いた。日影は肯定した。顎の真中《まんなか》に大きくはないが鬮《くつきり》と目立つ黒痣があって、小供時代から口数が少ないし家業も金槌を使うから釘の頭に見立てられ、口が動かぬよう釘留めされているだの、むっつり黒痣だのと揶揄《からか》われた。

世に自分を認識している漫画家といったら、女装の伊集院くらいである。はたと閃きピアノの屋根に指で「いじゅういん」と書いた。「じいんゆうい」の順に擦ると全部が消えた。アナグラムだ。

「幽霊はどんな風に描かれとる。男？　女？」

「若い女で、じっとお前——じゃなかったオサムくんの日常を観察しとる。何方《どっち》か云うたら其方《そっち》が主人公で——」

修文は覆い被せて、「女の名前は？」

日影は宥めるように却って落ち着き払って、「漫画の中じゃあ、オサムくんは未だ幽霊の存在に気づいとらん」

「女の名前」

「出てきとらん。未だ連載の初回で、その限りでは出てきとらん」

「ほうか。兎も角、読んどく。漫画の題名《タイトル》を教えてくれ」

「片仮名で、『カノン』」

是《これ》には、流石の修文も憤った。この男には珍しくも咆哮寸前に、如何《どう》してくれようと口走った。まだ漫画の現物も確認していないというのに、怒りに任せて知見の概ねを旧友に吐露した。確かに自殺者の幽霊は噂されている事、自分はその女が住んでいた部屋に暮らしている事、階下に伊集院なる奇矯な人物が暮らして、その仕事は漫画家と聞き及んでいる事、只今《たつた》、その苗字とジーン有為がアナグラムとなっているのに気がついた事。自殺者の名は、花音である事。

日影は呆れ果てた口調で、「偶然では済まされんな。無断やとしたら私生活《プライヴアシー》侵害も好《え》えとこじゃの。悪い描かれようじゃないけど、そういう問題やないし、更に故人のご遺族の心情を踏み付けにしとるな」

ご遺族という言葉から泛《うか》ぶのは無論夕子さんであり、彼女は伊集院の創作活動を容認しているのではないか、それどころか焚き付けた張本人ではないかという考えが脳裡を掠めもした。しかし仮にそうであったとしても、此方《こちら》は此方で描かれている存在にしてしかも存命なのだから、厭を厭として遠ざける権利はそれに勝っているべきである。事態への好悪《こうお》を問われるならば、修文は絶対的に厭だった。

「無断も何も、ろくに話した事もない相手じゃ。エレヴェータで挨拶するくらいじゃ」

「ほうか。しかし、なんで名前まで同じにしたかの。いや、人物の名がオサムなんは、修文《よしふみ》と読めんかったけえやないかと想像しての話やが。郵便受け、姓名《フルネーム》か」

「いや、秋野とだけ」

「ほうか、何処で見たかのう。筆名《ペンネーム》に偽りなしの描き手やと思うとったが、何でそこまで安易に事実を模したかのう」

もし伊集院が自分を面白可笑しく描きたいと相談してきたなら、修文はたぶん御自由にと笑い飛ばしていた。そして出来上がった漫画を確認もしなかったであろう。目下覚えている毒虫に集《たか》られたような嫌悪感は、紛れもなく自分ではなく花音を描かれた事に起因する。故に幾重にも、厭だった。

予《かね》てからの花音に纏わる懸念のうち、最も忌避し忌避するべき事態に巻き込まれたと感じている。こんな具合に出しにされるなど是が非でも御免蒙《こうむ》りたかった。花音という死者には、どうも取り残された者たちの所有欲を猛烈に煽り、精神的争奪戦へと招き入れる質《たち》がある。幻影を突き放さんとしているのは寧《むし》ろ血の繋がった夕子さんであって、他は、誰も彼もが花音との関わりを誇示して、自分が花音共同体《コミユニテイ》の一員である事を承認させたがる。合理的思考を標榜しつつ結局のところ花音の思念は死後もこの部屋に残存していたとする湯浅は勿論のこと、隠し撮りした写真を夕子に手渡した小河内にさえ、そこはかとなくその傾向を感じている。伊集院も今、自分なりの遣り口でお墨付を得ようとしている。

善くも悪しくも分の弁《わきま》えを叩き込まれて育ったこの男は、その種の思考に徹底的に馴染めない。例えば小供の時、狭い道で自転車を漕いでいて後ろから植木屋のトラックに煽られ、さっさと路傍に寄ってやり過ごせば良いものを、怖さに一層ペダルを強く踏みながら何度も振り返っていて、まさに追い越される寸前に転び、脚の上を通過された事がある。靴越しに一瞬、弾力性の重圧を覚えた。小供だから関節が柔らかく、足全体がぺたりと地面に沿ったらしくて骨折も捻挫もなく歩行に影響は出なかったが、靴にくっきりとタイヤの柄が転写《うつ》った。急停止したトラックから血相を変えて飛び降りてきた植木屋に、しかし修文は、何でもない、転んだだけだと云い張った。自転車を荷台に積まれて医者の許へと運ばれたが、そこでも同じ事を云った。植木屋を庇おうという心からではなく、交通事故を認めてその当事者となるのを避けようとしただけである。踏まれたの痛いのと騒いで大人たちの耳目《じもく》をひくのは、転倒者としての分を弁えぬ卑しい行為だという信念があった。

自分とは無関係に転んだだけの小供を、態々《わざわざ》車に乗せて医院に連れてくるのは不自然で、医師は修文が植木屋から轢かれていないと証言するよう脅されているのではないかと憶測し、そのうち靴にタイヤ痕が発見されて寧ろ大騒ぎとなったのだが、兎も角そういう思考回路だから頭に血が上っている。七〇四を出ていく要がないのは特段の不自由も恐怖も感じていないからであり、鈍感な自分がそのまま暮らしていれば八方丸く収まるという配慮による。断じて花音遊びに加わっていたいからではない。漫画ではどう表現されているのか。若《も》しオサムくんの描写に花音への愛着でも垣間見えたなら、それは修文への侮辱に他ならない。かといって被害者面をして強く出るのは正に忌み嫌うところだし、モデルを騒がせて作品を話題にしたいというのが伊集院の皮算用ではあるまいか。

「災難じゃの。真逆《まさか》無許可ともそこまで事実通りとも思わず、面白がってしもうて悪かったの」

「いや、伝えてくれたんに感謝するわ。此方で対処する」

「そう他人行儀になるな。間もなく都会へ舞い戻るけえ、一緒に対策を練ろう」修文の気質を能《よ》く知る日影は、名状しにくい心情を察している様子だ。「二三日で戻って其方《そっち》に顔を出す。お母さんから代々木と聞いたが」

「うん」

「それまでは迂闊には動かん方がええ。漫画だけ精査しとけ」

「無理に予定を早めてくれる、いうんじゃないよの？」

「心配すな。もっと早う切り上げよう思いよったくらいや。新居浜にゃあ、ほんま何も無い。――サティが聞える」

「インターフォンじゃ」修文はモニターに足を向けた。岡山の顔が映っていた。

通話釦《ボタン》に近づけていた指で修文はモニターパネルの縁を撫でた。一撫でする間に居留守を決め込んで日影との対話を続行する気持ちを固めていた。岡山は籠中の小鳥宜《よろ》しく落ち着きなく頭を動かしている。目下の自分がこの忙しない男の前で穏やかな顔を保っていられるとは思われない。幸いにして室《へや》は防音であって相手が去るまで息を潜めている要もない。ところが、

「お客か。ほいならまた架けるの」と日影は余計な気を回した。

修文は慌て、「切らんでええよ。モニターで見えとる。どうでも好《え》えような相手じゃ」

「新聞の勧誘か」

「否《いや》」

「宗教団体が執着《しつこ》いか」

「いやバンドの仲間なんじゃが、顔を合わせとるような気分じゃない」

「非道い奴じゃの、訪ねてきたなら入れたれえや。俺も約束しとったのにお前から居留守を使われたことがある。後で判明《わか》ったら傷つくで」

「何時《いつ》」と心外な思いで問い返したところ、

「慥《たし》か――中二の冬休みに入り立てやった。松山まで何たらのCDを買いに行くけどいうて、そっちから誘うてきたんじゃ」と先方の記憶は異様なほど明瞭だった。「なんぼピンポン鳴らしても誰も出て来んけえ諦めて通りに出よったら、ちょうどお母さんが用を足して戻ってきて、修文なら二階に居《お》るいうて云われた。怒ってそのまま帰ったわ」

「気づかんかったんじゃろ――たぶん」と咄嗟に返した修文だったが、遠い、後ろめたい心地に染まった自室の情景が裂々《きれぎれ》に甦ってきた。そしてそれは下屋の菊間瓦を叩く雨音を伴っていた。「どうような日じゃったか憶えとる?」

「どうような、いうて」

「天気とか」

「憶えとるよ」日影は即答した。「雨じゃった」

真実《まこと》自分は居留守を使ったようだ。中二で態々《わざわざ》松山までといえば目当てはホットクラブ五重奏団としか考えられず、然《さ》すれば自分は遂にして入手の目処が立った逢魔《おうま》の本性を、逸早《いちはや》く日影の穎敏《えいびん》な感性に触れさせてみたかったのである。併《しか》し気紛れな居留守によって希望を果たせなかったのである。なぜそんな小供じみた行動をとってしまったものか皆目思い出せないが、尠《すくな》くとも日影への悪意や反撥からではなかったという確信はある。日影に合わせる顔がない、何らかの理由が生じてしまったのだと想像される。

「友達なら入れたれ」とだけ日影は遺した。

此方の魂胆など見越していたかのように、岡山は辛抱強く小さな画面に姿を留めている。通話釦を押さぬまま「日影に感謝せえよ」と大声をあげてみた。無論のこと相手は反応しない。

「感謝しとるなら態度で示さんか」と更に声を大きくした。愉快になってきて「頭《ず》が高いわ」とも続けたら、お辞儀をするように頭を低めた。偶《たま》さかこれから脱ぐ意《つもり》でいる靴の紐でも気になったに違いなかったが、少々びびらされた。通話釦を押し、

「ふむ——お早う」

と気の無さを隠さぬ口調で返事をした。応じて、画面上の人影が増した。田島のばつ悪げな笑顔が子機に仕込まれたカメラを見返した。映らぬように壁に身を寄せていたらしい——そう命じられたらしい。田島の発想とは思えない。こんな益体《やくたい》も無い悪戯を小供の時から懲りもせず重ねてきたのかと想像した修文は、岡山もとい嘉山という男に対して一種畏敬の念を覚えた。戯《おど》けに中途半端は不可《いけ》ない。照れが覗いても不可ないし自分から飽きてしまっても不可ない。何時まで戯《たわむ》れに付き合っていればいいのかと相手が迷ってしまう。自省の美徳には無縁な輩《やから》であると早めに諦観させて、今日の今日こそは真顔で向き合えるかもしれない等といった希望は一条たりとも懐《いだ》かせないのが親切なのである。

岡山は期待に背かず、若《も》し口髭あらば指先で扱《しご》き上げているであろう調子で、「連れてきてやった」

「田島を隠れさせとった意味は」

「吃驚《びっくり》しただろ」

「うん。腰が抜けて動けん」

「そう云わずに早く入れろ」

解錠してやるや、ドアは修文にノブを摑まれまいとするように遠ざかった。立体感を得た両人は炎天下に何処《どこ》をほっつき歩いてきたか共に湿ったシャツを身に貼り付けており、見ているだけで空調の効いた屋内が一気に湿ったような心地がした。そそくさとブーツの紐を解き始めた岡山とは出来が違って、田島は「お邪魔します」と一礼したきり直立不動に声をかけられるのを待った。この男はいつもこうだ。こう躾《しつ》けられて育ったのだろう。

「上がってや。いま何か」と修文もつい、故郷の母を模したような口調となる。

漸《よう》く「お構いなく」と靴紐を解き始める田島。片や既に修文の足許に潜り込んで保冷庫の扉を開いている岡山は、剰《あまつさ》え「空っぽじゃないか」と文句を垂れた。

「冷たい物《もん》なら、麦酒《ビール》も麦茶も果汁《ジュース》も丁度切らしとったとこ。いま紅茶でも淹れる」

「せめてアイスになんないか」

「ん、大きい方に氷が残っとれば。何処に行っとったん」

「御茶ノ水。駄目だ彼地《あそこ》は」岡山は保冷庫に背を向け冷蔵庫へと足を向けた。製氷室の抽斗《ひきだし》を引いて、「あるある」

「甘い濃い目のを淹れて氷に注いでアイスにしたる、果蜜《シロップ》なんか無いけえ——で好《え》え?」

「好いね。疲れてるから限界まで甘くしてくれ」

「限界まで?」と修文は確認した。

「頼む」

「砂糖の飽和量は温度で変わる。熱いとき限界まで入れたら後でとどるが」

「好いねえ、当《まさ》にそういうのが飲みたい」

「構わんけど」修文は薬缶《やかん》を手にして蓋を取った。

「とどるって?」靴を揃えて向き直っている田島から問われた。

「其《それ》もか」と吐息する修文。又もや知らずの方言だ。語尾や何かが無意識に訛るのは已無《やむな》きにせよ、修文なりに精一杯、都会の言葉に翻訳しながら話しているのである。そして思いも掛けぬ言葉が通用しない。霞にすいばりが通じなかった時は解説に難儀した。此方ではどう呼ぶのかと尋ねるも棘しか思い付かないと云う。それではすいばりだと判らない。暢気に薔薇でも愛《め》でていて日頃の罰《ばち》が当たったものと思われ処置してもらえない。

「砂糖を入れ過ぎたらどろどろになって器の底に溜まるよな、あれの事」と岡山が説明している。そう云えば岡山からのこの種の聞き返しは経験していない。地元が近いだけに、縦《よ》んば不明があったにせよ推察できる程度には通じている事になる。

「溜まるって意味っすか。じゃあお金がとどるとか」

　岡山は失笑し、「そうは使わねえな、面白いけど。何かが液体の底の方にどろどろ溜まってる状態限定」

「それを表現する時にだけ使うんすか」

「ん――まあそうなるか。紅茶を飲み干そうとしたら溶けきらなかった砂糖が口の中に流れ込んできて『わあ、とどっとった』とか、化学の実験で『いま試験管にとどっとる』のは何とか」

「他には?」

岡山は手を拱《こまね》いて、「シューブン、思い付くか」

蛇口を捻って薬缶に落ちていく水流を見張りながら修文も考えていた。思い付いた。「川の底の泥」

「それがあった」

「なんか、全部併せても人生で五回位しか使わなくないっすか」

「しょっちゅう使う」と声が揃った。

「其方《そっち》だと伝統的に砂糖をマックスまで入れるとか」

「己《おれ》の郷里《いなか》にそういうのは無いな。四国には?」

「有るか」修文は溢れていた水を止め、薬缶から減らして火に掛け、「御茶ノ水という事は楽器?」

「はい。エレアコを見繕ってもらうのに楽器屋を周《まわ》ってたんすよ。紅茶、手伝いますか」

「ええよ、別に大事《おおごと》じゃない。田島、ギターも奏《ひ》けるんか」

「いえ、これからです。エレアコってのも電気的に他の機材に繋げられた方が何かと便利かなと思うだけで、別に人前で奏こうって気は無いんすよ。ともかくギターは出来た方が先々絶対に有利だって嘉山さんが」

怪しい。慥《たし》かに幾つも楽器を習得しておけば編曲にも音源制作にも有用に違いないが、ストーレンでの修文の首を田島のそれに挿《す》げ替えようという肚《はら》でもない限り、岡山に田島の便宜を図る要があるとは思えない。併し慈善で酷暑の中を歩き回る男ではない。行動に自分なりの合理性を冀求《ききゅう》する男である。

「中古楽器は今や新大久保の時代だよ、秋野くん」

「誰の物真似？　田島、うちの岡山に利用されようとしとるぞ」

「おいこら人聞きの悪い」

「大方《おおかた》選ぶんを手伝ったり弾き方も教えてやるから、ライヴん時は貸してくれとか——」と修文は見当を語りながら田島を振り返り、相手の左手首に目を留めて、「その時計」

田島は気恥ずかしげに、革の腕輪に取り付けられた髑髏《されこうべ》の銀細工を拇《おやゆび》の腹で擦った。「まだあんまり似合わないっすかね」

「売り付けられたんか」

田島はちらちらと岡山の顔色を窺いつつ、「否々《いやいや》、僕が勝手に羨ましがって嘉山さんに無理を云って——」

「なんぼで買《こ》うたん」

「安くしてくれました」

「了解《わか》った。で、なんぼ」

「おいおい、己《おれ》と田島くんの間の話だろ」と岡山が割り入ろうとするのを、

「己と田島の会話じゃ」と黙らせて三度《みたび》、「なんぼで買わされた」

返答次第では叱咤されると思ったか、田島は悪怯《わるび》れながら口中から押し出すように、「二十万位」

修文は唖然として、「――払うたんね」

「二十五万だよ」と岡山が上方修正した。「でも己は封筒から出していない。そのまま清水さんに直行だよ。もう除籍しかないって云うからさ、なんとか待ってもらうのに取り敢えず。田島くんにも悪い買物じゃないって。シューブンには判然《わか》んないだろうけどティンスピリッツとエコーレクスの限定コラボで、今や相当なプレミア付で売買されてる。即刻《すぐさま》ネットオークションで売っ払ったって田島くんに儲けが出るんだって」

「ちんどん屋の源平合戦かなんか知らんが、ほいなら即刻オークションで売って田島に金を返せ。それでも儲けが出るんじゃろ」

「だからさ、なんでそこが解んないかな。赤の他人には死んでも譲りたくなかったんだよ。相手が田島くんだからこそ己なりに悩んだ末、宝物だけど譲るって決めたんだ」

「屁理屈を。そのうえ今度はギターを買えの、田島は貴方《あんた》の財布じゃなかろうて。一層《いっそ》のこと清水さんから金返してもろうて田島からもその時計を返してもろうて、それ腕に巻いて学校辞めえや。ストーレンさえありゃあ自分の音楽は続けられるじゃろ?」

喧嘩別れを辞さない覚悟で修文はそう告げたのだが、ここで岡山は意外な気骨を披露した。

本来の歪みとは反対側に歪んで却って真直ぐになっていた顔に、然したる時を要するでもなく日頃のへらへらした笑みを取り返して、「そういうさ、正義感の裏付がシューブンの強みだよな。仮令《たとえ》結果的には己と似たような事を云ってるにしても、相手に対する説得力が違う」

薬缶の口が湯気を吐き、電磁焜炉《こんろ》の表示灯火《パイロット》は既に消えている。吊戸棚から紅茶の徳用袋と耐熱硝子のポットを取り出した。百円均一を標榜している店なのに五百円で売られていた、岡山から買っておけと命じられた時は中々乗り気になれなかった茶漉《ちゃこ》し付きの是《これ》が、今は極めて重宝している。上京してから温かい茶や珈琲を飲む事が増した。出来合の飲料は買ってくる時は重たいのにあっという間に飲み切ってしまい塵《ごみ》ばかりが残る。店で支払ったのは殆どこの塵の代金なのだと思えて虚しくなる。他方で茶や珈琲を淹れる行為そのものが、鬱屈しがちな独り暮しに於ける格好の独り遊びともなっている。修文はポットに茶葉を入れ湯を注ぎながら、

「己が岡山と似たような事を云うとしたら、腹が減ったか喉が渇いた位じゃ」

「秋野さん、あの、僕を心配して呉《く》れるのは嬉しいんすけど、僕はちゃんと自分が欲《ほ》しくて嘉山さんに強請《ねだ》ったんです。そこは誤解しないでください」

そう田島が岡山の肩を持ったので、水清ければ魚棲まず等と世の正論を見下す癖のある父親から嗤《わら》われているような心地がして、修文は遣り切れなくなってきた。「誘導されたとしか思えん。自慢げに慾しいかと問われれば、人間、相手を気遣って慾しいと答えるもんじゃ」

「それは一般論として、この時計についてはそんな事全然無いんすよ。雑誌で発見した瞬間から来てたんすけど、偶々現実《たまたまリアル》での出逢いが無かったんです。で、いざ嘉山さんのを見たら想像

してたより遥かにエモくて――」

「待った。よう耳にするけどその意味が以前《まえ》から判然らん。エモい」

「勿論、悪い意味のエモいじゃないです」

「善いも悪いも解らん」

「刺さったって意味だよ」と岡山が翻訳して見せた。

「――心に？」

「ああ」

「すいばりみたいに」

「なんだそれ」と、初めて岡山にも通じなかった。

「一寸《ちょっと》さ、ストーレンの人間だけにして貰えない？」岡山は修文が開け放した儘《まま》になっているドアを顎で示して、田島にピアノの方へと移動するよう促した。如何《いかが》わしい説伏の始まりを予期した修文は、内容次第ではこの男を自分から遠ざけるべきだと考えた。勢いストーレンハッツは辞めざるを得まい。そうなると心残りは人間として好もしく創作上も頼りにしてきた瑞絵の存在だが、着心地には影響しない衣服の破綻から目を逸らしておくという事がどうもこの男は苦手である。

「エレアコもね、本気で欲しいんすよ。僕に才能が有るかどうかは別にして、やっぱ格好良いじゃないすかギターって」と田島は加えた後、目礼して隣室に移った。ドアを閉じる寸前、中の人に気づいたかのように「あ、どうも」と発した。此方《こっち》の二者《ふたり》は顔を見合わせた。

修文の眼光は否応なく鋭くなった。「仕込んだか」

すると岡山は何故かしら申し訳なさそうに、「居たのか」

「誰が」

「霞ちゃん」

慌ててそう空惚《そらとぼ》けているようにも見えた。霞に関しては予期せぬ合点ではなかったから面倒な訂正は略して、「誰も居《お》らんよ。ずっと己独りじゃ。田島に花音が見える風《ふり》を演じろと命じたろ。いま懺悔したなら見逃す」

「はあ？」と心外そうに眉を寄せて聞き返してきた。「というか抑々那奴《そもそもあいつ》、知ってんのか、花音」

修文はかぶりを振った。「己から教えた事はない。自分が視えんいうのに何の為」

岡山も同様に、「誓って己からもない。そういうのはお前が嫌がると思って」

両者は隣室からの音に耳を澄ませながら互いの表情を観察し合った。その間、尠《すくな》くとも此方に聞える程の声や物音はしなかった。

「静かなの」

「相手に足が無いんで気を失ったか」と岡山はにやついた。

修文がドアを開けると、ピアノ椅子に腰掛けていた田島がはっと此方を向いた。

「なんかあったか」

田島は是といった表情もなく、「終わりました？」

「否、もう少時《しばらく》待っといてくれ」修文はドアを閉じると、岡山を振り返り小声で、「聞かんかった事にしよう」

「紅茶、もう相当に渋いだろうな」

「忘れとった。淹れ直す」

「そのままで可《い》い。渋甘いのを飲んでみたい」

「せめて味見してから決めた方が良い」氷を先に入れる積りだったコップに紅茶だけを注いで、手渡した。

珈琲に近い色合いとなった液体を味見した岡山は文字通りの渋面となったが、「――目が醒めた。これで作ってくれ。己も最前の田島の挨拶は聞えなかった事にする」

「うん。田島が何か云うてきたら対処を考えよう」

「ただの口癖かもしれねえしな」

流石《さすが》にそんな口癖の持ち主もあるまいが、最前の声が狂言であれ錯視に基づく挨拶であれ真実の挨拶であれ、自分の取るべき態度は不変だという肚が修文にはあった。過剰な騒音からは耳を塞ぎつつ、卒業迄の日々を淡々として過ごすのみだ――花音の姿を目にする事もその声を聞く事もなく。意地になっている部分が皆無とは云えまいが、決してそれが重立った理由ではなかった。住めば都とは良く云ったもので、郷里の人々が目にしたなら不憫がること請合のこの奇態な栖《すみか》に何時しか修文は愛着を懐いている。

希望通りのアイスティーを岡山は美味いとも不味いとも云わなかったが、田島に出すのは躊躇《ためら》われたのでポットが空いたら新しく淹れてやる事にした。

「今日、エッジは？」

「盆休み」

「じゃあこれから己たちと一緒に新大久保に行くぞ。お前の鍵盤も選ぶ」

それが田島を払って迄の用件かと肩透かしを食うと同時に、命令口調への困惑を覚えた。修文の腰の重さにこの男はずっと苛立っていたようだ。ライヴ直後には緊急性さえ感じていた自分の楽器の入手であったが、めぼしい製品を求めてインターネットを散策する程に購入意欲は削がれ、今や現実味を失っている。持運びを前提とした製品は軽量なうえ比較的安価であり多少無理をすれば手が届く。併し鍵盤数が少なく、音色も実演《デモンストレーション》動画で確認する限り重量に比例するかのように薄っぺらかった。精妙な音色を披露している機種は、概ねピアノと同じく八十八鍵あって見栄えも重厚だが、事実重量もあってとても長いこと担いではいられない。二十キロ以上もある。そして此方の足下に付け込むかのように前者一群の二倍三倍の値段が付けられている。所詮空気の振動に過ぎない音波に価値の高低があり、剰《あまつさ》え自分の耳がそれを感じ取ってしまうというのは異《ふしぎ》な話である。安価な楽器から発せられる音色ほど容易《たやす》く巷に蔓延して、有難味が薄まり、如何《いか》にも陳腐と感じられてくるといった理屈に迄は思い至るのだが、ならばピアノの先生にはピアノが、ヴァイオリニストにはヴァイオリンこそが、最も陳腐な楽音と感じられていて良さそうなものだ。実はスタインウェイやベーゼンドルファーを奏でているピアニストたちは疾《と》っくの昔にその音色に倦《う》んでい乍《なが》ら、商売の都合上酔い痴《し》れた顔で鍵盤を叩いて見せているだけなのだろうか。それとも我らが遺伝子中に元々、特定の音波形を貴重と感じて畏怖する設計が隠されているのだろうか。そういった事を考え始めると頭の中がこんがらがってくる。

「楽器屋に付き合うのは構わんけど、ちょっと調べてみたところ手頃な値段の鍵盤《キイボード》はどれも聞き飽きたような音で、ぱっとした音がする機種は必ず値段が高い」

「そりゃそうだろうな」

「何でかの。所詮電子音じゃや。大勢が良い音がすると感じる部品《パーツ》をどの楽器にも採用すれば、大量生産によって製造コストは下がる。安うて良い音がすりゃあ他のメイカーとの競争に勝てる。なのに何でどのメイカーも、高い機種の音は高級にし安い機種の音は安っぽくしとる儘《まんま》なんかの」

「ずっとそんな事に頭を悩ませてたのか」

「ずっとという程でも——そういう戦略の方が儲かるんかの」

「シューブン、金で買える最大の物って何だ?」

考え込んだが気の利いた答は見つからなかった。「食う寝る処に住む処——何を以て最大とするかは人其々《それぞれ》であって、数え上げたら落語の寿限無《じゅげむ》になる」

「だからさ、そういう話を全部引っ包めたら、どういう表現になる」

「判《わか》然らん」

「お前、本当に頭が固いんだな」

呆れ表情《がお》での言種《いいぐさ》にはむっとなったが、云い返すのは高説を拝聴した後としてそこでは唇を結んだ。

「田島くんと自分との比較で考えてみろ。シューブンは自分の鍵盤を手に入れるのに幾らまでなら遣える」

「上限で——まあ五万としよう、仮に」

「そんなとこだろう。買うとなったら五万だ。その予算での選択の余地は、新品だったら三機種か四機種ってとこだ。一方田島くんは今日五万のギターで満足するかもしれないし、せっかく買うんだからと二十五万のに手を出すかもしれない。パパに相談して五十万のを検討するかもしれない」

「田島ん家《ち》はそんな金持ちなんか」

「区議だか市議だか都議だか、代々議員だってさ。でも政治は兄貴が継ぐから自分は無関係とも。だから今日の買物に限定して考えてもシューブンの百倍千倍の選択肢を持っている。田島くんに有って修文には無い物——それは選択の自由だ。メイカー側も同じだよ。これは高級品として出すと決めたなら手に入る部品を取替え引替え実験して、納得のいく音がするのを選べるだろ。最終的に単価の安い部品に行き着いたとしても、それは只《ただ》の安い部品じゃない。研究成果としての安い部品なんだ。そこまでの吟味が可能だったのは製品が高級品だからだ。最初から安く出すと決まってる製品だとどうだ？　結局安い部品に行き着くかもしれない研究費なんて捻出できないから、既に定評のある無難な部品や回路を寄せ集めるしかない。当然、何処かで耳にしたような平凡な音色の楽器になる。そして他に選択肢のない大勢の貧乏人が買っていく。金を持った客も、もしかしたらそういうので満足してしまうかもしれない。そこは金持ちの自由だ。でも気に入って大枚を叩《はた》いてくれる可能性も見込めるからこそ、メイカーは開発の自由を謳歌できた。畢竟《つまり》、お互いに自由を与え合ってる訳だ。田島くんがずっと暮らしてきた世界は其方《そっち》だ。四国の片田舎じゃない」

「四国にだって議員くらいは居《お》るわ。鬼ヶ島と一緒にするな」

「知らなかった。まあそれはどうでも可いとして、昨日までの田島くんは己の時計かエレアコかで悩んでた。今朝、えらくすっきりした声で電話してきたかと思ったら、両方とも手に入れる事に決めたと云う。貯金を下ろしたってさ。己たちの貯金って云ったら生活費だろ？　那奴《あいつ》のは違うんだよ。だから不自由な世界のルールを押しつけても幸せにはならないって。寧《むし》ろ自由を侵害されたって恨まれるぞ」

巧く煙に巻かれたような気もしていたが、岡山が当然の如く高級品の存在を自由の応酬の証と捉え、そういった場に立ち入りようのない自身を直視しているのには感心した。身形《みなり》は気取っているものの到底楽な暮しには見えない。

如何にも自分の来歴を披露したがりそうな岡山だが、何歳で何を聴いていた、何歳でギターを買った、といった音楽絡みの逸話を除けば意外に口が固く、思えば修文はこの男が何という街に暮らしているかも未《いま》だ知らないのである。よく新宿の方向に消えていくからそこから私鉄に乗り換えるのだろうと想像している。問えば教えてくれるのだろうが駅名を云われても情景が伴わないし、生活を覗きたがっていると誤解されても困るから話題にした事がない。

東京にさえ出れば何とかなろうという甘い見込みの元、先《ま》ず新聞奨学生として上京したという話は聞いている。学校の事務の清水さんとはどういう人かという話題に付随して、その思い出は語られた。ところが販売店から充てがわれた部屋は事前の話とは違う相部屋で、朝夕に約束されていた食事は五百円程度と思しい仕出し弁当、起床が午前二時半というのは知らされていたが、即ち夜間に音楽を聴きに出掛けるのも自分が活動するのも徹夜明けの配達と通学を意味する事には後から気づいた。それだけなら未《ま》だしも夕刊配達に間に合おうとすれば午後の二限目がどうしても履修できない。この点、確認不足だった岡山にも非があるが、新聞奨学生は授業の選択が制限される旨を説明しなかった学校も同様であると修文は思う。大阪で働いている姉と実家に泣きついて金を借り、早々に新聞配達から逃げ出した岡山だったが、今度は新居の家賃、水道光熱費、そして食費が伸《の》し掛かってきた。駄目で元々と奨学会にも学校にも苦境を訴えた。前者は飽くまで販売店と被雇用者間での話の行違いであるとして取り合ってもらえなかった。学校で話を聞いて呉れたのは清水さんだった。そして「本当は不可《いけ》ないのだけど」と云い乍ら一年分を一括納入してあった授業料の記録を一期毎の分割払いに書き換えて差額を岡山に返金したのである。

八

岡山の貧困ぶりは、学校のロビーや屋外喫煙所で知合いが何か食べているのを発見するや近づいていって御裾分けを強請《ねだ》る悪癖は勿論、拘《こだわ》りを感じさせる服装が季節が移ろえど移ろえど代わり映えしない点にも顕著だ。今日は流石に見当たらないが梅雨の明ける頃まで初対面の時と同じ黒革のジャンパーを着込んでいたし、ジーンズも破れたのともっと破れているのとの二種類しか見た験《ためし》がない。ジャンパーの下のTシャツが入れ替わるばかりだ。それらに印刷されている文字や図柄も修文は全部憶えた。足元も常に同じ草臥《くたび》れたブーツだ。他に電車に乗れるような衣服をこの男は持っていないのだ。親元でもそんな具合だったとは考え難いから、金に困る度に売り払ってきたのだと想像している。

ストーレンハッツで使っているグレッチのギターも、実のところ借り物――学校の所有物である。前任のギタリストに辞められてしまい自分で奏《ひ》かざるを得なくなった際、岡山の手元にはアンプや周辺機材は素よりギター一本として無かったという事実を、渋谷でのライヴを大分過ぎてから修文は知った。何も彼もギター専攻の生徒たちに売ってしまっていた。「連中はみんな楽器中毒だからさ、どんな瓦落多《がらくた》でも買いたいって奴にだけは事欠かない」と嘯《うそぶ》いていた。そして自分の楽器は修理中であるとしてお人好しの講師に便宜を図らせ、講義用の備品からまんまと舞台映えのする一本を借り出したっきりにしていた。返却を催促されたら、又別な故障が発生したとでも云い張る心算《つもり》に違いない。

ときにこの破落戸《ならずもの》の田島を遠ざけての密語には、歴とした本題があったのである。近々に表明する心算で準備していたらしいその序幕は、唐突で且つ云い淀みがなかった。

「今は未だ学校に籍を残しておくのが得策だっていう計算があるから、その為にだったらどんな曲芸《アクロバット》も辞さない覚悟だ。でも卒業資格には拘る気はない。そんなん持ってても仕方がないからな。清水さんの様子から云っても、長くて今年一杯」

「——学校、辞めるんか」

つい今しがた自ら退学を勧告しておき乍《なが》ら、修文は思いがけず動揺した。岡山が煙草を喫い始めたので洗ってあった灰皿を手渡した。

紫煙交りに、「どうせ今の調子でいたら間違いなく卒業は無いよ。ただ十一月の樅ノ木祭には、辞めてるんだか在籍してるんだかあやふやな状態ででも参加したい。バンドが参加登録《エントリー》してれば、どうあれ己は舞台に上がれる。よくさシューブン、音楽の専門学校なんかに進んで何が得られるんだ、学費の丸損だって嗤《わら》う奴が居るじゃないか」

「ああ」と修文は同意した。「至る所に」

「得られるんだよ、ちゃんと。但し全員がじゃない。全員が学費を賭けて、それは生き残った奴だけに配分されるんだ、色んな形で。去年は己にとって観察期間だった。その結論として云う。実質的な終着点《ゴール》は二年次の樅ノ木祭だ。物見遊山で入ってきた奴は一年の時にもう辞めてる。残りの七割は自分の才能に見切りをつけるかつけまいか迷いながら惰性で通ってる、辞めたら親に叱られるだとかの莫迦《ばか》げた理由で。此奴《こいつ》らの数に入ってないってだけで、もう相当な倍率を勝ち残ってるんだよ。更に才能が無さ過ぎて才能の無さに気づけない奴や、才能は有るけど敢えて他の道を選らぶ奴らを差し引いたら、もう隣の奴に勝てばいいってくらいの競争なんだ――勿論是は学校の中での話だ。井の中の蛙《かわず》が外に出られるまでの話だ」

最後のくだりに修文は深く首肯《うなず》き、「業界へでも入ってからの方が遥かに厳しかろうの」

「当然だ。だからそれ以前で振い落されてるようじゃ話にならない。天辺獲るぞ。ストーレンで参加登録するから」

寝耳に水だった。「校内で組んどるバンドじゃないんか」

「ありゃ駄目だ。ザ・カルトのコピーバンドなんて審査員のトイレ休憩だよ」

「ほいでもストーレンに樅ノ木の生徒は――」

「己とお前だけだな。ステージへの参加資格はバンドの半数以上が生徒である事。だから絶対に学校を辞められちゃ困る」

「それ迄にお前が退学しとったら己だけになる。出られんよ」

「だから田島くんに入ってもらう。どうだ?」

やっと岡山の魂胆が姿を現した。全く以《もっ》て食えない男だ。「本人は承諾しとるんか」

「否、シューブンへの相談が真先だと思って」

「それは、田島なら人間に異存はないし、元々岡山が中心のバンドじゃし――でも真逆、今からギターを練習させて?」

「それは流石に無理だろう。鍵盤《キイボード》でいい。ツイン鍵盤だ」

「はあ。己は楽になるが」と頷きながら、はたと岡山の考え違いに気がついた。「待った。それでもお前が退学しとったら五人中の三人が生徒じゃない。小河内さん、瑞絵さん、ほてお前」

岡山は動じなかった。目の前の修文にさえ聴取れぬ寸前まで声を潜めて、「その場合は小河内さんに外れてもらって田島くんに叩かせる。つまり田島くんの役目は鍵盤兼ドラムの控えだ」

不穏な宣言だった。下手に逆風を吹かせて相手を煽らぬよう慎重に、「田島のドラム、知っとるんか」

「練習室でセッションした。シューブンはどう思う」

「あれだけ練習熱心なら、具体的な目標がありゃあ、まあ――」

「同感」

「でも小河内さんがどう云うか」

「大局を見る人だから黙って従ってくれるって。それにストーレンを分母にして考えるなら、決して樅ノ木祭が全てじゃない。そういう体制も試しとけば他の匣《はこ》ではツイン鍵盤もツインドラムも可能になる。善い事尽くめだと思わねえか」

必ずしも同意できなかった。「話は終わりか」と問うと岡山は満足そうに頷いて煙草の火を揉み消した。一応相談の体裁をとってはいたが、所詮一切が自分の計画通りに進むものと確信している表情《かお》だった。修文は田島の為に紅茶を入れ直した。

新大久保まで徒歩で行くと云う。線路沿いを歩いていけば直ぐだと云う。東京で電車の二区間を歩くのは未体験だが、田島が面妖《ふしぎ》そうにしていないので同意した。日差しが強い訳ではなく足下の影は曖昧なのに包み込まれたように暑く、蓋を閉じられとろ火に掛けられているような気がしてくる。東京の夏はどうも大半が斯様《かよう》な天気か若しくは雨模様であって、蒼穹《そうきゅう》澄み渡っているという事がない。「智恵子は東京に空が無いといふ、ほんとの空が見たいといふ」という高村光太郎の一節を頭に泛べては、あれは智恵子夫人に特有の心情などではなく地方から移ってきた者の表層的所感に過ぎなかったのだと今は思う。光太郎も含めて誰も彼もが、有りもしない彼女の真意を探ってしまったのだと本当に思う。

中国語ばかりが飛び交う歌舞伎町を抜け、今度は通りすがりに韓国語ばかり耳にし始めた頃、田島の歩みだけが急に遅くなった。そのうち距離を縮めてくるものと思っていたが、振り返る度に遠ざかっていき、遂には白塗りの車止めを摑んでお辞儀の姿勢をとったまま動かなくなってしまった。異変を察して後戻りしてみれば、青ざめた顔に脂汗を泛べていた。

「腹でも痛い?」

という岡山の問いに、田島はかぶりを振ってか細く、

「脚が攣《つ》りました。体質なんすよ」

「腓返《こむらがえ》りか。反対側に伸ばしてると治るけどな」

「それどころの騒ぎじゃ——向こう脛《ずね》と脹脛《ふくらはぎ》と足の甲が同時に攣ってます。両脚ともです」

「そりゃ重症だな。背負ってやろうか」

「無理です。足の角度を変えられない――お願いがあるんすけど」

「何だ」

「漢方薬局に芍薬甘草湯《しゃくやくかんぞうとう》ってのが売ってますから、買ってきてもらえませんか。花の芍薬に、甘い草と書く甘草に、お湯です。湯といっても粉薬です。それを服《の》めば五分くらいで楽になります。漢方だけど即効性があるんすよ。何時《いつ》も持ち歩いてんですけど今日に限って――」

「反省会はいいからもう一回。シャクヤ――」

岡山の確認を修文は遮り、「知っとる。お袋の常備薬じゃ」

「場所、調べます」田島は余っている右手でスマートフォンを取り出し、その拇《おやゆび》だけで近場の漢方薬局を検索した。定期的に痛みの波が押し寄せるらしく、その間、頻《しき》りに呻《うな》り声をあげた。

「――楽器屋の通りの、此方《こっち》から見て入口の辺りに一軒」

「直ぐだ。待ってろ」と駆け出した岡山だったが、直後に止まって振り返り、「金が無い」

「いま出します」

「立替えとく」その肩を軽く叩いて岡山を追った。

少しばかり走ってぶつかった通りを鉄道橋《ガード》が跨いでおり、その下を潜り抜けると間もなく薬局の看板が見えた。縦にも横にも周囲とは平行が取れていない年季の入った建物だったが、開いていて目当ての薬さえ売ってくれれば構わない。アルミの引戸は動いてくれたが節電の為か店内は薄暗かった。

「御免ください」と二者《ふたり》口々に声をあげていると間もなく天井灯が点《とも》って、薬品名が染め抜かれた暖簾《のれん》を分けて店の者が顔を出し、「はいはい」と白衣の釦《ボタン》を留めながら突っ掛けを履いた。

「あの、芍薬――」と修文は云いかけ、しかしそれ以上は続けられなくなった。

「芍薬甘草湯ですか」店の趣に引き比べると男はそこそこ若い。店主だとすれば二代目若しくは三代目だ。

修文は黙って頷いた。その刹那に相手もまた目を瞠《みは》った。お互い、人違いではない事を確信した場面である。背格好といい鼻から下の精悍な拵《こしら》えといい、店の者は風月荘の隣人に相違なかった。瞬時に分からなかったのは眼鏡と髪型の違いに依る。この昼間の隣人は眼鏡に色が入っていない。そして髪は分量が控え目である。

遠慮会釈を抜きにして表現するならば、禿げ頭だ。五六度に及ぶこれ迄《まで》の行合いでその脱帽に接してきた筈《はず》なのに、自分の視線は小粋なパナマの動きばかりを追いかけてきたらしいと推量しかけた修文、直様《すぐさま》、否、自分はこの男の前髪を知っているではないかと考えを巻き戻した。記憶の隅からスポーツ車のボンネットのように滑らかな塊を摑み上げて色眼鏡と一緒に眼前の顔へ重ねてみれば、正しく隣人T. Karakiの相貌《かお》が仕上がった。一階の郵便受けの修文の箱の左隣の名札には只ローマ字でそうある。唐木であろう。

「少々お待ちください」と唐木は不機嫌な女を真似ているような口振りで残して、又奥へと消えた。恰《あたか》も入店を咎められたかの心地で、灯りが点いていなかったとはいえ鍵は掛かっていなかったし呼べば出てきたのだから営業中の心積もりだったに違いないしと無用な弁明を頭の中で転がしていると、軈《やが》てチョコレート色の地に金文字が印刷された中判の辞書位の紙箱を抱えて戻ってきて、「此方《こちら》で宜しいですか」

「でかっ。幾ら」と金も出さぬ癖、居丈高に岡山が問う。

「ええと」と唐木は箱を回し眺めて、「三千六百円……と消費税になりますが」

「高っ」と岡山は怒鳴った。「もっと小さいの無いの。今日のぶんを家に忘れてきただけなんだけど」

唐木は小供に対して噛んで含めるように、「生憎《あいにく》と、今の処、此方のご用意しか」

「何回ぶん?」

「三十六包入りになります」

「多いって」

「そう仰有《おつしや》いましても」

「家にはあるんだよ。ばら売りは出来ないの」

「申し訳ございません。当方で箱を開ける訳には参りません」

「おい緊急事態じゃ」と修文は何やら未だ云い返そうとしている岡山を黙らせショウケースに歩み寄り、「それで可《え》えです。買います」

「此方で宜しいですか」

頷いて、「金は払うとく。早よ田島ん処へ」と岡山に命じ唐木には財布を見せ、「此方《こっち》で払いますから、もうその儘《まま》で」

ところが唐木は指示の骨子《こつし》を解していないような顔で、裸の箱を修文に押し付けてきた。已《や》むなく片手で受け取って岡山に取らせた。岡山は舌打ちをして軌条《レイル》から外れそうな勢いで引戸を開け、態《わざ》と閉じずに駆け出していった。修文が歩いて行って閉めた。金を払う者にしか商品を渡してはならぬという内規でもあるのかもしれないが、期せずして昼間の素顔を覗いてしまった事に引け目すら覚えていた修文が、このとき唐木という男の人品に対して――頭部の皮膚の張り詰め具合に対してさえ――判白《はつきり》とした侮蔑を覚えた。財布の札を数え消費税分は問うでもなくぴったりに小銭を出してそれに添えた。父の仕事を手伝っているうち一寸《ちよつと》した暗算には苦労しなくなった。受け取った唐木がそれをレジスターの抽斗《ひきだし》に収め、巻紙《レジロール》は使い切っているらしく領収証を手書きしている様子を眺めているうち、不図《ふと》、サキソフォンケースの中身は何であろうという疑問が脳裡を掠めた。連れていた華やかな女達の中身は何だろうとも思った。同伴に共有する他人を穏やかに見下ろしているような風情から、女達は売出し中の歌手で男は名の有るプロデューサーか何かで、隣室はその私的《プライヴエート》スタジオで、本格的レコーディングに先立っての教授《レツスン》や打合せに使用されているのかもしれないと推理してみた事がある。そういう活動を半ば趣味として娯《たの》しめる、レコード会社からの注文に齷齪《あくせく》応じる要すらない一種の高等遊民かもしれないとまで想像は及んで、すると自分の目下の漠然たる希求が一寸《ちよつと》した道標を得たような心地になった。その主役の勇姿が小細工による幻燈に過ぎなかったと明々なる今、小道具や脇役に疑心を懐かずにいるのは難しい。

「毎度有難うございます」唐木は形骸化した決まり文句を発して領収証を合皮の盆に置いた。

「お店は、初めてです」と突慳貪《つっけんどん》に返し、一応田島に見せねばならないからそれを取って綿ズボンのポケットに収めた。

こうと決して出た此方の態度が、それまで定めかねていた唐木にも指針を与えたらしい。急に双肩を落とし顎を垂らし、低い位置から此方の顔を見上げて卑屈な感じのする細い笑い声をあげて、「新大久保へは、楽器目当てですか」

その笑い方は誰かに似ていたが誰だったかは見当が付かなかった。眉を顰《ひそ》めがちに、「ええ、まあ」

「ベース？　ギター？」

「僕は鍵盤《キイボード》です」

「鍵盤……扱ってるお店、この辺に在りましたかね」

「今の連れが、ビルまるごと楽器ばかりの店が在るいうて」

「はあ」と唐木はなんだか嬉しそうに眉を寄せて、「あれは潰れました。先月一杯で」

唇を薄く開いて相手の眼を覗き込んだ修文だったが、店と頭を見られた悔し紛れに自分の街から追い返す肚《はら》かもしれぬとも思い慎重に、「本当ですね」

「本当ですよ。一寸走って見ていらっしゃると好いです。先刻も——青く被《おお》われているビルです。少し出れば見えますよ。彼方《あっち》」

そう唐木が指先を枉《ま》げて戸口の外の片側を示すので、修文は一先《ひとま》ず戸外へと出たのである。

そして教えられた方向にある丁字に、「オール１００円」という貼紙だらけの自動販売機が並んでいるのを背にして立って、遠景に目を凝らしたものの、実家で見慣れたブルーシートの色味は確認できなかった。そこで歩き始めた。定規を引いたように真直ぐな路《みち》は、左は小商いのスーパー、右は外向けに煙草がずらりと陳列された万屋《よろずや》に始まり、集合住宅にネオン看板と大きな扉を据えただけのような穴蔵酒場が幾つか、札の表示が英語である八百屋、複数の焼肉専門店、複数の韓国料理店、泰《タイ》国料理店、美容院等が……と列記すれば賑々しいが、其実《そのじつ》コインロッカーやビル利用者の駐輪場と化している空間を其処此処《そこここ》に挟み乍ら眠《なが》たげに並び、一息入った辺りで上方に「管楽器専門」という張出し看板が見え、更に同類の看板が目障りな感じに重なっている下方に、ブルーシートを張った足場が縦長に覗いているのが見出せた。修文は最早前進することなく、来た路を引き返し始めた。この新大久保迄の道々、蓋の開かぬピアノの上に漫画の宇宙船めいた新品の鍵盤が載っかっている景色を思い泛《うか》べ、そのヘッドフォンからの音色を空耳して、そういう暮しも悪くあるまいと肚を括りつつあったが、凝《じ》っと此方を見詰め返してきたブルーシートの天色《あまいろ》が、男を白々しい騒音に満ちた現実へと引き戻してしまった。変わり映えのない日々がもたらす安堵を手放して更に金を失うというのが理不尽に思えて、勿《もっ》体《たい》なくなった。

無闇に店々へ近付いては書見台に展示された品書《メニュー》を覗き乍ら、唐木の笑い方は誰に似ていたか考えていた。韓国料理店の入口を飾るどれもこれも赤い写真を模様のように眺めているとき、教室の白板《ホワイトボード》と台に据えた鍵盤との間を跳びはねるように行き来している作曲法の佐合《さごう》を思い出した。笑い方というより声そのものが似ている。長髪を後ろで縛って流行りのロイド眼鏡を掛けたあの四十男の、散文詩でも朗読しているような、その自らの声音に朦朧《うつとり》としているような薄気味悪さが修文には全う不快である。喋る内容も殆《ほとん》ど不快なのだが流石に年の功、修文にとって目新しい知識を披露しないではないからその僅かなメモの為だけに椅子の上で温和《おとな》しくしている。主にビートルズの誰でも知っている曲のコード進行を細切れにし、此処の唐突な変化が聴く者の不意を突いて強い印象を残すであるとか、斯様《かよう》な不安定感に人は落ち着き処を待って曲を聴き続けてしまうであるとか、この高音の下降曲線によってえも云われぬ郷愁を醸しているといった作曲者の意図に結び付けていくのが佐合の芸だが、高低幾つかの音の単純な合わせの組換えが真実人心にそう作用するとして、では同様の手段を用い乍ら聞き流されて忘れ去られた幾万曲は何故大衆を煽動する事無く無名を保っていられたのか、其方のほうが余程摩訶不思議な現象であり解析に値するのではないかと聞き乍ら慮《おもんぱか》る。或いはドヴォルザークの交響曲から拾われた所謂《いわゆる》〈家路〉を例に、あの旋律が吾等の郷愁の念に直結するのだとすれば、其《それ》は概ね校内放送で帰宅を促されて別離の挨拶を交わす物淋しさが思い起こされるからであり、もし同曲が化学や生物の時間に必ず流れていたとしたなら先ず想起されるのは試験管の口から立ち上る蒸気や内臓を包み込んだ牛蛙の白い腹膜ではないのか等と慮る。語彙も論法もまるきり異なるものの意味合いとしては可也《かなり》近い声を佐合にぶつけた痩せ男があり、それは修文が内心魑魅魍魎と呼んでいる、これから素人歌舞伎でも始まるかと思うようなけばけばしい風体をした一群の一人だった。何処の訛りか時折語尾に「べ」「べさ」が付く威勢の良い口調で、今迄黙って聞いてきたが貴方は今ビートルズを奏でながらそれに感激を覚えた頃に立ち返り、古い未熟な感動を安手の言葉に移しているに過ぎない、否、最早立ち返る事すらなく昔考え付いた文句を自動的に反復しているだけかもしれない、到底分析的な姿勢ではない、と佐合を問い詰めた。併《しか》し幾度となく同様の苦言に接してきたらしい佐合は、魑魅魍魎をこうせせら笑ったのである。「縦《たとえ》そうだとしてもね、ビートルズとその評価が隅々にまで浸透していない世界に僕達が生きる事はあり得ないんです。ビートルズに感動するとビートルズだから感動するはこの世界に於いて完全に合致しているんですよ、神を信じると神だから信じるが合致しているように」

ビートルズはこの世界の神かと魑魅魍魎は聞き返した。佐合は躊躇なく「その一人です」と答えた。魑魅魍魎は「四人だべ」と吐き捨てて教室を出て行ったたっきり佐合の授業には顔を出さなくなり、やがて校内の何処にも姿を見掛けなくなった。

修文は人恋しさに校内を徘徊《うろつ》く質《たち》ではないから、理屈から云えばその立場から「誰某《だれそれ》は校内の何処にも」と断じる事はできない。断じたのは林という老けた生徒である。「ああいうのを魑魅魍魎というんです。見物出来るのは今の内だから能《よ》く眺めておくといいですよ。そのうち来なくなるか、冬枯れしたように地味になりますから」と修文に教えたのがこの男だ。老けているのは見た目ばかりかと思いきや実際の年齢も三十の大卒だった。音楽専門学校は四校目だという。周囲に較べれば落ち着いている修文の佇《たたず》まいに同族意識を懐いてか、気配を抑えてすうっと近付いてきては専門学校生活の手引《マニュアル》めいた事を述べ、又静かに遠ざかっていく。樅ノ木に就《つ》いては「此処は余所《よそ》より人数が少ない」とその面を美点として評価している。「学ぶにしても働くにしても人が多過ぎるのは不可《いけ》ません」と云う。林は学び足りずに専門学校を遍歴しているのではなかった。お気に召す就職先を探しているのである。そして勤める限りは孰《いず》れ経営陣へと加わる気満々でいる。確かに基礎的な授業は卒業生がその儘《まま》居残ったと思しい、講師という以外に特段肩書のない講師が教えている。音楽業界に立ち入る程ではないがそれなりに優秀な生徒の順当な進路の一つと云えようが、端からその道を志し、ましてや自分に相応《ふさわ》しい職場を求めて学校を渡り歩くという林の発想は修文を実に愕《おどろ》かせた。

「ようお金が続きますね」

「親の遺産を元手に株をやっていますから」

ほう、と修文は素直に感心して、「株はそんなに儲かりますか」

「ちゃんとリスクを分散する知恵があれば大損はしませんね」

「株は大学で勉強なさったんですか」

「仕組みはまあ、そういう学部だったから大学で学んだとも云えますが、運用の骨《こつ》は実践からしか学びようがありません」

「僕にも出来ますかね」

するとと林は存外にきっぱり、「無理でしょう」

「如何《どう》してですか」

「情が濃そうだ。情の濃い人間は売り時を逃しますから」

「そう云われたんは初めてです、情が濃いとか。大概は逆を云われます」

「情が薄いと？」

「そういう言葉じゃありませんが、態度が冷たげなとは云われます」

「それは警戒してるんでしょう」

「相手の内心をですか」

「いいえ、自分の軽率な判断をです。相手に甘い顔を見せて依存心を与えてしまったが最後、肚の底では困り果てようとも最早無下には出来ない性格を自覚しているから」

霞や岡山の顔を思い泛べ乍ら自分の人生に次々と起きているのは株の売り損ないのような事の連続なのかもしれないと修文は納得して、三十歳の洞察力に舌を巻いたのである。閑話休題、立ち居ふるまいも考え方も序《ついで》に申せば眼鏡も後ろ頭にぶら下がった馬の尻尾も好きになれない佐合の授業に、修文が未だ見切りをつけられずにいるのにはささやかに行数を増していくコード進行メモの他、一つ大きな理由があった。お題の曲が好みではなかったが故に生欠伸《なまあくび》を嚙み殺していた梅雨明けの一授業後、終始突いていた頰杖が目に余ったか「君……秋野くん、ちょっと」と指差しで居残りを命じられた。併し待っていたのは説教ではなく卒業後の希望進路に纏《まつ》わる質疑であった。修文は何ら糊塗《こと》する事なく「映画の音楽です」と答えた。それは分かっているという顔で具体例を求めてきたので雨木一夫の名を出した。佐合は雨木を知らなかった。『象の居る村』も通じなかった。それでいて、

「まあ、君のような生徒は例年、何人か居るもんですが」と何やら批判がましく此方を評してきた。

「どういう生徒ですか」という修文の問返しには険が宿った。

相手は怯《ひる》みを隠そうとしてか早口に、「君のような、出来ないでもないのに曖昧模糊とした夢を語って憚《はばか》らない、何処まで本気で人生を語っているのか知れない生徒」

「語っとる全部が本気ですが」と修文は即答したものの、

「教える側からすれば摑み所の無い生徒という意味ですよ。折角安くはない入学金を払って入ってこの船に乗り込んできたというのに勿体ないなあ」と勝手に続けたいように続けた。このとんだ言草には修文は既《すんで》に憤りを握り拳にでも表すところであった。無謀な夢と諭《さと》されるなら兎も角、此上《このうえ》も無く明確に語っている目的地を曖昧模糊とはどういった了見か。この男が雨木を知らぬも映画を知らぬも修文の非ではない。曖昧模糊としているのは少年の日の感傷《センチメント》にふやけた貴様の教養であるとも強く思ったが、後にして思えばこれは修文にしても同様であった。

修文は又、二つの事実を同時に悟ってもいた。未だ成績評価は返されていないが少なくとも佐合は自分がこれ迄に提出してきた課題を高評している事、にも拘わらず自分は厄介者として講師たちの口の端に上っているらしい事。未だ問題は一つも起こしていない推量《つもり》でいるし年齢に就いても林のような者まで居るのだから問題視されるとは思えず、頑なな映画音楽志望が面倒がられているとしか考えられなかったが、自分が映画の世界に入り込めずに失意しようが野垂れ死のうが講師たちの責任ではなし、専門学校が並べて払拭できずにいる進路への無責任の風評に鑑みて、少々面倒見が良過ぎはしまいか。そんな疑念を懐いているところに佐合は捨て科白《ぜりふ》宜しく、

「まあ少し前に二階堂というのが居ましたけれど」と呟いて戸口へと去った。

「二階堂雅彌ですか」とその背中に問い掛けたものの振り返って貰えなかった。尤《もつと》も口調からしてまるきり無名の二階堂なる卒業生を引合いに出してきたとは考え難かった。するとあのビートルズ崇拝者には自分の佇まいが久世花音の恋人であった、そして花音を殺したと嘯《うそぶ》いているらしい二階堂雅彌を彷彿させるという事となる。遠からず二階堂に面会を求めねばならぬ理由が生じてしまったと感じた修文だが、その前に佐合からある程度相手の性向を聞き出して心の準備をしておかねば互いに厭《いや》な想いを残すだけの対面に終わってしまうような気がした。おまけにピアノの鍵盤蓋の鍵に就いての清水さんの見解は「多分」二階堂が知っているから「絶対」知っているへと変化している。

「これほど八方手を尽くしてもその後見たという人すら出て来ないんだから、絶対誰かが大切に持っているか、久世さんのお棺に入れたのよ」というのが清水さんの推理である。

只蓋を開けるだけだったら容易い。酒で身代を潰した田舎の重成さんがそういうのは得意で、電話で遣り方を尋ねれば屹度《きつと》修文自身にだって開けられるだろう。知りたいのは鍵の在処だった。

通り過ぎても良かったのだが見下されているという被害者意識を相手に残すのも得策ではないと考えて、一応漢方薬局の戸を開けた。唐木は店を出た時とすっかり同じ位置に略《ほぼ》同じ姿勢で立ち、修文の戻りを待っていた。

「潰れていたでしょう」落ち着きを取り戻したその声に最早佐合を彷彿させるところは無かっ

た。

「ブルーシートは確認しました」

「あとは管楽器やギターやベースの専門店です。鍵盤楽器や打楽器だったら新宿に戻るか渋谷か御茶ノ水まで足を伸ばされたほうが好いですよ」

「ありがとう御座います。連れはエレアコが目当てなんで相談してみます」

「今度代々木の部屋にも遊びに来てくださいよ」と妙に親密な事を云い出した。「一千三百万人が犇《ひし》めき合ってる大都会で、奇蹟的にお隣同士なんですから」

「はあ。那所《あちら》も薬局ですか」

修文は冗談の心算《つもり》で云ったのだが、唐木は非難を浴びたと感じたらしくてイヒイヒとまた女のような高さで笑い、するとその声音は矢張り佐合に似ていた。

「歴とした音楽室ですよ。秋野さんも樅ノ木の生徒さんですか、前の――ほら、彼はご存じ?」

「湯浅くんでしたら、面識はあります」

「そうそう、湯浅くんだ、ギターの。どうなさってるんでしょうね」

「屋久島で観光ガイドをやっています」

「沖縄ですか」

「鹿児島の方です」

「カゴ島というのは知らないな」と奇怪な事を云う。流石にそこ迄の莫迦《ばか》ではなかろうから屋久島と同格の未知の島名が出てきたと勘違いしたのだろう。「その前は二階堂くんですよ、今は大分《だいぶ》有名になられた。ご存じでしょう」

花音が抜けたが修文は黙っていた。住人ではないから偶々《たまたま》姿を見る事がなかったか、見ても二階堂の付属物としか認識しなかったのだろう――自分が取換え引換えしている女達と同等の。

再び唐木の店を出ると、丁度鉄道橋《ガード》の出口に能楽師宜しくそろそろと歩んでいる田島と護衛の岡山の姿が見えた。近づいていって田島に様子を尋ねた。ぶり返しを警戒しているだけで痛みは既に去っているという返事だった。鍵盤のある楽器店は先月潰れたそうだと岡山に教えた。この男のことだから地団駄を踏んで悔しがるかと思いきや、

「じゃあシューブンの買物は今度な」とさっぱりしたものだった。この理由は軈て分かった。

田島の脚を休めさせる目的を兼ねて腹拵えをすると云う。中途半端な時刻だったがそう云えば韓国料理店やタイ料理店は営業しているようだと伝えた。新大久保に来たからには辛い物を食べないとと岡山が張り切り始め、店頭の品書の主に価格を比較検討したのち、泰国《タイ》料理店に腰を落ち着けてカレーの定食を取った。何時しか二者の間では田島は米国テイラー社のギターを買うという事で話が纏まっていた。薬が効き始める迄の間、痛みから気を逸らせてやる為に岡山は御親切にも自分が楽器店で試し弾きしてきた素晴しきギターの列伝を語り聞かせていた。四十万円以上の値札が付いていたテイラーの話に最も熱が入った。掻き鳴らして歌う岡山自身が夢見心地であったのは無論のこと店員達も他客達も陶然たる面持ちで演奏を取り囲んだという。そのうえ打って付けな事にテイラー社謹製の楽器の多くは増幅装置《アンプリファイア》に信号を電送するエレアコとしての機能も有し、是を活用し音量を増大せしめた暁に店内のみならず店外の往来挙《こぞ》っ

て足を止めその音色に聴き惚れ続けること請合い乍ら、そうしてしまうと自分の生の声を隅々にまで届けること至難にして是を解決せんとすれば歌の為のマイクロフォンセッティングが必要となり店員達は早その準備を始めていたものの、余りのこと大袈裟な事態を引き起こして交通の妨害と迄しては倫理に悖《もと》ると判断しその状態に於いては片時爪弾くに留めたという。よもや修文は口を差し挟む気力を有さず、二人のテイラー探訪にも追従しなかった。後から聞いたところによればそれは時間にして三日、範囲は山手線沿線と内側に留まらず横浜や小田急線町田にまで及んだという。田島は結局新宿の一店で二十九万八千円のテイラーを買った。

ベースの瑞絵が深夜に〈ジュ・トゥ・ヴ〉を鳴らしたのは数日後で、ようやっと編曲《アレンジメント》の課題に目鼻を付けた修文はその刻《とき》、出《で》鱈目《たらめ》になってしまった睡眠周期を世間並みに調整すべく眠くもないのに寝床に入って眼を閉じて、大分薄れかけている薫の俤《おもかげ》を想っていた。いきおいサティの旋律を又霞による妨害であると早合点してインターフォンのモニターも確認せず鍵を開けてやったら、花粉用の大きなマスクで顔を被った瑞絵が入ってきた。愕きつつも迎え入れて他の面々が入って来るのを待ったが瑞絵の一人であった。マスク越しにもほんのりと酒の匂いが感じられた。楽器は担いでいない。

「どしたん」

「来ただけ」

「電話すりゃええのに。よう道、分かったねえ」

「このくらい憶えてるよお。迷惑だった?」とマスクを浮かせて調子っ外れに明るく云う。

「若し留守だったら、もう帰ろうと思って。私は何方《どっち》でもいいから」

「何方でも云うて、はあ電車が無いじゃろうに。瑞絵さん、何処じゃった？　いうて駅名で云われても殆ど分からんけど」

「此処からだったらタクシーでも大した距離じゃないから。そろそろ花音ちゃん、出た？」

「出んよ。怪談話の逆。普通は霊感のある主人公にだけ死んだ人が視えるもんでしょう。あの逆様《さかさま》で、誰も彼もが視えとる云うのに、肝心の俺にとっては只の防音室」

花音を巡る事態へのこの諧謔《かいぎゃく》の作者は日影である。如何《どう》してか知るに至ったその構図の面白さに魅せられてしまった一人が、ジーン有為こと階下《した》の伊集院であり、編輯者にでもうっかり語ってしまったが運の尽き、流石才人の法螺話《ほらばなし》は一味違うとでも感服されてお膳立てが整い、引くに引けなくなってしまったというのが実状であろうと云う。予《かね》てより伊集院の読者であった日影はその実像を知ってか知らずか彼方《あちら》に好意的だ。

「奥、入っても――？」

「あ、どうぞ。何か飲みます？　買ってきます？」

「ビールと一寸したお菓子だったら買ってあるけど」

瑞絵が肩に掛けたトートバッグの他にコンビニのポリ袋を提げているのに気づいてはいた。自分が居なければ帰宅する心算だったにしては奇妙だったが「ほいなら」とピアノ室に戻って天井灯を点けた。

「眩しいよ。元に戻して」

と文句を云われて、修文は今何が起きているかを悟り始めた。「中間が無いんよ。この明るさか、先刻《さっき》の真暗か」

「此方の灯りがあるし」部屋に入りかけて立ち止まっている瑞絵の声は、最前よりずっと小さい。「カーテン開けとけば、全然真暗じゃないよ」

「ほうかね」

「都会だもの」

「それがええなら」と修文は従って天井灯を又消した。それから壁伝いにバルコニー側へと進んで重たいカーテンを引いた。玄関灯を背にした瑞絵が夜景を切り抜いている。

瑞絵は奇妙である。存外に酔っているのかもしれない。そういう瑞絵を自分は今宵これから抱く事になるかもしれないという、霞が幾ら部屋に居坐っていようが思いも掛けない類《たぐい》の未来図が、切り抜きの中でぼんやりと輝いていた。その実体は曇天が反射した大都会だった。

厳密には此処を訪れている時の霞が、退屈凌《しの》ぎ以上の何かを欲していると感じる事は儘ある。併《しか》し常に拒絶交じりの気配であり、互いにそれを鋭く察し合うが故に成立している絶妙な均衡が何かの拍子に崩れたとなれば、霞は屹度回復を求めて金銭を請求してくるであろうと予想している。その金を惜しいとは思わない。併し回復しきれぬ均衡は惜しい。一層のこと霞が〈ジュ・トゥ・ヴ〉を鳴らし部屋の空気を掻き乱してくれたなら気が楽なのにと思い乍ら、振り返り、「坐れば」

「うん」瑞絵はゆっくりと、併し迷いは見せずに修文の寝床へと進み、身を回して腰を下ろした。床に接したポリ袋が安定を求めて鳥の一群が羽ばたいているような音を立てた。瑞絵は顔からマスクを外した。

「花粉症?」修文はピアノ椅子を近付けてそこに坐った。

「シュー君は花粉症は?」

「たぶん一回」

「一回?」

「うん。三年くらい前に鼻水と右眼からだけの涙が一ト月続いて、流石に怪訝《おか》しい思うて医者へ行ったら、何かのアレルギーですねいうて錠剤の処方箋を出されて、それ呑みよったら治った。それきり、別に」

「何のアレルギーだったのかしら」

「分からん」

「ビール、ここに二本。あと勝手に保冷庫に入れといた」

「ありがと」

「飲む?」

「うん」

瑞絵はポリ袋をまさぐり又鳥の群れが飛び立った。修文は腰を上げその手からビールの缶を受け取り、また椅子へと戻った。プルトップを開けて一口飲んだ。

「此方に坐らないの」と瑞絵は訊いた。

「坐るよ」と修文は誰かに伝えた。「そのうち」

九

修文は音楽を聴きたくなった。自分で奏でるのでも良かった。ピアノの蓋は開かない。

「何か音楽が聴きたいね」

と偶然、瑞絵が同じ事を云《い》ったので、修文は莞爾《かんじ》として同意を示し、

「瑞絵さんのベースが聴きたい」

「持って来てないのよ」と判《わか》りきった事を答えた。それから空耳に愕《おどろ》いたように顔を上げ、

「鍵盤ハーモニカなら、田舎から持って来たって云ってた」

「あんな音」と笑い飛ばそうとするのを、

「好きよ、私、あの音」と諫《いさ》めるように遮られた。そこで修文は心中にその薄っぺらな音色を浮かべてみた。

小学校で習ったどの曲でもなく、同じ時代、母の要望に応じる為に古い童謡集の音符を拾って覚えた〈金糸雀《カナリヤ》〉の旋律が、ソファベッドに腰掛けた瑞絵の輪郭を撫でた。

軍艦色の地に黄色いパステル文字で題の記された『ピアノ童謡集』は、修文がピアノを習い始める以前から家に在った。大切にされるでも捨てられるでもなく、書棚の仕切りになってい

たかと思えば、出窓に増えていく干支《えと》の置物の敷物となり、そのうち中身に興味を惹かれた来客にでも救出されたか茶の間の洋卓《テーブル》へと移動し、その上に無用な郵便広告《ダイレクトメール》が積み重なり、それらが纏《まと》めて処分される際にまた救出されて雑誌立てに移され……といった調子の存在であった。長年に亘《わた》る人々の手荒な扱いにより多くの頁《ページ》の角が内側へと折れているのに気付いた修文が、一枚ずつ広げて爪で癖を取ってやった。そうしているうち自分の所有物のような感じがしてきた。題字と同色で、象や、麦の穂や、蒸気機関車や、止まり木の小鳥が、如何《いか》にも小供向けだが魅惑的筆致で描かれた表紙を眺めて、屹度《きつと》名の有る画家が出版主旨に賛同して只同然で引き受けてくれたのだろうと勝手に裏話を想像した。奥付の年が父母の持ち物にしても古過ぎるので、誰の物かと母に訊いたが、判らないと云った。父は知っているだろうかと訊くと、そういえば何処かの家から貰ってきたような気がするという答になった。それから父親に尋ねてみたかどうかは忘れてしまった。

そういった記憶の断々《きれぎれ》を照射し乍《なが》ら脳裡に展開していく童謡の旋律は存外に甘美で、心地好い重量感を伴っていた。凝《じ》っとしている瑞絵が彫像のように見えてきて、抱えてみたらどれ程の手応えだろうかとおかしな事を想った。家具なら唯《たつた》の五十キロでも無礼《なめ》てかかってぎっくり腰を起こす者が居る。併《しか》し人なら七、八十キロでも準備なく抱えられるものだし、背中にだったら百キロでも負える。短い大学時代、酔って巫山戯《ふざけ》て後ろから被さってきた百キロに近い学友を、そのまま暫《しばら》く負んぶで歩いてやった事がある。人体の重みは支えている身の広範囲に分散してかかるから、或いは負われている方が協力的に重心を移動させてくれるから、或いは人体は人体が支えやすい固さと形状を有しているから、規格外な重さでも抱えたり背負ったりできるという理屈は知っているが、そう説明できる以上に物理法則を超えて、人は人にとって軽いと修文は思う。

身に及ぶ重力を意思で制御できるかのように、人に抱えられた人は、軽い。

乏しい日用品を呑み込んで部屋に鎮座しているのは今も段ボール箱だが、最早引越業者の名入りではない。先月、岡山がこの部屋に似合う筈《はず》と称して持ち込んできた、九つの白い「バンカーズ・ボックス」に替わっている。

「段ボール箱は段ボール箱でも其定其処《そんじょそこら》等の段ボール箱とは素性が違う」と岡山は鼻高々だった。清掃のアルバイトに出向いたイヴェント会場で資源ごみに仕分けされているのを発見し、勿体《もったい》ないと感じて貰い受けたとの説明だったが、聊《いささ》か怪しい。この男の事だから保管されていた予備を金目に積もり、自分でごみに仕分けしたのではないかと疑っている。そうして頼みもしない物を運んできておいて、新品を買えば一個千円以上するのだからと約半額の六千円を請求してきた。修文はそれは中古の店頭価格だから、仕入れは更に半値以下の筈だと主張し、三千円を渡した。

「こんなんじゃ赤字だ」

「君は誰に金を払うた云うんや」

「俺が俺自身を動かすのにだって時間と金がかかるだろ。此処《ここ》まで電車で運んでくるの大変だったんだぜ」

「その金額で納得しとけば、もう一遍大変な目に遭わずに済むが」

岡山は舌打ちをし三枚の札を衣嚢《ポケット》へと拗込《ねじこ》んだ。天衣無縫を演じていないと心細さに泣きたくなるほど金が無いのは大いに察しているが、勝手に保冷庫を開けられてきた頻度を思えば妥当以上だし、修文の貯金とて無尽蔵ではないし、抑《そもそ》も部屋に置いて眺めて気分が華やぐような麗しい箱でもない。だから其《それ》でも十全な慈善の積もりだった。これまで使っていた箱の一つに下着類を纏めてクロゼットの床に移動し、新しい蓋付きの箱は壁際に、三つ重ねの三列にして置いた。

慥《たし》か最下の箱に仕舞い込んでおいた鍵盤ハーモニカを取り出すのに、上積みを下ろしていたら、

「バンカーズ・ボックスに変わった」と室《へや》が非道《ひど》く暗いにも拘わらず瑞絵は気付いた。感心している口調であった。素性が違うとの弁は出任せの口上ではなかったらしい。「どうしたの」

岡山がアルバイト先から運んできたと教えた。「親切ね」と好い風に解釈しているから、金を払った事は教えなかった。

「欲しかったら分けるけど。元の箱は畳んでバルコニーに出してある」

瑞絵はかぶりを振って、「貰っても、私には置き場が無いから」

「正直、持ち込まれた折《とき》は、なんで段ボールから段ボールに物を移さにゃならんのかと」

「シューくんらしい感想。好きよ、私は。外国映画に出てくる会社の資料室みたいじゃない？

主人公が独り泣きしようとして入っていって、灯りを点けたら先客が居て、吃驚《びっくり》して跳《と》び退《すさ》っ

た瞬間《とき》の、背景」

修文は幽《かす》かに失笑して、「そう云われたら、悪うない景色のような気もしてきた」

「そのあと突然馘首《くび》を云い渡された折《とき》に持たされるのも、その同じ箱」

「ああ、そう云えば……うん、それも悪うない。先々でそういう憂き目に遭うても動じんで済むよ。出てきた」と臙脂《えんじ》色の樹脂ケースを取り出して見せた。

「其《それ》だった？　学級《クラス》全員が？」

「いや実は、御袋《おふくろ》が張り切って学校へ申し込むんじゃのうて、自分で楽器屋行って納得したんを買ってきてしもうて、僕だけが皆と色が違《ちご》うて、最初は凄い恥ずかしかった」

この述懐が思いがけず瑞絵に響いた。浮き立ったような調子で、「シューくんが何故シューくんとして育ったか、私、分かったような気がする」

修文は楽器に装着した唄口《うたくち》の角度を調整し乍ら、上の空に、「そう」

「お母さん、綺麗な人でしょう」

「いや……普通の小母さん」

「やっぱり綺麗なんだ」

「会話が成立しとらんような気がするよ」

「女性の女性に対する普通って評価は、取り立てて褒《ほ》め処が見当らないという意味で、男性の云う普通は、貶《けな》す程の処は思い付かないという意味だもの」

「そういうもんかね」

「それに女性は基本的に『私はこう感じる』で話すけど、男性は『社会一般から見るとこうだろう』で話すから、畢竟《つまり》今のお母さんの話だと、容姿にしても立ち居振舞いにしても、否定的に見られる事はまず無いという意味になる」

そう云いながら此方《こっち》に片手を伸ばしてきたので、ハーモニカを観察したいのだと合点して差し出すと、瑞絵は居場所を設ける為にはぐっていた毛布を押し遣って、隣に坐るよう促してきた。修文は床に置いてあったビール缶を摑んだ。毛布を更にはぐって場所を広くしてから指示に従った。男女《ふたり》の間《あわい》を小さな鍵盤が隔てた。

「何に就《つ》いてでも、自分はどう感じるかでしか喋らんよ、僕は」

「だって無意識だから」瑞絵は鍵《けん》の一つを左手の人差指で押し、そのまま小指を伸ばして、「何時もこの短いので吹いてた？　ホースじゃなくて」

「学校では机に置かされるからホース。家では此方で吹いてた」

「何故」

修文は往時の心境を顧みた。是《これ》という理由を意識するでもなく、何とは無しに当然の習慣とし、疑問に感じた事が無かったのは確かである。「多分……口から何かぶら下げとったら、親父にみっともないいうて叱られるような気がして」

「お父さん、大工さんだっけ」

「うん、まあ……工務店の、肩書で云えば社長というか、でも資格で云えば、そう。建築大工技能士」

「厳しい人なのね」

「厳しいというか、傲慢いうか」

「息子への期待が大きいのよ」

「何の期待もされとらんよ、僕は」

「それは私」

瑞絵は音の鳴らない鍵盤で何らかの曲を奏で始め、片時《へんし》会話は途切れた。視線を落として暗い中にも翳《かげ》ったその顔を見下ろしているうち、修文はその表層に観察される濃淡の不自然に気付いた。併《しか》し口には出さずにいた。そう云えば愛聴しているバンドのロゴの入った、だいぶ草臥《くたび》れたTシャツだけを纏い、下も部屋着のようなサブリナパンツである。バンドが練習に集った時の瑞絵は冷房対策のパーカを手放さない。よって訪れた際は一時的に脱いでいるものと認識していたが、いざ是迄の情景を思い返してみるとそれらしき衣料は一度として目にしていない。

然《しか》し乍らその事も又修文は口に出さなかった。

「お父さんは兎も角、シューくんのお母さんがどういう人かは、私、可也《かなり》分かった。無意味に着飾ったりはしないけれど、きっとシューくんと同じく無駄口はしなくて、その所為《せい》で他人から誤解される事にも臆さなくて——つまり本質的な自信に満ちていて、だから自分の産んだ子が特別な小供だという確信が揺らいだりもしない。そして身体は余り丈夫じゃない」

半ば聞き流していた修文が、その瞬間《とき》は「なんでそう?」と流れを止めさせ、残り少なくな

っていたビールを飲み干した。瑞絵は古式床《こしきゆか》しい小説に登場する老巧の探偵宜しく、明解に、

「まえ皆で遊びにきた時もだけど、台所仕事に手を焼いている気配がまるでしないから。男の人に有りがちな、一式揃えるだけ揃えてそれっきりでもなくて、ちゃんと使われてる、最低限の物が清潔に並んでるキッチン。だから私、最初はお母さんの居ない人かと思ったの。でも以前《まえ》私が夏休みは実家に帰らないのって尋ねたとき、まあ御袋は……って何か云いかけて已《や》めたから、居るんだってほっとした。何処《どこ》がお悪いの。あ、話したくなかったら別に」

「いや。肝炎」

見ず知らずの他人の病名を知りたがり、ところが教えてやってもきょとんとしているばかりで仔細を問うて見識を深めようとするでもない、自分や親類が体験した病の罹患者を見付けて私見を開陳したかったとしか思えない人が居る。今日明日にも死ぬ病ではなさそうだと知り、母が瑣末な事情を楯にとり利益でも得ているかのように想像を膨らませて、批判がましくなる人も居る。まるで症状の異なる病を引き合いにして頓珍漢《とんちんかん》な助言をしてくる親切者も居る。幸い瑞絵は何《ど》れでもなく、

「型は？　長いの？」と的確に聞き返してきた。

「C型。若い頃の腹膜炎の手術での、血液製剤で」

瑞絵は眉を顰《ひそ》めて、「母子感染とか」

「しとらんよ。それは滅多に無いらしい」

「でも良かった。お母さん、未だ肝硬変じゃないのね」

修文は頷《うなず》き、「肝炎に詳しいね」

「祖父がそうだから。殆《ほとん》ど同じ。もう癌に進行してるけど幸い健在。癌と共生してるっていうか、八十にもなると進みが遅いから」

又修文は頷いたが安易に良かったと述べるのは躊躇《ためら》われ、口は開かなかった。心の視点は未だ瑞絵による母の描写の上に留まっている。それは正しく自分の「御袋」のようでもあったし、物語の中の見知らぬ女のようでもあった。瑞絵が語るような気高さを母に感じた例《ためし》は無く、肝腎なとき黙りこんでしまい自己主張しないのも、自分と同様「うっかり黙っている」のだとばかり思ってきたが、諸々、身近な存在への過小評価であって他人の目には又違っているのかもしれない。それでも矢張り普通の小母さんという表現こそ、それなりに多面的でまた矛盾にも満ちた母の内実に即していると思う。時には病気への憾《うら》みも、若き日の臆病さへの悔いも口にする。学生時代は英語が得意だったから、海外勤務のある仕事に就く夢をみていたと問わず語りに口にした事がある。ほんの小供の耳にその弁は、自分など産みたくなかったという告白にも聞えた。

気高さへの畏怖といった理知的な感覚ではない、ずっと単純な空恐ろしさだったら、幾らでも覚えてきた。母がそういう人だからか、それとも自分が感じ易い人間だからかは、今も分からない。隣室の椅子に坐って何かに目を凝らしている母の視線の、その先に見当を付けてみれば、虚空に他ならず、怖気《おじけ》立ったのは、何歳児の頃だったか。目を開けて何も視ていない人を、その状態の仮定ではなく実在を、修文は初めて認めたのである。死者に於いてしかあり得ないと思っていた現象が、最も近い身内に易々と生じている。その発見は童心に対する、死からの最初の挨拶に他ならなかった。母は、何時《いつ》か訪れる死の予行演習をおこなっているのだと、幼児は思った。その遠出に何らかの期待を懸《か》けているらしいとも察した。

「お父さんは仕事、お母さんは寝込みがち。だからシューくんは小さな時から、何でも自分独りでやらなきゃいけなかった」

「何でもじゃない」

「何でもよ。お母さんがお世話をしてくれる日は、お母さんが起きてこられない日の練習日なんだから、心の中では独り」

「心ん中で独りじゃない人間は居《お》らんよ」

「私はシューくんの役に立てる？」

「ベースが上手いし、曲作りのヒントもくれる」

「それが私の限度かな」

「顔、誰に叩かれたん……左利きの」

「やっぱり分かった？」気付かれていると気付いていた瑞絵は悪びれず、自分の唇の端に指先を当て、「見た目ほど痛くはないから。気になるなら目を瞑《つむ》れば」

肩に手を置かれた。瑞絵の顔が接近するや右眼だけ勝手に閉じてしまったのを、初めその言葉の暗示に罹《かか》ってしまったのだと思った。追っつけ痛みへの自覚が生じて、肉体の単純な反応だと気付いた。

唇越しの前歯の感触の下方に舌の先が辷《すべ》り込んできた。瑞絵の唾液はさらりとしていた。

眼の奥に再び、よりくっきりとした痛みを感じて、思わず顔を背けた。

瑞絵は誤解して、「痛くないのに」

「いや、僕のほうが」

「何処か?」

「眼が痛い」

「何か入った?」

「いや、そういう感じじゃない。奥の方で何か動いとるような」

「よく有るの?」

「初めて」

すると瑞絵は過ぎた冗談とも本心からともつかぬ、神妙な口調で、「花音の焼き餅かしら」

同程度の痛みが訪れたのはそれから明け方、はたと独り寝ではないのを思い出して室内を見回した際で、思わず強く瞼を閉じたら、目玉が勝手に暴れているような違和感を覚えた。眼球を宥《いさ》めるように天井を見詰めていると、やがて収まった。急に眼球を動かすのが取分け宜しくないらしい。眼を患った経験といったら幼い頃の結膜炎くらいだが、古い話でどういう症状だったか思い出せない。

浅い眠りから醒めても、又醒めても、閉ざされた防音空間の何処かに瑞絵の姿があるのを、夢の中の夢の中の夢の中の夢の……と入れ籠になった無限構造のように感じていたが故、翌昼、靴を履き玄関から踏み出した瞬間、修文は逆に世界の外から内へと帰還したような錯覚に囚われた。

空腹と云えば空腹だが食欲は余り感じていない、併し何でも目の前に出されれば食べられなくはない、と如何様《いかよう》にも解釈しうる事を瑞絵が云うので、此処でなら如何《どう》とでもなろうと蕎麦屋に連れて這入った。上京初日に這入って迂闊に饂飩《うどん》を頼んで、肝を潰した蕎麦屋である。

その後、東京都心の蕎麦屋はあくまで蕎麦と丼物の専門店であり、饂飩は蕎麦を食べられない人が仕方なく頼む程度の扱いだという事、殆どの客が蒸籠《せいろ》の「盛り」を基本に、加えて天麩羅、加えてとろろ、といった感覚で注文をする事、蒸籠で頼めば蕎麦の茹で湯を出してもらえ、塩《しょ》っぱいつゆもそれで割れば飲める事などを、学校の人々やバンドの面々から教わった。故郷の饂飩屋や食堂で出される蕎麦は逆様に、此方の饂飩の扱いに他ならないと悟るに至り、意地は張らずに郷に従うと決めた。

店内に漂う甘辛い香りに食欲を刺戟されたらしく、瑞絵は意外にも親子丼を選んだ。修文は初めて鴨蒸籠を頼んでみた。

「保険証、持ってる?」

「いつも財布に入れてある」

「じゃあ、食べ終わったらそのまま行こう。付き添ってあげるから」

眼科医院の話である。明け方、痛みに思わず上げた、その声を聞かれていた。思いのほか大声だったらしい。

後から仔細を問われた。答えるうちに瑞絵は想像を膨らませ、脳疾患ではないかと思い付いた。結膜炎だろうと安心させようとしたが、結膜炎で眼の奥は痛まないと聞かない。口振りは穏やかだが引き下がらない。大事をとって一度X線で断層撮影してもらったほうが善い、とまで云い始めた。直感だが貴方《あなた》の脳には特別なところが有るから、どうあれ撮ってもらっておいたほうが好い、それは才能と表裏一体の特質だから、早めに事実と向き合ったほうが良いと。

自分のどういった面をして才有りと評してくるのか見当が付かなかったが、そこまで云われて修文は直截な抗弁を諦め、直ぐさま脳の検査とは無体だが、眼科になら行けるとせざるを得なかった。即ち瑞絵の過保護的な情に因《よ》り、早々に眼病を立証する要が生じていた。

「そうだ。保冷庫の牛乳、少し貰った」

「どうぞ」と修文は笑んだ。そういちいち事割る瑞絵の律儀さは、概して心地好い。「でも余り残っとらんかったと思うけど」

「ううん、猫にあげただけだから」

「猫？　何処の」

「バルコニー」

吃驚した拍子に、箸で摑んでいた蕎麦の束が蒸籠に逃げ戻った。「うちのバルコニーに猫が？　どうやって」

「知らない。会ったこと無いの？」

「無い」

愕然と、修文は上京の翌朝を思い返していた。かちかちとバルコニーの硝子が鳴ったような気がして、それを夢うつつに、猫が外から掻いている音だと認識したのだ、自分は、やがてタクシーに撥ねられて、死んだ、目の前の瑞絵によく似た鼻筋や、唇や、眼差しまでそっくりな、田舎の隣家の老婦人の。

「あんた誰や」と思わず呟いていた。力の込もった右眼の奥がまた痛み始めた。

「誰が」と瑞絵は戸惑い交じりに笑い、「私が？　私よ」

そのとき電話機の振動が太腿に伝わってきて、ポケットから出し発信者を確かめるとそれはエッジの夕子さんだった。瑞絵はしおらしく割箸を袋に戻そうとしている。自分が電話に応じようが応じまいが、話に割り込んでくる心算《つもり》でもなかろうに、録画の再生を一旦停止するように断食して待ち構えている要が何処にあろう。家庭でか学校でか不思議な習慣を身に付けたものだが、思えば修文の母にも似た奇癖がある。息子と共に食事を摂るとき如何《どう》しても食べ終わりを同時にしたい様子で、修文が所用を思い出し中座でもしようものなら、食卓に戻ってきた時には嵩《かさ》の減った料理が大葉の仕切りを挟んで盛り直されて、自分は不要となった食器を洗っていたりする。

修文が食事を再開すれば、対《むか》いに座り直して食べ始める。美味い食べ方とは思えないうえ片付けも二度手間の非合理に気付いて、だいぶ大人になってからではあるが「食べとりゃえかったのに」と伝えるようにしていた。筋の通った返答は一度も聞かなかった。「待っとったんよ」と満足そうに笑っている。

この母の風変わりな美徳は専《もっぱ》ら息子に対して発揮されるのであり、夫に対しては若い時分に諦めてしまったと思しい。仕事柄、父親の朝は早い。出掛けていく前の腹拵えは座椅子に尻を着けているかも疑わしいほど忙《せわ》しない。晩はと云えばテレビ画面に呟き返しながらの手酌 旁《かたがた》、めぼしい魚や肉にちまちま箸を伸ばし、そのうち急に腹を減らして飯か麵類を所望する。それを一気呵成に掻き込んで茶を啜ると、居眠りに入る。そうしないと肉体《からだ》が保《も》たないのか、本格的就寝に先んじて必ず居眠りをする。その一刻《ひととき》の座椅子の背凭《せもた》れに頭を載せ、薄く唇を開け、瞼越しに天を仰いでいる顔が、修文の知るうち最も柔和な父親である。

「出ないの」と瑞絵が問う。

「はあ切れた。後で架け直す。食べよう」

「急用かも」

「夕子さんに急用は無い」

「夕子さんからなんだ。でも急用の無いひとなんて居る？」

修文は頷いた。その何彼《なにか》につけての周到ぶりには驚かされてきた。まるで死期を悟ったひとのように逐一予見的である。知恵の輪を解《ほぐ》す手順宜しく時に不可解に思える言動が、振り返り見ればどれも合理的な道筋の一部を為している。

苛立っているような早口で捲《まく》し立ててきて、修文への指示が一週間先の荷物の受取りにまで及んだ晩があった。軈《やが》て夕子さんは体調を崩した。外出が出来なくなった。其処此処に蕁麻疹が出てしまい服が着られないから、家で裸で過ごしている他ないという話だった。

「何かのアレルギーですか」と受けた電話で尋ねたところ、

「考えてみたんだけど、胡瓜《きゆうり》かも」という返事であった。

「蝦《えび》や蟹ならよく聞きますが」

「子供の頃からラテックス・アレルギーはあるの、護謨《ゴム》ね。だから私はラテックス製のコンドームは駄目。まだコンドームの何たるかを知らなかった頃、非道い目に遭った経験が」

「はあ……じゃあ護謨は避けられてるんですね」

「ポリウレタン製も増えてるけど、二十歳《はたち》を過ぎてからポリウレタンのアレルギーも出てきてるから、今は其方《そつち》も怖いわ。ショーツやソックスの伸縮部分で蕁麻疹が出るの。仕方なくお婆さんみたいな下着ばかり穿いてる。見たら愕然とするわよ」

内心、修文は合点していた。夕子さんが帰っていった後のエッジの、スツールの一つに、スーパーの名が入った不織布の買物袋が残されていた事がある。客の忘れ物かもしれないので一応中身を検《あらた》めると、菓子や乾物や文房具や衛生用品に加え、老人向けとしか思えない新品の下着類があった。実用一点張りの文房具が如何にも夕子さん好みに思えたから、下着は親御さんの物と判断し、袋に詰め直してスツールに戻しておいたのである。

「だからコンドームの選択肢は、最早ラムスキンのみね、仔羊の腸。使ったこと有る？」

「無いですよ。肉屋で買うんですか」

「蛮族じゃないんだから。ちゃんと加工されて製品になってるの。でも伸縮性はないし根元を紐で括らないといけないしで、正しく腸詰めを拵《こしら》えてるみたい。若し興味があるならストックをあげるけど、海外製品だからサイズが如何《どう》かしら」

「さあ。まあそのうち見せてください、話の種に。胡瓜はどんな風にして避妊に使うんですか」

「胡瓜で避妊は出来ないわ。食べるだけ。但しラテックスアレルギーの持ち主はその成分で交叉反応を起こす事がある。似た分子構造を持つ物質を、身体が本来のアレルゲンと取り違えるの。胡瓜に限らず、蕃茄《トマト》、甘蕉《バナナ》や栗、鰐梨《アボカド》……直近口にしたうちで交叉しそうな食品といったら、多分胡瓜ね。嗚呼、もう」

「如何したんですか」

「身体が痒い」

そしてそれから三晩の間、修文が独りでエッジの舵を取ったのである。疑問あらば遠慮なく電話で問い合わせるよう指示されたが、必要は一度も生じなかった。中身の減った罎《びん》やトルティーヤチップスの袋の奥には新しい罎や袋が隠れていたし、作り置きされていた冷製やオイル漬けは偏りなく量を減らしていった。リクエストされるCDは客や修文に発見され易い棚の中程に集まっていた。目に入るが故にリクエストされていたのだと考えるなら手品で云うところのフォースであり、店主不在の期間《あいだ》に店内を潤す音楽が仕込まれていた事となる。以前話に出た店への荷も修文が無事に受け取って冷蔵庫へ移した。夕子さんが毎年鳥取の業者から仕入れている実が拳程もある天然の岩牡蠣だった。海が時化《しけ》れば漁が出来ないため、大体いつ頃としか日にちを指定できないのである。

そうして留守を守っている間の修文は、夕子さんは自分に研修を積ませる為に一芝居を打っているのではないかと疑っていた。併《しか》し三日が明けて対面してみれば、痩せた顔に似合わぬ腫れぼったい瞼で、収まらぬ痒みに身を捩《よじ》っては「こうなるんじゃないかという気がしていたのよ」と頻《しき》りに零《こぼ》している。要するに一切が、予見に基づく先回りだったのである。……

「若し急用なら又架かってくる」と修文が瑞絵に食事の再開を促すが早いか、ポケットの中で再び電話機が震え始めた。

「急用ね」と瑞絵は察している。

賭けに負けたような心地で装置を取り出し顔に寄せると、

「いま何処」と夕子さんは前置きを省いた。「代々木?」

「家の近くの蕎麦屋です」

「もう注文しちゃった?」

「いま食べよる最中です」

「食べきらないと死ぬ?」

「何か急ぎですか」

「相当に」

「いま那辺《どこ》に」

「店」

「五分で」と答えて電話を畳み、遠慮がちに瑞絵を見た。

「急用の無いひとは居ないの」と訳知り顔で微笑する。

「僕が間違えとった」

「お金、払っとくから。それとも女房面して付いてってほしい？」

修文は独り店を出た。五分と告げたものの、涼しい顔で物せるタイムではない。一息ついてから駅の方へと駆け始めた。

「ちょっとシューくん」と、直後に大声で呼び止められた。止まり、振り返ると、瑞絵が路上に出てきている。「エッジだったら其方《そっち》逆。此方《こっち》奥に入って右行って左」

曾《かつ》て修文が加入する前のストーレンハッツが演奏していた、二人の出逢いの場ともなったライヴハウスの方を指差していた。放射状に広がった街並みの裾から裾へと移動するのに、自分はその中心へと戻ろうとしていた事に修文は初めて気が付いた。

十

ムスリム女性のヒジャブは単に頭部を包む布ではなく、顔以外は耳に至るまで秘す為のものであるから、夕子さんが被っている様々な色柄のスカーフはそれには該当するまい。内側は秘密という訳でもないらしく乱れれば店の隅で巻き直している。下は、オートバイ乗りが汗止めにヘルメットの下に被っているような、ぴったりとした薄い帽子である。ただ髪を纏める為なのか他に理由があるのか、尋ねた様《ためし》は未だ無い。その日のスカーフは纏う人によっては暑苦しかろう緋の一色だったが、不安に青ざめているようにも見えかねない夕子さんの面差しを程良く中和していた。店にはその同年輩であろう男の姿も在った。粋な白麻の上着を袖捲りした、見知らぬ男である。

「良かった。ちょっとトイレを見てもらえる」

夕子さんはそう開口一番に云って男を紹介しようとする気配はなく、男も軽く目礼してきただけなので、偶々《たまたま》の連れに過ぎず先々自分と関わるひとではなかろうと見当を付け、

「故障ですか」

「が」とだけ夕子さんは発し、それきり深刻げに此方《こちら》を睨んでいる。

稍《やや》あって、からかわれているのではない事を理解した。「ああ、蛾ですか」

両手を肩幅位に広げて、「こんな大きいのが壁に」

修文は失笑した。「そんなに大きい蛾は日本に居ない。もし発見したら夕子さんの名前が付きます。山繭《やままゆ》かな。目玉みたいな模様はありました?」

「とても模様までは——色は緑」

「淡い?」

頷いている。

「なんだ、大水青《おおみずあお》か。綺麗だったでしょう」

「色は、そう……色彩に罪はないけど」

「形にも」

「フォルムも可《い》いの。でもテクスチュアが駄目。リアルな蛾は禁止。私、鱗粉アレルギーだから」

「羽根の？　だったら蝶にだって」

「だから蝶も駄目。もう記憶から抹消してしまったけれど、幼児のとき怖いもの知らずにも蛾でよく遊んでたらしくて、それで喘息になって、以来……交叉反応の話をしたことあるでしょう。一種のそれが起きるのよ。見ているだけで呼吸が苦しくなってくる」

「しんどかった幼児体験が、脳裡に甦って——？」

「違う違う、はっきりと、直接、肉体的に苦しいの。そんなの気のせい？　そういう非科学的根性論を押し付けられて、アナフィラキシーに殺される人はたくさん居るのよ」

修文は納得して頷いたものの、カウンターに肘を突いてやり取りを眺めている白麻の男へと、つい視線が流れた。男の方も気付いて、

「僕も蛾は苦手で。お願い出来ますか」と修文に対して初めて口を開いた。

その丁重な口調にそこはかとない、店に対する、或いは夕子さんに対する所有感を感じた。面白い心地ではなかった。「追い出せばいいんですか。それとも持ってきます？」

男はかぶりを振った。「見たくはないです」

「未《ま》だ見てないんですか」

「トイレを覗いたのは夕子さんだけで」

「勿体ない。いま覗いてみますか」

「結構ですから、いち早く片付けてください。その後、暫時《すこし》秋野くんにお話が」

相手が自分の苗字を口にした事に修文は驚き、夕子さんに、「どなた?」

「申し遅れました、二階堂といいます」男はスツールを下りると、右手を突き出し近付いてきた。「初めまして。樅ノ木の……それから風月荘の卒業生の、二階堂雅彌です」

嘗て「花音を殺したんだって」と夕子さんが註釈した人物からの自己紹介に、修文の視界は縮こまり相対的に男の姿は大きくなって、忽《たちま》ちその顔を顔として認識できなくなった。場は昼間にして薄墨を塗り込めたように暗い。夕子さんは営業時間外に店内を明るくするのを嫌う。出入口のドアノブにお手製の Open と Closed が裏表になった札が掛けてあるから取り違えて入ってくる客など居ないのだが、主立った点灯を開店の聖なる儀式とでも捉えてか、曇りの日の準備中に探し物があると、そのあいだだけでも明るくすれば好かろうに、懐中電灯を持ち出して抽斗《ひきだし》や収納庫《ストッカー》を照らす程、その嗜好は徹底している。暗さがもたらす不便を愉しんでいるようにも見える。

夕子さんはどういう顔で居るのか確かめようとしたら、素早く視線を動かし過ぎたかまた右の奥が痛んだ。修文は両眼を閉じて眉根を寄せた。それから左だけを薄く開いた。遠近感を失った世界は瞬時、闇をくぐり抜けた錯覚によって不相応に輝き、あらゆる輪郭が活気を帯びた。角膜からの距離を無視して銘々身勝手に接合し、店を支配する雑多な無機物と、秋野修文を含む三つの人体とそれらを包んだ布と、空間の残りを満たしている湿った空気との境界は、当分のあいだ曖昧でいた。

「どうなさいました」と発したその唇が、雑然たる景色が映り込んだ水槽中に停滞する、見慣れぬ魚類だった。その上には別種の魚が二匹並んで、凝《じ》っと此方《こちら》の出方を窺った。但し口調は偽善の響きを含まなかった。かといって心配も感じられなかった。本能的に疑問を口にしては、何処からか答が与えられるのを待ち構える小供のような口調だった。

「眼の奥が痛むんです」と修文は端的に説明した。

「眼球そのものではなく？」

「眼球自体も痛いような気がしますけど、寧《むし》ろ奥のほうですね」

「昔から？」

「昨日が、真夜中が初めてです」

「原因に心当たりは？」

「眼病にお詳しいんですか」

「いいえ。でもこれといったきっかけもなく突然にだったら、知人と同じ病気かもしれない」

きっかけらしいきっかけといえば、思い掛けない相手との接吻でしょうか。「心当たりはありません」

「ご家族にそういう持病をお持ちの人は」

修文は頭を左右に振った。眼の奥の痛みが振子になって頭蓋骨の内側にぶつかるような感覚をおぼえて、顔を歪める。「聞いたことがないですね。その方は遺伝だと？」

「いいえ、親戚を見渡して誰一人居ないと。矢張り心因性なのかな。九号詩人ケーンでした」

外国訛りでそう云ったように修文には聞えた。

「映画の題名《タイトル》みたいな」

「そう響きましたか。でも病名です。球《たま》の後《あと》と書いて球後《きゅうご》――眼球の奥という意味でしょう――の視神経、炎です」

「初めて聞きますが、もう憶えました」――九号詩人ケーンと。「その方はご存命ですか」

「生きていると思いますよ。暫く会っていませんけど」

「良《え》かった。ほいなら良《え》え」

「視えているかどうかは気にならないんですか、その人の眼」

「視えとらんのですか」

二階堂が直ぐには答えず一呼吸を置いたので、気休めになる言葉を探しているのだと思った。良好な予後ではないらしい。「視えてはいる筈です。ただ未だ原因不明の病気で、症状は一進一退だとか」

望ましからぬ予感に肩を摑まれ乍《なが》ら笑みを泛《うか》べ、「ほいでも命を取られるよりゃ、遥かにましです。知合いが大袈裟に、脳が……どうかなっとんじゃないかと心配するんで」

云い終える迄に失言に気付いていた。初めて痛みを覚えたのは昨深夜と教えた矢先である。心配性の誰かと過ごしていたのを告白してしまった。夕子さんに顔色を読まれぬよう平たい視野の中心にトイレのドアを置いていると、

「そんなに痛いんじゃや、無理かしら。もう警察呼ぼうか」

と当の夕子さんが発し、思わず振り向いて、

「蛾を追い払うのに警察を？　いまやります」

「繊細な人？」と二階堂が問いを発したが、何方《どなた》に何方のことを訊いているのか分からなかった。

夕子さんが二度三度と頷いて「自分でその事に気付かない程」と答え、二階堂が納得した様子なので、トイレの蛾を警察沙汰にしようとする夕子さんに自己評価を尋ねからかったのでも、からかい役を修文に委ねたのでも、また蛾を傷めずに解放する自信の程を訊いてきたのでもないと分かった。そして自分を繊細とする評価に面喰らった。修文にしてみれば他人の繊細ぶりを推し量りたがる人々こそ余程のこと繊細である。

痛みの余韻か、両眼を開いていると左右の視界が重なりきらない感じがしたが、利き目は左なので右を薄目にしていれば然《さ》して不自由はしないと見た。「見てみましょう」とトイレのドアを開けようとしたら、奇声に制止された。飛び出して来たらどうするのかと責め立てられた。そこで夕子さんには一旦戸外へ出てもらう算段になった。捕獲した蛾は店内を通さず換気扇口から追い出すよう厳命された。

「上手いこと出せるかな。殺して流しましょうか」

「已《や》めて。怨念で私が殺される」

「呪われるんは僕ですよ」

「私が感じたらもう駄目なのよ。これは私の問題なの」

「了解しました。鱗粉一つ落させずに解放します」

併《しか》し夕子さんは中々店を出ていこうとしない。乱暴な仕事をして蛾を飛び回らせはしないように見張っていたいのである。出来るものなら肉体は消し去って、先刻修文が二階堂に重ねた形象宜しく視力と声だけ残しておきたいのである。

ところがこの修文の見立ては誤りであったかもしれない。どうやら修文よりも気が短い性質《たち》である二階堂が、ふと業を煮やした調子で、「久世さん、先ずこの店内は彼と僕と蛾だけになるべきだと思う。ついでに花音について、彼と話をさせてもらえないですか」

夕子さんはぎょっとした目付きで男を見返した。

「初対面の僕は屹度《きっと》信用されていない。僕が何をどう話そうが、彼は貴方《あなた》に真偽を確認するでしょう。だから貴方には弁明の余地が充分にある——といっても貴方に責任を押し付けるような話し方をする気なんか、金輪際有りませんけど」

「本当はそれが要件だったわけ」

二階堂はかぶりを振った。「黙っていて済みそうなことは一切黙り通す心算《つもり》でしたが、彼を見て、なるべく話しておくべき相手だというふうに気が変わりました」

「其方《そっち》がそう思われても、此方《こっち》は何も聞きとうありませんが」修文は割って入った。腹を立てはじめていた。己《おのれ》が論評されるのを好まぬ男である。「蛾を片付けに来ただけです」

「君は聞いておいたほうが良いですよ」と二階堂は宥《なだ》めようとした。

「どういう話をですか。誰が花音を殺したか？」と精一杯の嘲りを込めたが、怒りが増す程に静かな棒読み口調になるのが、この秋野修文という男である。

二階堂雅彌、そして久世夕子——未だ違和感を留める視界の端々に力を込め、やおら共犯者めいた匂いを漂わせはじめた男女を、均等に見据えた。二階堂がおっとりした目付きを返してくる一方、夕子さんは全く此方《こちら》を見ようとしない。懸命に取り澄ましている小さな横顔が痛々しい。その名も際《エッジ》として往く宛を見失いがちな人々を楽園の側へと囲い込んでいるかのようなこの見張り場のあるじが、不図《ふと》、疲れ果てた寄る辺ない女に見えはじめた。「花音を殺したんだって」とその口が音楽家の弁を誦《じゅ》した時点より、どうやら大分事態が動いた様子である。

「確かに私たち家族は、夕子を死の淵へと追いやった」

修文の耳が確かであれば、夕子さんは小声の早口でそう口走った。「夕子を」と云った。「花音を」ではなかった。それから、

「でも息の根を止めたのは」と続け、垂らしていた右手の、痩せた甲と指だけを動かした。まるきり腕を揺らすことなくものの見事に手首の先だけを動かしたので、そこにぶら下がっている生きものが細い尾を上げて周囲を威嚇したように見えた。

二階堂は小さく頷いたり頭《かぶり》を振ったりし乍《なが》ら「確かに僕が殺した」「殺してはいない」と矛盾した言葉を連ねて相手を宥めんとした。夕子さんは返す言葉や頭の動きでそれらを肯定し又否定したが、相手の弁との対応は度々入れ替わった。かといって澱みが生じるでもない男女の応酬は、それが二者《ふたり》の間で繰り返されてきた営みであることを示していた。

短い大学時代に交遊した一人に、第三者に情事を見せ付けたがる悪癖の持ち主がいた。学年は上なのだが碌《ろく》に単位を取れずにきたらしく複数の授業が修文と重なっている、その名も未田《いまだ》という、頬《つら》が二枚目と云えば二枚目だが言動は散漫で成熟を感じさせない、寧ろ岡山に一脈通じる創作めいた昔話が煩わしい男だったが、女好きがするとでも云うのか、顔を合わせていると何時《いつ》しか見知らぬ女学生が傍らに侍《はべ》って、男同士の用向きが終わり自分が構われる番となるのを辛抱強く待ち続けるのである。

女の顔はころころと入れ替わった。一様に一向修文をはっとさせる要素の感じられぬ女であった。不器量という訳ではないが未田の向こうに鎮座していなければ、只人《ただひと》で、二十歳《はたち》前後で、男ではない、という以上の所感をもたらさない女ばかりだった。そして何処かしら共通した俤《おもかげ》の持ち主たちでもあった。修文に云わせればそれは、葉の下に湿った地面を伴う裏庭の植物の色濃さであり、読み捨てられた婦人雑誌を飾っている平べったい訴求《そきゅう》だった。のち、大学を辞めたあと知った薫の、周囲一帯をあまねく照らし上げるかのような立体的美貌が修文に強烈な印象を残したのには、この女たちへの物足りなさの反動も多分に作用していたことだろう。当初少年と錯覚したのも、女にあのような凜々しさはあり得ないとの思い込みからだったろう。

本人に声の届かぬ場面で、未田は新しい女への修文の評価を訊きたがったが、問われたところで「温和《おとな》しい」であるとか「優しげな」といった言葉しか発しようがない。なにしろ顔からして思い描けないのである。

「ほんまは憶えてへんのやろ」とあるとき云い当てられた。指摘はこう続いた。「お前、熟々《つくづく》面食いやな」

「そうようなこたないよ」と修文は胡魔化したが、えり好みが激しいとの自覚は小供時代からあった。容姿なり言葉なりに際立った処のある異性しか、記憶できない。否、恐らく女に限ったことではない。人という生きものへの感興全般、自分は薄いのだという気がする。だから自分が他人から興味を懐かれるのも煩わしいのではないかと考えることがある。併し音楽は演芸であり他者に向けての表現に他ならず、然《さ》すれば修文は自らが感興を催せない存在に対する奉仕を希求していることとなり、矛盾している。人ではなくひたすら映像に、記憶媒体に記録された光と陰にのみ奉仕する音楽というものがもし信じられるならば、自分の中《うち》で筋が立つのだろうか？　この自問への答は一向得られていない。

　末田は京都出身の京都嫌いを自称していた。都落ちの言い訳に過ぎなかったようにも今は思える。その狭く乱雑な住処に招かれると、必ず時々の女も同室した。先に居て待ち構えていたことも、追付け頼まれた買物を提げてやって来ることもあった。部屋のあるじはのべつ安酒を呷《あお》り、修文も負けじと呷り、女は飲んだり飲まなかったりである。用事を見つけて立ち働くのも、隅に坐り込んで家具のようにしているのも居た。孰《いず》れにせよ恋人の指示に応じて下着姿に変じていくのである。命令にしては下手《したて》、請願にしては横柄な口調が末田は得意だった。下着姿で居てもらわなくては持病の発作が出るとでも云わんばかりに、てきぱきと且つ稍《やや》陰気に望むところを伝えて、しつこくはしない。但し女が云うことを聞かないでいると、間を置いて、その成行きに驚いたような顔をする。嫌々の風情で少しずつ薄着になっていく女も、急にけらけらと笑いだして一息に半裸となる女も居た。女たちの災難に対して末田は、まるで自分が火元とは気付いていないかの口調で「可哀相に」と発した。そして傍らに招き、坐らせ、抱き寄せ、撫でまわした。

そうされている女の目差しは、じっと修文を捉えている。窃視への糾弾の眼付きである。末田のイリュージョンが室内の常識と非常識を外界とは逆転させている。

「こいつは解ってるから」と毎度末田は云って女の警戒を緩めようとした。あとから考えてみれば末田と女たちにとっての「もう一人」が修文に限られていたとする根拠は無く、科白は乃《すなわ》ち原義を零して久しい決まり文句に過ぎなかったようだ。しかし初めて耳にしたとき修文はそれを真に受けて、自分は末田の何を解っているのだろう、或いは解っていることになっているのだろうと自問した。実際のところ修文はこの男の業《ごう》や性癖の何たるかを知らなかったし、今も薄《うっす》りと察する処があるに過ぎない。

常識の狂った空間で共に部屋で過ごした三人めの女だったか四人めであったか、愈々《いよいよ》末田がその身体を押し倒してむさぶりついたとき、修文は躊躇うことなく立ち上がり壁のスウィッチを押して室内を暗くした。そして「たばこを切らした」と独り言のように弁解して廊下へ出た。何時かこういう事態になるとの予見はあったから、そこまでの行動は待ち構えていたように滞りなかった。

旅館のような造りの下宿屋で便所も浴室も玄関も共用である。玄関で靴を履いていると他室の住人が外から戻ってきた。以前も玄関で出くわしたことのある、これも学生だろう、湯上がりの顔をしていた。狭く設備の古い内湯は下宿人に不人気で、金と時間が許せばみな程近い公衆浴場を使うのだと聞いている。

「末田さんの――」と相手から声をかけてきた。

修文は頷き、「末田くんなら、部屋に」

「妹さんが見えとりましたけど、会えたんかな。表で立って待っとられたんで、鍵は無いんですかいうて訊いたら、預かっとらんいうて」

「そっちも部屋に」伸し掛かられている女のことと察して答えかけたのだが、はたと思い直し、

「どうような人でしたか」

「丸顔で髪をお団子にまとめた――」

「眼鏡は？」

「いいえ」

部屋に居る女ではない。恐らく前回の女である。飽きられて連絡が無いのに業を煮やして押し掛けてきたか。「ほいなら行き違《ちご》うとりますね。あとで伝えときます」

男は突掛けを脱ぎ、修文は外へ出た。路上に立って些《いささ》か途方に暮れた。昔はネオン坂と呼ばれた辺りで、修文が暮らしている学生宿舎とは大学から見て正反対の方角に当たる。市内線は疾《と》うに終わっている。ともかくその終点を目指して路《みち》を下る。

坂は伊佐爾波《いさにわ》神社の参道に合流する。それを下って鳥居の外へ出ると、同じく深夜に行く宛を失っているような人影が目に付きはじめた。アーケイドの始まりで、路上演奏の若者が辛抱

強くギターを掻き鳴らし歌っている。哀愁を感じさせるテノールが中々だったので蓋を開いている楽器ケースに百円玉を投げ入れてやると、演者は俄然調子を出して立て続けに次の曲に入った。行掛かり上、修文はそちらも聴き届けた。今度も声は良かった。併し素《もと》より技巧に感心できる類いの歌唱ではなく、ギターの腕も粗野の域を出ない。唯《ただ》、前の曲では気に留めていなかった、歌の詞《ことば》に、はっとさせられた。およそ歌詞らしからぬ無骨な言葉付きで「易々と死ぬことを選ぶな」と歌は叫んだ。斯様《かよう》な意味の詞というのではなく、正《まさ》しくその言葉を歌ったのである——易々と死ぬことを選ぶな。

最後の和音を改めて威勢よく打ち鳴らし、直後に右手でぴたりと止めた演者は、それから大舞台で万雷の拍手を浴びているような、悠々たるお辞儀を披露した。それを見守っているのは唯一人で、その修文ですら両手を衣嚢《ポケット》に隠したままでいた。お追従《ついしょう》めいた拍手を贈れる男ではない。代わり、

「誰の曲かいね」と確かめた。

演者は照れながら、「一往《いちおう》、儂《わし》が作っとるんよ。お金、有難《ありがと》」

歌声とは打って変わって掠れた小声だった。発声が全く異なっていることに素朴な感心を覚え、なるたけ気持ちを込めて、

「佳《え》え声やった」

「有難。兄さんも音楽演《や》っとってん」

「いや、今は」

「演っとったん？」

「ピアノなら弾けるが」

「自分で弾けるいうて云えるんなら、立派なピアニストやな」と快活に返してきた。「そう云うたら儂も、立派な作詞家で作曲家や」

「今の歌詞は、誰に向けて？」

「勿論、お客さん。お客さん全員と、まだお客さんじゃない人全員」

「そりゃそうやろうけど、書いたときの気持ちいうか」

「ああ。書いたときやったら、死んだ友達」

「ほうね。いや、ほうかな思い乍ら聴きよった」

「儂は怒っとったんよ」演者は唇を噛んで俯いた。

「ほいじゃあ」

と修文が別れを告げると、演者は顔を上げて人恋しげな表情で、

「なんなら、もう一曲」

小さくかぶりを振ってアーケイドの下へと進んだ。自分では一節も創れない者が批評めいた弁を口にしてしまったのを決まり悪く感じていたのである。それから一時間ばかり当て所なく深夜を徘徊したあと、別の方角からネオン坂に戻った。

末田の住処の窓は灯りを放っていた。事を終えてくれたと見える。修文はその正面に立った。築五十年にも及ぶであろう洋風二階屋の、唯一奇蹟的に改装から取り残されてきた、一階角部

屋の大窓——何時かこういう愚劣な事態に巻き込まれるのを察しつつ、修文が茲《ここ》への招きを断れずにきたのは、この丈高な窓の存在故である。

古い手工品特有の「揺らめき」を湛えた正方形の硝子が、左右それぞれ三段重ねになった観音開きの上に、同じく観音開きの天窓があり、これは上辺がアーチになっている。つまり併せて八枚の硝子とそれらを連結した枠から成る、欧風の窓だ。尤《もっと》も天窓は内側から塞がれている。屋内に立ち入った修文が覗き上げたところ、その位置には老朽化して役目を終えた配電盤が、撤去されることなく取り残されていた。どうやら未田が借りているのは、ある時期、管理人室もしくは納戸として使われていた部屋らしい。配電盤が固定されたベニヤ板の裏側——街路側は、モルタル搔き落としの壁面に合わせて灰色に塗られ、それが透明度の低い硝子越しには青ざめて見える。

配電盤は赤いカーテンによって目隠しされており、屋内からもこれを捲《めく》らないことには目に入らない。カーテンは主窓の上三分の一を覆う高さまで垂れている。この状況が外からだと、天窓は藍色の、その直下の段は赤——が灼けての緋色の窓、という風に観察される。

その下の硝子だけが素通しで、元来の窓の役割を果たしている、路上からは部屋の反対側の天井に近い壁が見える。たばこの煙に燻されてきた漆喰壁だ。併し最下段の硝子は、内側から黒くペンキ塗りされている。生活を覗かれるのに脅えた歴代住人のうちの誰かが、思い余って暴挙に及んだのだろう、乱雑な素人仕事は無論のこと耐久性に乏しく、物が触れるたび生じる細かな剝げが蓄積して、深い森の底から上空を見上げたような形象を為している。

乃《すなわ》ち合計四段に分かれたその窓は、誰の創案に沿うでもなく歴史の偶然から、青灰色、緋色、淡褐色、黒の四色に染め分けられているのだった。初めてその光景を見上げた修文——工務店の一人息子——は瞬時に大まかな経緯を悟って、作為なき美しさに陶然となった。何や彼やで父の後を継ぐのが自分の天職ではないかとも思った。併し同時にその窓から、修文は妙なる音楽を感じていた。それは四楽章から成る交響曲だった。

藍色の楽章。

緋色の楽章。

象牙色の楽章。

黒の楽章。

雨木一夫の音の記憶は覚束無くも欠くべからざる道標だが、修文の音楽ではない。ストーレンハッツに提供した楽曲にしても瑞絵の助力により切り抜けられた宿題であって、自分の音楽と認めるのは憚《はばか》られる。ネオン坂の四色窓がもたらしてくれたこの幻だけが、秋野修文、目下唯一の音楽作品と云えよう。そしてそれは幻である——灼熱の下界から望む雪を戴いたキリマンジャロのような。

おっかな吃驚《びっくり》、部屋のドアを開いた。女はしどけないなりのまま眼鏡を掛けて床に坐ってテレビを見ていた。手にはウィスキーの水割りの缶を握っていた。末田の姿は見当らない。

「独り?」と訊いた。

レンズに護られた双眸が憾《うら》みがましく輝き、「どこ行っとったん」

「ちょっと、ストリートミュージシャンと話し込んだり」そう答えながら、末田を介さずに女と直接言葉を交わすのが初めてであるのに気付いた。「末田くんは」

「白けたけん、外で飲んでくるいうて」

全く予期していなかった成行きである。「儂を探しに出たかね」

女の顔が上下する。

「ほいで貴方が留守番?」

又上下させて、「秋野さんだけ戻ってきたら、続きは秋野さんにしてもらえいうて」

「続きいうて」

「セックスの。話はついとるいうて」

「はあ?」修文は絶句した。ともかく上着を脱いで近くに坐り、「真に受けちゃおらんやろ」

女は通販番組に視線を戻した。真珠のネックレスが売られていた。「真に受けとったわ」

「悪い冗談よ」

「ほいなら、せんでええん」

「せんでええよ。そうような話なんかついちゃおらん。貴方が来ることさえ知らんかった」

稍《やや》あって、女は又修文を振り返って、「内《うち》や、どうすりゃええんね」

「テレビ見よれば」

「見とうないわいね、こうような番組。なんで夜中に真珠なんか売り付けられにゃいけんのんね」

「チャンネル替えたら」

「他に演っとらんのよ。秋野さん、男なんやろが。なんで内とセックス出来んのんね。内が不細工なけん気が乗らんのんね」

「そうような問題かいうて」

「ほいなら灯り消しても駄目なんよ。眼え瞑っとっても駄目なんよ。内の体臭が駄目なんよ。それとも声ね？　前世ね？」

「そやけん、そういう問題じゃないいうて。貴方は末田くんに惚れとるやないか」

「まあ、惚れとるよ。その末田さんが秋野さんにしてもらえいうて云うてやけん、その心算《つもり》で待っとったんが悪い？」

「悪いたあ云わんが、ほいでも、もし儂らが連れ立って戻ってきたらどうする心算やったん」

「末田さんが抱いてくれるわいね」

「ほしたら儂が出てって、同じ事の繰り返しになる」

「今度は見物しよりんさいや。末田さんが終わったら代わってええけん」

「出来るか」

「出来んのん？」

そう真直ぐに問い返されて、修文は面喰らった。「普通の男は出来んと思うし、しとうもないよ、そうような、人を玩具にするような事」

「ほんまに？　騙しとらん？」

修文は頷き、それからかぶりを振った。

「どっち?」

「騙しとらん」

「そういうんが普通なんか思いよった」

修文は女が哀れになった。其処までの出鱈目は流石《さすが》にその一度きりだったが、似たような事が二度三度と重なると、流石に未田を避けるようになりネオン坂から足が遠のいた。未田は誉められた男ではない。期せずしてその嗅覚を刺戟し白羽の矢を立てられた女たちは悲惨である。併し乍らあの晩、修文は女に、一体未田の何処が好もしいのか問うたのである。答は「優しい」だった。そして「正しいけど、その正反対」と修文に対する評価も付け加えた。接した時間はほんの僅かだから占いのようなものだろうが、差し詰め四角四面、手厳しい、批判がましいといった処か。

あの存在なかりせば、田舎大学を自分の居場所ではないと見切るまでに遥かに長い時間を要したかもしれない、見切れぬままに卒業と就職を迎え、先読みを知らぬ獣よろしく望まぬ世界に鼻先を突っ込んだまま、抜き差しならなくなっていたかもしれないとも、未田については思う。そのうえあの窓の前に自分を導いて見上げさせてくれた人物であるとも思い直すや、あの一季を振り返るたび垂れ込める嫌悪感は相殺されて、四つの色彩だけが何時までも消え残る。

藍色、緋色、象牙色と、黒——。

閑話休題、自分の視線を憚《はばか》らぬ二階堂と夕子さんの内輪揉めの様子は、不意に未田と時々の女たちと外界を隔てていた古硝子の如き「揺らめき」を彷彿させた。そしてこの予期せぬ連結の効果で「花音」の響きが四色窓の形象を伴いはじめるに至り、修文は思ったのである——これまで自分の身に起きてきた、そして自分が起こしてきた一切は、何も彼もがこの画を描く為の必然だったのではないか。

見慣れ見飽きてきた店の景色が、あたかも完璧な情景として感じられてきた。一種の礼拝堂めいた場で、自分と二階堂と夕子さんとその手によるオブジェの群れを、死んだ娘が見下ろしている。娘の輪郭は揺らめき色彩は浮かび沈みと共に移ろう。藍色の花音、緋色の花音、象牙色の花音、黒の花音——。

脱出口を見失った獣よろしく落ち着いてくれない右眼の奥の痛みまでもが、そんな世界の彩りとして感じられはじめる傍ら、この景色は張りぼてだ、まやかしだ、と声なき声を荒らげているのは、父親の相貌を受け継いだ工務店の一人息子だ。縦《たとえ》一時でも肩までどっぷりと夢想に浸れる人々を、修文は予《かね》て羨ましく感じてきた。例えば母がそうだ。人に云われたことを都合の良い予言に解釈しては、「私は案外、当たるんじゃないかというて思うとるんよ」と打ち明けてくる。酒にさえ夢をみさせてもらえない父親とは対照的な資質だ。父親の酒は悔しい酒だ。飲む程に頭の芯が冴え冴えとし、人生が憂鬱になる酒である。

幻ではない方の窓外に瑞絵の容《かんばせ》を認めたが、それをして質量を伴った現実と判断するまでには些かの時間を要した。博物館の珍奇な展示を覗き込んでいるような距離で、悪戯っぽい笑みを泛べて耳の高さに上げた手を開いたり握ったりしている。夕子さんも二階堂もまだ気付いていない。てっきり偶然を装い店内に入ってくる積もりと見て取った修文は、「病院に行きたいんで、さっさと仕事を片付けます」と宣言をしてトイレに向かい、照明と換気扇共用の通電スウィッチを押した。「なるたけ素早く開け閉めしますが、その間に蛾が飛び出してきても流石にそこまでの責任は負えません」

瑞絵の顔付きや態度からあれやこれや気取《けど》られるのを嫌い、畢竟《つまり》騒動を起こそうとしたのである。夕子さんが何か云い出しかけたので問答無用とドアを開いて中に入った。後ろ手にドアを閉めた。正面の壁に貼られた古い舞台のポスターの上に、左右の翅《はね》がそれぞれ大人の手程もある見たこともない大きさの大水青《おおみずあお》が張り付いていていた。

「こりゃ」と呟いたきり暫く、遠い夏の記憶にある空のようなその翅の色を見詰めてた。一体何処からどういう用があって入り込んできたものか想像がつかなかった。こう図体が大きくては換気扇に近付けても風に巻き込まれてはくれまいし、無理に追い込めば廻転羽がギロチンになってしまう。

誰かがドアを開いた。二階堂だった。薄い隙間から、「如何ですか」

「見ての通りです」

「蛾は何処?」二階堂は中々大水青に気付かなかった。恐らく視界に入ってはいるのだが、ずっと小さなのを探している為、ポスターの意匠の一部にしか見えないのである。

「夕子さんは?」

「勿論、外に逃げ出していきましたよ。窓に張り付いていています」

「外に――」他に誰かが居なかったかと訊こうとして、已めた。

「や」と二階堂がようやっと驚きの声を発した。「生きている?」

「死んどったら落ちとるでしょう」

「どうやって追い出しますか」

「換気扇を外しましょう」

「出来るんですか」

「工務店の息子です。お願いがあるんですが、夕子さんにドライバーセットの場所を訊いて、持ってきてもらえませんか。僕が店ん中を歩きまわりよったら、また鱗粉がどうのいうて騒がれる」

「分かりました」夕子さんには悟られぬよう店内を通じて外に持ち出すであるとか、殺して水に流してしまうといった算段を、二階堂にしても思い付かなかった筈はないのだが、そう素直に了解してドアを閉じたことに自分と同室の思考回路を感じた。大水青の余りの大きさに畏怖を覚えていた面もあろう。それは修文も同じだった。

十一

換気扇は幽《かす》かに唸っている。大水青の威容を目の当たりにした瞬間から、自分を此処に呼び出した主体は夕子さんではなくこの昆虫のように、そしてその無事の脱出に奉仕する事を崇高な使命のように感じ始めている、右眼を病んだ青年が下に在る。青年はずっと音楽を志してきた——或る時は激しく、或る時は知らずと。

蛾は、小さな扉《ドア》の外側に広がる刃《エッジ》と名付けられた空間の主《あるじ》の手に成る無機の創造宜しく、未だ微動だにしない。軈《やが》て、目下青年が在籍する学校の卒業生であるところの音楽家が、扉を薄く開いて、ポリスチレン容器に詰め込まれた螺子廻《ドライバー》セットを、隙間から差し出してきた。受け取った修文はそれがセロハンテープで封じられた新品である事を訝しんだ。顔色を読んだ二階堂が、

「夕子——夕子さんの説明が要領を得ないので、一っ走りコンビニまで行って買ってきましたが」とその理由を云う。「こんなちゃちな代物で大丈夫ですか」

思わず修文は相手を凝視した。低い天井からの仮借無い灯りに照らされた男の顔が不図《ふと》、それまで漠然と認識してきた大凡《おおよそ》の齢より大分《だいぶ》老けたものに見えたのである。

「間に合います」と顎を引いて答えた。又瑞絵の動向が気になり始めた。「店外《そと》に人は居りましたか」

「夕子さんなら、未だ対《む》かいの駐車場に。自動販売機の辺りに坐り込んでいます」

「他には誰か」

「いいえ、彼女独りです」

修文は訝しんだ。見知った女同士、如何にも路上で話し込みそうな状況なのだが、此方の様

子は気になったものの夕子さんに那是《なぜ》と勘繰られるのは御免と思う瑞絵が、先を急ぎでいる芝居でも打ったのだろうか。或いは自分の姿を確かめられた事に満足し、夕子さんが出て行った瞬間《とき》には既に店の前から離れていたのだろうか。

この件には奇怪な後日談がある。貴女《あんた》が窓越しにエッジを覗き込んできたあの後、便所で恐るべき大きさの大水青と対峙する羽目になったのだと、電話で瑞絵に教えたところ、人違いでしょうと云われた。自分は店を覗いても通り掛かってもいないと。食事を済ませるや代々木駅を利用して移動したので、新宿方面には足を向けなかったと。

そんな出任せやまやかしで修文を欺《あざむ》いたとて、それで瑞絵の得られるものは何一つとして無いという、静かな信憑性がその弁にはある。併《しか》し乍《なが》ら修文は確かに、窓外から此方に合図を寄越す瑞絵を視《み》ている。念のため別な日、それとなく夕子さんにも、あの時の路上に瑞絵は居なかったかと訊いた。三本肢の犬を連れたホームレスなら通り掛かったとの答だった。時折見掛ける一対であると。……

爾来《じらい》、修文の視覚的記憶――取分け、右眼のそれへの確信は、度々揺らぐようになった。何故自分はあの窓外に瑞絵を視てしまったのだろうと考えて、或る時はこんな風に思った――自分には瑞絵を内面に立ち入らせたくないという無意識があり、それを自責している無意識もあって、その葛藤が視覚中枢にあいう、屋内へと立ち入る許可を求めているような女の幻影を結ばせたのではないか。尤も胸に手を当ててみて、瑞絵に対して云い忘れてきたような気のする事柄は幾つも有るものの秘しておきたい事柄には一つも思い当たらず、目下のところ問われた事には何にでも正直に答えている。何処に暮らしているとも知れぬ薫への淡い思慕など、人に語るには値しないが、是も問われれば開帳を厭《いと》うものではない。

又別の時にはこう思った——自責の無意識が呵責しているのは屹度《きっと》、自分の瑞絵に対する無関心であろう。無関心という意《つもり》は無いのだが、年上の女《ひと》の来歴を穿鑿《せんさく》するものではないという遠慮は、確かに有ったような気がする。瑞絵の方は訊かれたいかもしれない。

蕎麦屋で気付いていた事があった。その唇の向かって左側に、薄紫の島が泛《うか》んでいた。建材を担いでいる者が迂闊な方向転換をし、傍に居た者の腕や肩に与えてしまう打撲痕の、治りかけに、それは似ていた。花粉用マスクはそれを気にしての対策らしいとも察しが付いたが、原因は問わず仕舞だった。自分はもっと瑞絵に興味を持ってやらねばならない。

換気扇のスウィッチを切るよう頼んだ。同時に天井灯への通電も断たれ、室内は夜明け前のように暗くなった。

「大丈夫ですか」と二階堂が訊いてきた。

「そこが少し開《あ》いとれば大丈夫でしょう」と好い加減な見込みを云った。併し乍らそれまで殆ど瞑っていた右眼を開いて小部屋を見渡してみれば、瞼による外界からの隔離に慣れていた網膜に、大水青の姿態は以前より鮮やかで、換気扇の細部も滲むことなく視認できた。修文は自ら納得して頷き乍ら二階堂を振り返った。逆光を浴びて翳った男は第一印象の若々しさを取り戻していた。

「此方《こっち》側に翔び出してきませんかね」

「翔び立ったらそこを閉めて、僕ごと閉じ込めてください」

「成る程」

修文は作業に入った。靴を脱いで便器の座面に立ち、換気扇の構造を確認する。外壁を貫通させた塩化ヴィニル管に蓋をするように設置された、小型の所謂《いわゆる》パイプ扇《ファン》で、電源コードは外部に露出していない。差込接続《コンセント》を介することなく内部で配線されている事になるが、そう旧《ふる》い代物ではないから速結端子を介していよう。ならば電線の着脱は訳も無い。中程が格子になっている前面板《フロントパネル》の下辺を手探ると、指が、本体に食い込んでいる爪部に触れた。指先を引っ掛けて手前に引くと、板はあっさりと本体から浮いた。本体は二本の木螺子《もくねじ》で石膏ボードの壁に留められていた。プロペラの八枚の羽根は褐色の埃に縁取られていた。

「上手く外れそうですか」二階堂が心配そうに尋ねる。腹に一物有りげな言動をとるかと思えば、今は打って変わって、染み一つなく保ってきた壁に余計な瑕《きず》を付けられはしまいかと気を揉んでいる、小心な施主のようだ。

修文は二つの足を脱いである靴の中へと下ろし、パネルを貯水槽の上に置いた。螺子廻セットのセロハンテープの端を剝き乍ら、「二分で」

一分は流石に大見得が過ぎたが、それから、適合する螺子廻を選んでホルダーに挿し、二本の木螺子を抜き、換気扇本体を引き出し、付いてきた電線を速結端子から外す迄に要した時間は、二分かそこらであった。パイプの内部は外光を吸い込んで、明るい。併し眩しい程ではない。穴に顔を近付ける。

「外側に雨除けのフードが被さっとるんです。大概は防虫網《ネット》が入っとるんですが……兎も角、どういう風にしてか其所から這入り込んできたんでしょう。可能なら其方側《そっち》も外して」と其時《そこ》で言葉を途切らせた。途切れた。直径僅か十センチ余りのパイプに、弾力があるとはいえ長辺がその五割増しもありそうな翼の持ち主を如何にして追い込むか、具体的算段は思い泛んでいない。蛾を傷付けても構わないなら容易い。それは分かっている。「様子を見ましょう」

「何時《いつ》迄」

修文は小首を傾げて一考した後、「併し、どうせ夕子さん――」

弁は爰《ここ》で又、途切れた。云いたかったのは、あの調子であればどうせ明日明後日は店を開けようとしないだろうから、そのあいだ自分が再々足を運んで大水青の動向を確かめる他あるまい、といった風な事である。しかし夕子という名を口にするなり、最前の二階堂の言い直しが思い出されて、「よう解らんようになっとるんですけど、花音は、夕子さんなんですか」

「そうです」二階堂は特段躊躇することなく肯定した。煩わしい荷物を降ろせる場所をやっと見つけたような調子であった。「僕と夕子さんのやり取りから?」

「夕子さんが、自分たちが夕子を死の淵に追いやった、と」

「死んだ人は久世夕子です。君が聞きたかった話とは少し毛色が異なると思いますが、孰《いず》れにせよその前提として、是《これ》は知っておいてもらうべき話でした。死んだ人は久世夕子、このエッジの店主が久世花音です。名前を取り換えていきます」

「どういう理由で?」

「取り換える必然があったからです」と二階堂は勿体ぶった。「君には話します。若し君に僕の身辺を嗅ぎ周《まわ》って利得を求める卑しさのようなものを感じたなら、暴力団との交流でもちらつかせて樅ノ木から追い払う心算《つもり》でいましたが」

修文は便器の蓋を下ろして上に換気扇を置いた。螺子廻はズボンの衣嚢《ポケット》へと仕舞った。「暴力団と交流が？」

「全く」と影は笑った。「噂に聞く程度です」

「そうでしょうな」

「見えない？」

「見えません。工務店の息子です。現場にも出とりました。施主には牧師さんも居れば――」

「裏社会の人々も？」

「まあ」と修文は返事を濁し、「僕は卑劣漢には見えんかったと」

「実は昨日、樅ノ木の外野さんに、君に就いて問い合わせたんです」瞬《まばた》きばかりしているポピュラー音楽史の講師だ。修文が口にする雨木一夫の名に、初めて反応を示した人でもある。

「彼は僕の恩師です。僕の今の音楽性の形成に最も寄与してくれました」

「そうでしたか。少々変わった先生ですが」

「変わり者です。屹度《きっと》音楽の聴き過ぎですよ」と二階堂は笑い、「そして君が、実録《ドキュメンタリ》映画の音楽制作を志望している、一風変わった生徒でいらっしゃるのを知りました。だからその時点で、それまで漠然と想像していた人物像とは、大分様子が違ってきたとは感じていた」

誤解が生じていると思った。「実録映画の――というんとは多少《すこし》話が違います。只《ただ》、昔、気持ちを、如何《どう》云うんか……非道く揺さぶられた映画があって」

「象のね。それも聞きました。観てはいません」

修文の胸底に、二階堂は今自分に雨木一夫にまつわる情報を与えようとしているのではないかという期待の焔《ほのお》が点《とも》った。併し、「少なくとも上昇志向の強い人ではないね」という益体無き人物評を賜ったに過ぎなかった。「他人を踏み台にしてでも伸《の》し上がろう、生き残ろうとする人間が志す音楽じゃないですよ、ああいうのは」

修文は否定しなかった。同意も出来なかった。他人が都合良く自分の露払いや後押しをしてくれないものかという願望は、修文の内にだって在る。その都合の良い他人が見付からないから、仕方なく自力で歩いている。

「さっき仰有った、僕が聞きたかった話というんは?」

「何故、如何《ど》うやって花音は死んだか――妹の方の花音です。そうでしょう?」

「飛降り自殺では。聞いた噂ではそうなっとります」

「それで君は納得しているんですか」

「納得――」と修文は口の中で復唱した。

しているような気もするし、かと云って、何一つ不自由なく将来を嘱望されてもいたピアノ弾きの七階からの降下に、不可解の念を懐かぬでもない。如何あれ、そのひとは死んだのだ。死んだ者の死に際の心を追い求めたところで、永劫、摑めるものではない。縦《よ》しんば切々たる遺書が見付かったとて、其処に真実が在るとは限らない。男と夕子さんとの間に飛び交っていた「息の根を止めた」「殺した」といった物騒な語彙を、無論のこと修文は比喩として捉えていたが、その日その刻《とき》、花音の踏切台となった風月荘七〇四号室に、この男は居たとも聞いた。若しその行動の痕跡に疑惑があって晴れていないのだとしたら、真相の程は兎も角、修文の推し量るべく内面ではない。

「自分から死を選ぶ人の心境は僕には分かりません。只、若い人間の最も凡庸な死に方だと思っています」

「では君は一体何を知りたいんですか、もう戻ってこない女の子の」

不意に強まった語気に、修文は自己《おのれ》の失言を悟った。故人の恋人にとっては一向、凡庸な死ではないに決まっている。たじろぎ乍ら、「何も」

たじろぎは、時間をかけて伝播した。「君ではないんですか?」

何やら得体の知れぬ濡れ衣を着せられていた可能性に気付き始めて、一転、

「何者がですか」と今度は修文の生理が悲鳴を上げる番となった。実際の行いに対する批難は一向平然と、且つ謙虚な心地で胸に刻めるのに、それが身に覚えのない話に向かっているとなると、どんなに穏やかな窘《たしな》めであれ、心象に無数の氷柱《つらら》が垂れ下がり、その下で真白い息を吐いていているような心地となって、その場から遠く離れたくなってしまう男である。是は秋野修文の欠陥と云っても可《い》い。幸いなる哉《かな》、

「君ではないんですね」と相手は撤回を躊躇しなかった。「僕がよく利用しているスタジオや

飲食店に、小説の探偵を気取ったような聞込みに及ぼうとする、若い人が出没しているようです。君では……ない」

「断じて違います。どうような聞込みですか」

「僕と、同行していた花音——死んだ方の花音との間に交わされていた会話で、印象に残っているところはないかと問われたそうです。それはスタジオのバイトくんの話です。諍《いさか》いの様子は無かったか、逆に不気味なほど甘え合ってはいなかったか——」

「なんでその人物を僕やと？」

「恐らくは同じ人物が、僕の住まいの一階に在る喫茶店にも現れました。そして矢張り、聞込みめいた会話に及ぼうとした。不審に感じた店主《マスター》が空惚けて、思い出せたら連絡をするとして名前と電話を尋ねて呉《く》れました。秋野と答えたそうです」

修文は絶句した。

「因《ちな》みに電話番号は出鱈目でした。何者かに心当たりは？」

否応なく岡山の顔が泛んでいる。併し修文はかぶりを振って、「風月荘の、むかし二階堂さんが借りておられた室《へや》のピアノの鍵に就いて、以前、樅ノ木からの問合せがあったかと思います。僕が関係しとるのはそれだけです。その室に住んどります」

「その辺の事は全部把握しています。ある意味で僕は既に、君よりも君に詳しいかもしれません。ピアノの鍵に就いて事務所に問合せがあったのも、ちゃんと認識しています。僕は持っていないと答えた筈なんですが、其方《そちら》に連絡は」

「今のところ無いですね」

「そう……事務所で止まってしまったのかも。偶《たま》にあるんです。するとメイカーにでも連絡して開けてもらったんですか」

「そやけん、そのままです。一度も開けとりません」

ええっと芝居のように叫ぶ。「あの室を選んだという事は、君、ピアノ専攻でしょう」

「作曲ですが、まあ奏《ひ》ける楽器はピアノです」

「困らないんですか」

「パソコンがありますし、楽器なら学校にありますから」

「そうか……凌《しの》ごうと思えば凌げるか。併し何故自分は鍵盤蓋の開かない、演奏不可能なグランドピアノと同居しているのかと、異《ふし》な気持ちになったりは？」

修文は暫し考え、「前の住人も一度も開けとらんそうですし」

「そうだったのか」

「其方《そっち》はギター弾きで、家賃が安かったから住んどっただけなんで、矢張《やっぱ》り不自由は無かったそうです」

「その人とは話した事があります、電話で」

「聞きました。一度会《お》うた事があります」

「其所にピアノが在り乍ら、奏こうとしない住人が続いている訳だ」

「多分、二階堂さんが最後に閉じたっきりでしょう」

「僕も奏いていません」と影は云った。「何となく責任上、借りて、暫く彼女の痕跡を保管していただけです。だからピアノを奏かない住人は、秋野くんで三人目です」

「じゃあ、あの蓋を閉じて鍵を掛けたのは――」

「花音ですね。そういう事になります」

修文は嘆息した。あの蓋はもう永久に開かないであろうとも予感した。

「電話の彼には申し訳ない事をしました。真逆《まさか》生前の花音を知らない人にまで姿が視えるとは想像していなかったので、気が動転してしまい、頭ごなしに出ていくようにと」

「気にしとらんですよ。屋久島でガイドをしとってです」

「そうですか。その後が順調なら、まあ何よりです」

「二階堂さんも視とられたんですか」

「看取る?」

そう相手が問い返してきて、修文は自分の訛りが不穏な誤聴を招いてしまったのに気付き、

「花音の幽霊をご覧になった事は?」と云い直した。

「勿論。回数で云えば数えきれない程。あの室で過ごしている間は、一緒に暮らしているようなものでした――生きている間も、死んでからも」

現在の二階堂にとっての、それは真実の過去かもしれない。そして自分はその外界の住人である――と、過去接してきた何れ《いず》の証言に対してとも同じ所感を得た。花音とは主観であるというこの修文の謂わば花音哲学は、今や確固としている。

「この店の壁の写真に写っとるのは、花音ですか。それとも昔の夕子さん？」

「花音──貴方が思ってきた方の花音です。紛らわしいので今店外《そと》で蛾の退散を待っている人物を姉、亡くなった方《ほう》を妹としましょう。姉は親から花音と名付けられました。七年後の七夕に生まれた妹は夕子と名付けられました。後年、二人は名前を取り換えました」

「妹の方が死んで、その名前を姉が受け継いだ……いう事ですか？」

「違います」と影は言下に素早く。「姉妹《ふたり》は、共に生きている頃、姉妹で取り決めて、名前を取り換えました。戸籍は変更していないそうですが、通称名としては姉《うえ》が夕子、妹《した》が花音となりました。姉が二十歳になる頃合《ときあい》だったと聞いています。すると妹は十二か三だった事になります」

耳朶《じだ》が何らかの摩擦音を感じて、修文は大水青を顧みた。暫くの間、息を詰めて凝《じ》っと見詰めた。蛾は不動である。思えば天牛《かみきりむし》のように口で啼く筈も、螽蟖《きりぎりす》ではあるまいし翅《はね》がヴァイオリンとなる筈もない。とは云えその位置が微かに天井側へ移動しているように感じていると、

「先刻《さつき》より斜めになっていませんか」

影もそう似た事を思っていたと判ったが、修文の思惟《しゆい》の視野は早、久世姉妹の来歴へと揺り戻していて、

「夕子さん──姉妹の姉の方も、音楽を？」其方《そちら》が花音と名付けられていたならば、親が手厚い音楽教育を与えていない筈はなかろうという推察である。

「うん、ピアノを。そしてそれが、後に妹が見舞われた悲劇の発端──」期せずしてそう、出

来合の物語からの引用めいてしまった台辞《せりふ》に照れてか、二階堂は続けて快活に、「外壁のフードを外すんでしたね。出ましょう」

二者《ふたり》は空色の蛾に一旦別れを告げ、街路《そと》へ向かった。二階堂に連なって店内を抜ける時、修文は久方ぶりにエッジの匂いを意識した。小規模な飲食店に有りがちな湿った臭気とは一線を画す、独特で幽かな匂いがエッジを満たしている事には、嘗《かつ》てカウンターの足許や腰掛《スツール》の拭き掃除をしていて気付いて、雑巾を洗い、鼻をすんすん鳴らし乍ら狭い店内を往き来した挙句、どうやら発しているのは夕子さんのオブジェ群らしいと察しを付けたのだった。それは所謂《いわゆる》金属臭というのとは違う、浅くも甘ったるい、更にそこに薄荷油《ハッカ》を塗《まぶ》したような香《かおり》である。極仄《ごくほの》かな香の常で強く意識し始めると現実なのか想像なのか区別が付かなくなる。錆止剤の匂いだろうかと思って夕子さんに尋ねたが、それに類する物は使っていないという返事だった。腐蝕は作品の仕上《しあげ》という思想であるとの由。しかし事実、それらは今、匂っている。作者は対《むか》いの駐車場に仁王立ちしていた。

「蛾は?」

「いま秋野くんが脱出路を確保している」

成行きを説明し始めた二階堂を残し、通行人除けの門扉を乗り越え、大昔に施されたきり大分泥に呑まれている砕石《さいせき》敷きの其処此処に、赤詰草《あかつめくさ》が群れて、薄紫の花を咲かせている、隣のビルディングとの狭間を往く。エッジに雇われたばかりの頃、店舗とそれを含んだ建物の構造を把握するため一通り巡視して以来、立ち入るのはこれで二度目だ。ステンレス鋼の門扉は小供でも克服できる高さだが、鎖と錠前によって閉じた儘で固定されている。風月荘のピアノと同じような話であって、目下ビルディングを利用している誰も、この錠前の鍵の行方を知らないのである。勿論鎖を断って開閉を自由にするのは簡単なのだが、そうする程の理由が一向に生じず、その儘にされているという。

建物の裏手にはセメントのプランターが並べられている。それらを乗り越えた処の段差を飛び降りれば、もう鉄道の敷地だ。往年の店子達は、線路向こうからの視線を意識して季節の花でも寄せ植えていたのだろう。今プランターの内部は雌日芝《めひしば》やら犬麦やらに占拠されている。或いは伸びきった大毛蓼《おおけたで》が赤詰草と同色の花の房を垂れている。

街に自生する草木を修文がよく知っているのは、父親の影響に因る。仕事の現場に生えていた雑草を引き抜いて持ち帰ってきて、図鑑で名前を調べては手帖に書き付けている姿を、幼い頃から眺めてきた。仕事上の雑事という意識らしく少しも楽しそうではなく、調べがついた草は目障りとばかり端から捨ててしまう。只、一度きり、酒に調子づいて修文に得々とこう語った事がある——施工主が雑草としか表現できん草を何々ですねと然《さ》りげ無く教えたら、何とは無しに其時から先の態度が変わる。扱いが変わる。人というんは可笑しな理由で他人を尊敬するもんやな。

換気口のフードは近年余り見掛けなくなったベル型で、外壁のタイルを切って埋め込まれており、あわよくば螺子頭が覗いておりあっさり取り外せるのではないかとの期待は殺《そ》がれた。修文が背伸びをして手を伸ばしても二十糎《センチ》ばかり届かない。見上げて対策を練っているところに二階堂が追い着いてきた。

「如何《いかが》ですか」

修文はフードの内部を指で差し上げ、「防虫網《ネット》が内側に入り込んどるようです。誰かが棒ででも突いたか、それとも施工の時から外れとったのか。一旦、抜きましょう」

「肩車しましょうか」

修文は吃驚して振り向いた。

二階堂は真顔で、「手が届かないでしょう。肩車しますよ」

この相手の突飛な申し出を修文は「いやいや」と反射的に拒絶したものの、かと云って同等に簡便な方策——差し渡し二十糎の空間を忽《たちま》ちにして縫い縮める術《すべ》——が念頭に泛《うか》んでいるでもなく、儘《まま》ならぬ右眼を閉じて左の眼をきょろきょろ動かして、首尾良く踏み台になってくれそうな物体といったら先《ま》ず中に土の詰まったセメントのプランターだったが、器だけでも三十瓩《キログラム》は下らないであろうあれを外壁まで寄せようとすれば片端を浮かせて少し動かし次に反対側を持ち上げて動かしのよちよち歩きをさせるのが恐らく現実的で、自分が今からその作業に及んだなら存外親切心に満ちていると思しい眼前の男は屹度《きっと》手伝おうとするであろうし、断っても素直に見物に回ろうとはせず形だけでも手を出そうとするであろうし、そして高確率で怪我をするか腰を痛めるかするであろうしという予測を、癖なのか上着を引き伸ばそうとするように裾を抓《つま》んでいる指先の小さな爪、竿の突端にでも引っ掛けてあるような内部の肉附きを感じさせないズボンの襞、太っているというのでもないのに其処此処《そここ》が丸みを帯びた柔和な容貌を網膜上に入れ替え乍《なが》ら、固めて、肩車の勇猛果敢に比すれば意気地無き結論ではあるが店内から椅子の一つを取ってきて踏み台とせんとする所存を伝えるべく息を吸いながら開いた口から、「ねえ秋野くん」という頃合を見計らったような呼掛けを吸い込んでしまった態《てい》で、そのまま続きを待っていると、軈《やが》て、

「君は口笛を吹けますか」

「吹けますが」

「昔からですか」

「はい」

「幼い頃からですか」

「そうですね」

「では、初めて吹けた瞬間《とき》の情景を憶えていますか」

「……いいえ、遂に吹けた、という感覚の記憶は特にありません。今咄嗟《とっさ》に思い出せる限り、口笛というのは吹けて当然のものでした」

「因《ちな》みに、ご両親は吹けましたか」

「とんと聞いとりませんが、吹けますね、両親とも。幼い僕が吹いているのを聞きつけて、自分も同等かそれ以上に吹けるのを披露するような調子で――」

「其《それ》は例えば、如何《どう》云った曲ですか。差し支えなければ一寸《ちょっと》吹いてみて貰えませんか」

「今ですか」

「はい」

と真顔で頷いているし無下に断る理由も見当らないので、朧《おぼろ》に、母が何かの折、此方に背中を向けて吹いていたのを憶えている〈雨降りお月さん〉を「雨降りお月さん 雲の蔭」まで急ぎ一息に吹いて、反応を窺うと、男は殆ど音のしない素振りに近い拍手を返して、

「中山晋平ですね。詞は野口雨情」

「そうでしたか」

「巧いもんですね。名人級だ」

「それは誉め過ぎでしょう」

「これ迄《まで》聴いてきた中では相当な上位です。よくこうして、吹けるという他人《ひと》を摑まえては吹いてもらうんです」

「それは何かお仕事の関係ででしょうか。それともご趣味で」

「まあ習性のようなものですね。口笛にタンギングは困難らしく、そういう細かい節回しを正確に吹ける人は珍しい。幼い頃から音が出たのみならず、可也《かなり》練習なさったとお見受けします」

「練習という意識ではなく、只《ただ》、よく吹いてはいましたね。こっそりとです。吹くと曲を憶え易いんで」

「旋律《メロディ》を」

「はい。後で探して聴き通したいと思った曲の一節や……二階堂さんも経験がお有りでしょう

が、吹いておくと案外にして忘れません」

「成る程、旋律が口元の一連の運動に変換されるからでしょうね。でも僕は残念乍ら、丸切り吹けないいんです」

「暫時《すこし》練習をすれば、誰にでも音位《くらい》は出そうなものですが」

「今更吹けるように成る心算《つもり》はありません」

「音楽の心得のある人なら、音さえ出れば後は屹度何《なん》とでも」

「いえ、口笛が吹けない自分を僕はそれなりに気に入っているんです」

「そうですか」

「僕は唄も歌いません。僕の音楽は頭の中に生まれ、指先が操作する機器から発されます。肉体の出口は指先だけです。そういう天稟《てんぴん》の持ち主として自分を捉えています」

「では管楽器は？」

「吹きません。決めています」

「鍵盤ハーモニカも？」

「吹きませんね。教材として持たされた頃にはもう、自分の音楽は指先からという方針が定まっていました、学校では喘息《ぜんそく》があると嘘を吐《つ》いて吹くのを拒否し、お蔭で僕だけは先生に椅子を譲らせてピアノで合奏に参加できました。他の子達は主旋律しか奏でさせてもらえないのに、僕だけが左手の伴奏を加えて音楽の構造を体得する機会に恵まれました。口笛を吹けなかった事による恩恵です」

「独り羊の群れから抜け出せた」

「何方《どちら》が優位というのでもなく、口笛を吹ける小供が吹けるという鍵を握らされているのと同等に、自分の手の中には吹けないという鍵が有る事に気付いた次第です。そういった生い立ちもあって、最初から吹けると称する人々に共通する特徴は観察してきた方だと思っています」

「唇の形などですか」

「いいえ、どんな形状や堅さの唇でも、音色の良し悪しや音域を問わなければ、吹ける事だけは吹けるようです。肉体的条件は略《ほぼ》無関係です。自分は訓練する事無く口笛が吹けたと云う人達――そう思っている人達――は必ず親の何方《どちら》か、若しくは両方から吹き聴かされて育っています。幼い頃、それを言葉同様に真似ているんです。違いますか？」

「そうかもしれません。ほいなら二階堂さんの親御さんはお両人《ふたり》とも――」

「父は吹けたかもしれません。生まれる前に亡くしていまして――生まれた時にはもう肺癌で死んでいたんです。母も小学生の時に亡くなっています。だから最早正確な処は確かめられないんですが、吹いている音《ね》を全くもって思い出せないのだから、吹けなかったんでしょう。音の記憶にだけは人一倍の自信があります。秋野くんもそうでしょう？〈雨降りお月さん〉はお母さんが吹いていらした曲だ。違いますか」

という此方の脳裡を見透したかのような洞察力にたじろぐ修文に対して、男はしたり顔を覗かせるでもなく、

「驚かれるには及びません。古い曲だし御両親が吹けた事は判っているのだから、もう丁か半

かですよ。只、肉体的制約から生じる女性的な歌い回しというのが、有るには有って――」

「それを聴き取られたんですか、先刻《さっき》の僕の僅かな口笛から」

「はい。一旦女性に依る解釈を経ていると感じました。まあその、人の唄をよく聴いて引き立てるのが僕の仕事ですから」

と平然と云ってのける二階堂雅彌という人物に、修文は是迄は感じていなかった清々しい畏怖を覚えたが、男にとっては何気ない自己紹介に過ぎなかったらしく直ぐに話題を戻して、

「殊《こと》親に関しては畢竟《つまり》、思い出の総量が少ないんです。そのぶん一個一個は忘れ難い訳で、そこに口笛の音の思い出はありません」と云いながら上着を脱ぎ始め、「肩車だと高過ぎますか。四つん這いで踏み台になった方が良いですか」

「高さは――」

と此方が云い澱んでいるうち、二階堂が「踏み台だな」と独り決めして上着を丸めてプランターに置き、壁際に戻って換気口の下の地面に膝を突いてしまったので、修文も靴紐を緩め乍ら、

「今の口笛のお話……目下の僕らの仕事と何か関係が？」

「大水青と？　全く」

「矢張り。ほうやないかと。そのどちらとも無関係な、一寸《ちよつと》立ち入ったお尋ねかもしれませんが」

「どうぞ。仕事に関する事ですか」

「いいえ。興味本位なんですが、小学生でお母さんを亡くされた後、何方《どなた》に――あっ」

「主に祖母ですが、どうかしましたか？」

「二階堂さん」と修文は叫ぶや、後は殆ど本能的行動として衣嚢《ポケット》に入れてあったプラス螺子廻《ドライバー》を逆手に握り、壁際で跳び上がった勢いに任せて左手で摑んだフードの内の防虫網《フィルター》をその尖端で突き破り落下する体重によって搔き出して地上に戻って尻餅を搗《つ》きながら、遂にして開いた脱出口が待ち構えていたように産み落とした空色のカプセルが自分へと落ちてきて不意にこの上なく大きく広がって八月の夕空を引っ搔き回すさまに自失した。


……夕子さん、とても口笛が巧いんです。とても。秋野くんも巧いけれど抑《そもそ》も音域が違っていまして、君の二、三オクターヴ上の、殆ど犬にしか聞えなさそうな域《ところ》を、表情も口の形も変えずに平然と発します。頼めば演《や》ってくれるかもしれません、機嫌が良ければ。但し曲は吹けません。エッジで是迄《これまで》働いてきて、気付く処はありませんでしたか？　彼女は人の言葉の抑揚や音楽の旋律を正しく認識できません。二十歳の時のオートバイ事故の後遺症だそうです。脳の一部を損傷してしまい、他の機能に就いてはリハビリテーションで略回復しているんですが、その能力は喪われたきりです。後《あと》、体重ですね。ピアニストとしての将来を嘱望され親がその才能への投資を惜しまなかった愛娘は、花音――妹の方――ではなく、夕子さんだったんです。この事実を僕が知らされたのは、花音が亡くなってからです。名前の取替《とりか》えを僕は花音から聞かされていましたが、前向きな意味合いでの出来事だとばかり思っていました、畢竟《つまり》、音楽的才能に恵まれていると判明した方が、その生き方に相応しい名前を取ったのだと。花音とは縦ノ木祭で知り合いました。僕は特別審査員として招かれていて、彼女の発表に特別賞を与えました。他の審査員は余り感心している様子ではありませんでしたが、今にして、僕にだけ聞えていたようですね——花音の口笛。ピアノを奏で乍ら、癖で、同時にその旋律を吹くんですよ、人間の可聴域ぎりぎりに。最初は僕はそうとは気付かず、彼女だけがピアノから引き出せる倍音のようなものが存在するんだと思っていました。若しあの口笛の音が無かったら、自分は彼女の演奏によって宙へと舞い上がる程の高揚感を覚えただろうかと、今も時々考えそうになるんですが、もちろん無駄な考察に他なりません。ギターを逆さに抱えていなかったジミ・ヘンドリクスを想像してみるようなもので、しかしそんな彼は存在しなかったし口笛を吹かない花音も存在しなかった。何を弾かせてみても重々しさを欠く、良く云えば軽快な演奏となる特徴はあったものの、率直に云って技術的に飛び抜けた部分《ところ》は見当りませんでした——ヘンドリクスではなく花音の方です——が、口笛による超高音交じりの、しかも緊張によって走りがちなそれに、体験した事のない胸騒ぎを覚えて、彼女が曾《かつ》てのその姉の完全な複製とは露知らず、未完成乍ら凄まじい独自性《オリジナリティ》を秘めた原石を見出したようだと、有頂天に、日を空ける事なく彼女との再会を設定してもらいました。何処かしら『マイ・フェア・レディ』のヒギンズ教授気取りでいた事は否定できませんが、何とか彼女の役に立ちたいという無償の想いと矛盾するものではないでしょう。店の裏でお話ししましたように、僕は両親を非常に早くに亡くしました。それ故に女性に対して情が深過ぎるという自覚が有ります。相手の恋人として振る舞い相手を恋人として愛《め》でる以前に、家族めいた同調を求めて、兄か弟のようになってしまうんです。僕は見出した妹の役に立ちたかった。そして失敗しました。花音が……地上へと飛び降りた夕方、僕はあの部屋の長椅子で微睡《まどろ》んでいたんです。余り思い出したくないやり取りがあり、その気を鎮めようとしている処でした。諍いの多い間柄でした。その最期に、彼女が語りかけてきた言葉を憶えています。それは赦《ゆる》しと感謝の言葉でした。但しそれが現実のものだったのか夢だったのか、僕には区別がつきません。

其《それ》を黙って聞いたあと又睡《ねむ》ってしまったというのが僕の自認ですが、実はずっと睡っていたのかもしれません。本音の処、僕は彼女に謝ってほしかったのです、貴方が正しく私は間違っていた、漸《ようや》っと目が醒めてその事に気付いたと、今しがた此上無《このうえな》く非道い言葉を浴びせたばかりだというのに、僕は相手のそんな言葉を聞きたがっていました。僕の言葉ですか？　可《い》いですよ、正直にお伝えします。船を降りろと彼女に云いました。それが生身の花音に僕が発した最後の言葉です。船を降りろ。僕等は何かと自分達を船の乗組員に譬えていましたから、夢の海原を掻き分けて進む、一蓮托生の、僕等の関係が極めて良好で、心地好く相互依存していた頃――というのは僕が花音から正体を告げられる迄の短い期間に限られるのですが、二人《ふたり》東京湾の夜間遊覧《ナイト・クルーズ》と洒落込んだことがあり、海に慣れない彼女は船酔いで蒼白の顔をしてその晩のうちは一度として笑って呉れなかったものの、陸《おか》に揚がって堅い地面を踏んで、あれは最初足下が揺れているような錯覚を覚えるものですが、平衡感覚の回復と共に不快の記憶が薄れていくにつれ、五感に刻まれた記憶が意識の波間に泛《うか》び上がってくるらしく、可也後々《かなりあとあと》迄、つい今し方の物珍しい見聞のように、如何《どう》という事もない夜の海の仔細を僕に、驚歎の表情を泛べては語ったものです、地上のビル群から垂れ下がった光の帯を浮かべた、後から後から上がってきては敢えなく沈んでいく輝かしい小動物の集合体のような、同時に、絶え間なく蠕動《ぜんどう》する巨大生物の体内のような、恐ろしく静かで、恐ろしく騒がしい、あの——当時の僕等の、僕等が、僕等である理由を成していた、言葉だけで出来た船の。僕等が信じるのを已めた瞬間、足下から消え去ってしまう幻の船の。純粋無垢な欲望の船の。其処からもう降りるようにと僕は花音に命じたのです。彼女の弁に依れば僕は夜間遊覧の最中《さなか》、彼女に遠からぬ将来に於ける名声を約束したらしい。そして其が僕には思い出せない。自分がそうも迂闊な言葉を口に出来たとも考え難い。

職業柄、名声への手掛かり足掛かりを求めて接近してくるひとびとには事欠きません。若者とは限りませんよ。僕からすれば親の世代やそれ以上の老人としか呼びようのない人物が一から出直す覚悟と称して縋り付いてきたりもする。一体全体、是迄の自分を捨てて是からどういう自分を実現したいというのだろうか、そんな事が可能だと本気で信じているのだろうかと首を拈《ひね》りたくもなりますし、人間とはこうも慢性的枯渇感から脱却できぬまま意識上の野垂れ死にを宿命付けられた憐れな生き物なのかという、暗澹《あんたん》たる想いにも駆られます。無論《むろん》見るからに将来有望な、容姿と才能と残り時間とに恵まれた少年少女も沢山遣って来ます。併しその中に宿願通りの名声を掌中に収められる者が一人でも存在するでしょうか。皆無です。其は船が進んだだけ遠ざかっていく蜃気楼です。若しくは帆船への追い風です。これは遊覧船の乗組員《クルー》から教わった話なんですが、風に乗って速度が出ている時の帆船の上は無風で、遠景に気を払っていないとまるで進んでいないように感じられるのだと。僕にも僅かな名声が在るようです。だから熟々《つくづく》と実感されました。無風ですよ。もちろん目に見え、耳に聞える瞬間《とき》もあります。病院の待合いで他にやる事がなく仕方なく見上げていたテレビの画面に不意打ちで自分の顔が映し出されて唖然としたりね、携わったアーティストの関係者としての紹介になんて一々許可を求められはしませんから。過分な賛辞を読み上げられもしますが其はセイレーンの歌声です。耳を傾けてはいけない。傾けたら遭難するだけ。只管《ひたすら》そんな風に考え乍《なが》ら生きてきた人間が一体如何《どう》して、況《ま》してやユニークではあるが万人の足を止めさせるには及ばない領域で足踏みしている女の子に、そんな約束が出来たもんでしょう。花音は屹度《きっと》、何かを聞き違えたんです。或いは誰かの弁と僕の弁とを何処かで取り違えて憶え直してしまったんです。人の記憶というのは簡単に上書きされてしまうものですからね、恐らく僕の記憶もね、君の記憶もです。

夕子さんから千鶴さんの話を聞かされた事は？　そうですか。千鶴さんというのは夕子さんの祖母です。認知症でいらっしゃるんですが、今の処は未《ま》だ在宅介護です。千鶴さんの瞬時にして物語を創造してしまう能力には神々しささえ感じると云っていますね、人間、落葉樹が葉を落とすように記憶力や時間感覚や状況判断力を喪っても猶《なお》、巧《たく》まざる創造性だけは斯《か》くも樹液の通った枝の如くしなやかに張り続けているものかという、畏怖の念にかられると。例えば食事を済ませた様子の千鶴さんの食器を下げるとき盆から匙《スプーン》が消えているのに気付いて何処に遣ったのかと問えば、こうです、実は先刻、この窓の下をリュックサックを背負い麦藁帽子を被った紅《あか》い鬚《ひげ》の若い外国人、ファン・ゴッホの自画像によく似た人物が、きょろきょろと辺りを見回し乍ら通り掛かった、其は四日も前から日に何度も見掛けてきた姿であったと。余程のこと道に迷っているらしいと見兼ねて遂に、一寸《ちよつと》貴方、何方《どちら》へおいでですかと声をかけてみた。すると聞いた事のない外国語で、五年前に日本に遣って来た弟を探しているのです、北北西に真直ぐ行った、お不動さんを祀った石の祠の在る小山の麓でそのお世話をしている筈なんですが、日本は余りに東に在るので自分にとっては全方位が東なのです、と答えた。それは定めしご苦労だと感じた千鶴さんは、何かにお役立てくださいと手にしていた匙を投げ渡した。拾った男は其を突き立てた指先で器用に均衡《バランス》させ、端を反対の手でぴんと弾いて廻転させた。やがて停まった匙は上手い具合に柄尻《えじり》が北、丸い側が南を指して呉れ、自分の歩むべき方向を悟った男は矢張り解らない外国語で礼を云いながら去っていったのだ……とね、正確に再現できたという自信は有りませんが、まあそのような調子なんだそうです。尤も彼女が暮らしておられるのはマンションの七階で、仮に外国人が話したのが片言の日本語であったにせよ地上とそんなやり取りが出来たというのは不自然ですし、それ以前に彼女の部屋の窓は街路ではなく中庭《パテイオ》を囲んだ廻廊に向いていて、今は開かないよう外側から固定してあるんだそうです、逃亡と徘徊を防止する為に。匙はそのうち彼女の寝台《ベッド》のマットレスの下から、其迄《それまで》神隠しに遭ってきた諸々の小物と一緒に発見されたそうです。千鶴さんは若いうちに夫を亡くし女手一つで娘――夕子さんと花音の母親ですね。茉莉さんといいます――を育て乍ら夫から受け継いだ出版社を経営していたんです。其を畳むとき唯一個人の資産として残した小さなビルが今も神保町に在って、彼女等の主たる収入源となっている。失礼、花音を知っているでもない秋野くんにこういう話は流石に詰まらないでしょう。そうでもない？　そうですか。本当に？　いえね、如何《どう》して僕が諍いの絶えなかった相手の練習室――今の君の居室――に凝りもせず通い続けていたのか、その状況を成立させていた空気の一端を伝えられたらと思っているに過ぎないんです、其処が伝わっていない事には、単純に不可解ですから、花音の死を巡る状況は。だから是等は警察でも語らされた話です、概ね、夜間遊覧についてすら。

　千鶴さんにお会いした事はないので話しぶりや顔貌《かおかたち》がどういった方なのかは存じ上げないんですが夕子さんに依れば、私がお婆ちゃんになったと思って、だそうです。要するに女ばかり、皆姉妹みたいな一家です。茉莉さんも夫を失っていますが此方は離婚に因ります。偽花音――というのは名前の事情を語った後の花音が、時折口にしてた自称ですが――を産む前です。理由は直截には酒精《アルコール》依存症に起因する暴力――が激化《エスカレート》してお腹の子に障る真似へと至る前の、予防的離婚――だったと聞いていますが、義母に少なからぬ定収入があって食べるのにだけは困らないのを好い事に余り働かなかった人の様でもありますね。何らかの役者だったそうですよ。流石に彼に就いては僕も詳しくは知りません。兎も角その女ばかりの家の実質的家長である茉莉さんが、僕に疑念を懐《いだ》くどころか過分に引き立ててくださっていたという事情が、僕と久世家の人々との関係性を不透明な物にしています。引き立てて……と云うよりも判白《はっきり》云ってべた惚れでした。元々僕が制作しているようなヒットチャート系の音楽にも造詣が深い人で、僕が携わった楽曲を幾つもご存じで、花音から僕の事を聞かされると直様《すぐさま》面会を求めてこられまして、これが背恰好も貌立《かおだ》ちも花音によく似ているんです。夕子さんよりも似ている。

花音の潜在能力《ポテンシャル》に就いて僕は公正《フェア》な処を語れたと思っています。楽観的展望のみならず悲観的展望もちゃんと述べた筈だ。併し茉莉さんにとってはね、割合如何《どう》でも好かったんですよ、今にして思えば、冷酷な言い草だけど所詮本物の花音ではないのだし、本職から認められただけでも瓢箪から駒、少しでも音楽を知っていれば演奏会《コンサート》ピアニストの座を射止められるかもしれない等といった誇大妄想を懐く道理はない。其だけで食べられている人なんて目下十人も居ないでしょう、日本に。珍しい事例《ケース》ではありますが指導者たらんとする僕より親の茉莉さんの方が花音を小さく評価していた訳です。花音にピアノ教室の先生に成ってほしいとすら考えていませんでしたよ、茉莉さんは。彼女は一向《ひたすら》娘達に与えたかったんです、若かりし日の自分が求めて已まなかった、芸術漬けの環境を。今は千鶴さんの介護に専念しているそうですが、当時は未だ行政書士として事務所通いをしてましたね。目配りをしては愛情の注ぎ所を探しているような人です。僕の家族への枯渇も直様見抜いていて、親も兄弟も居ないと知ると矢張りといった柔和な目付きで微笑を返してきました。姉と見做すには大層歳が離れていますが母と見做すには若過ぎる、正直、僕にとっては極めて居心地の好い距離感の人で、花音と三人で何度か食事を共にしたり知己の演奏会《コンサート》の切符《チケット》を都合してあげて一緒に愉しみました。自宅にお邪魔した事はありません。そうなるともう歯止めが効かなくなるような気がして、其だけは固辞していた。夕子さんと会ったのも花音が死んでからです。生前は紹介されなかった。夕子さんは単に自分が興味を示さなかったからだろうと云っていますが、まあ茉莉さんの思惑や配慮もあったでしょう。そんな次第で、僕と花音との関係性は四六時中何処かしら茉莉さんに監視されているに近かったんですよ。相手に何を語っても行なっても、僕は花音から茉莉さんに伝わると思っている、花音は僕が茉莉さんに洩らすと思っている。だから諍いも言葉少《ずく》なで一見静謐《せいひつ》で只睦まじくとしか見えない。花音の名声に就いても何時《いつ》何時《いつ》迄に斯《か》く斯《か》くが欲しいといった要求があった訳ではない。素朴な願いの一端が口を衝いて出かけて消えたといった程度に過ぎなかったのです。

併し仄かにでも名声への執着を匂わされてしまった事は僕にとって驚嘆であり苦痛でした、卑俗な言い様をするならば「そんなひとだとは思わなかった」ので。僕の内心に於ける花音の将来像は実に漠然たるもので、其処は僕の咎《とが》だったと云えましょう。何ら具体的な未来図を思い描かせてやる事が出来なかった。少なくとも大それた事は考えていませんでしたよ。例えば君が慕っている象の実録映画《ドキユメンタリ》のようなね、大衆を揺さぶるではないけれど、一定のひとびとの心に強く刻み込まれてともするとその人生を変えてしまうような仕事を一つでも二つでも成し遂げて、その傍らには常に僕が佇んでいるといった、最早少女趣味としか云いようのない……否《いや》失礼、当時の僕の心境を云い表そうとしただけで決して君の志望を少女趣味と感じている訳ではありません。

花音が自らの正体を明かすに、乃《すなわ》ち自分は久世花音ではなくその妹の夕子であると告白するに至り、追々、彼女が拘っていたのは自分の名声ではなく〈花音〉のそれであったのだという事が糸鋸《ジグソー》パズルが仕上がるように判明していった次第ですが、後の祭、僕の心は既に有り難がって矯《た》めつ眇《すが》めつしてきた絵画を複製だと教えられたのにも似た被害者意識に囚われ始めていましたし、花音の側も此方の顔色を反映して頻《しき》りに「贋物だから」と自嘲するように。告白の切掛けとなったのは薬局が発行した薬の説明書きです、屑籠の中に見付けた。後々夕子さんから聞いたところによれば中学には既に久世花音として入学しているんですよ、花音は。姉妹《ふたり》は十歳離れています。畢竟《つまり》夕子さんこと本物の花音がオートバイ事故を起こして音程感覚を喪った季《とき》、妹の方は十歳。それから一年半、一向に音楽を取り戻すこと叶わず絶望の淵《ふち》に沈んでいた彼女に――易々と絶望の汀《みぎわ》等という言葉を使いたくはないが聞き及んできた限りへの共感を試みるに、正にその水中ですね。何しろ時間の経過が分からなかったと云う。朝だと思ってベッドから起き上がりカーテンを開けたと思ったら夕暮れという毎日だったと云うんですから――名前を取り換えようと提案したのは妹だったと云います、自分が花音としてピアノと共に生き続けるのはどうだろうと。夕子さんと同じく三歳から習ってはいて、嘗ての夕子さんには及ばないものの歳の割には随分と巧みでもあった。そしてその提言は幾度となく湧き上がっていたものの口には出せずにいた夕子さんの夢想いと寸分違わず合致するものでした。こういう兄弟姉妹の霊的交換《テレパシー》めいた話がひとりっ子の身には羨ましくてなりません。秋野くん、ご兄弟は? 同じですね。そうじゃないかと思っていました。姉妹はこの発案《アイデア》に夢中になった。活き続ける花音と、真新しく生まれ変わる夕子。相談を受けた茉莉さんは難しい表情は見せたものの、結局一度として姉妹《ふたり》の手綱を締める事無く、粛々と必要な手続きを調べてくれたそうです。

何処かしら、ほっとしていたんじゃないでしょうか。行政書士である親からの助力を得た花音は、法的改名の為の実績作りとして小学校に通称の使用を願い出ました。特別な事情に鑑みてそれは聞き届けられ、彼女は久世花音として小学校を卒業し、久世花音として中学に入学、高校へもそのまま進学、よって縦ノ木に於いても当然久世花音、預金通帳やクレジットカードは姉妹で取り換えて使っていましたし、母親も花音と呼んでいる。従って僕が花音の同一性に疑念を差し挟む余地など無きに等しかったのですが、姉妹、流石に保険証だけは交換できなかったんです、年齢も通院歴も違い過ぎて。小さく折り畳まれた薬の説明書きは、籐の屑籠の中で異《ふしぎ》に輝いて見えました。誤って捨てられた大切なメモの様《よう》にしか見えなかった。目の前の花音に確認を求める心算《つもり》で拾って開いてみると、端に「久世夕子様」とあり、薬品名に見覚えはありませんでしたが慥《たし》か「気分障害を防ぐ作用があります」と解説されていました。花音がその紙を僕の手から引《ひ》っ手繰《たく》ったので、見られたくない薬、恐らくは抗鬱薬の説明だと迄は勘付いたんですが、珍しがるような話でもありませんし、只、お姉さんに返さなくて良いのかと問いました。単純に、姉が処方された薬の用紙を花音が此方に持ってきてしまい、持ち帰るべきところを不要な物として捨ててしまうという、二重の勘違いが起きたのだとしか思っていませんでした。秋野くんはもうお気付きの通り、僕は察しの悪い人間です。音楽以外に関しては昼《ひる》行灯《あんどん》と称して過言ではない。併し花音は僕の洞察力を買い被っていたようです。何故きっぱりと責め立てないのかと訊いてきました。僕には答えようがなかった。彼女には自分に対する重大な隠し事があるようだとは気付きましたから、その後は概ね黙って頷いているだけという対応でした。

花音の告白は五月雨《さみだれ》式に、微に入り細を穿って三日ばかり続きました。そろそろ洗いざらい話してしまいたかったのだと思います。花音の方は是迄に生じていた筈である僕の細々とした疑問に答えている積もりでいるようでしたが、僕は抑《そもそ》も疑問を感じにくい性格なんです。理屈では割り切りにくい出来事も五感を優先して有りの儘《まま》に捉えてしまう。名古屋で夜の繁華街を闊歩していた一米《メートル》もある大鼠、新宿で見た空を埋め尽くす程の緑色の鸚哥《インコ》の群れ、何方《どちら》も近年、僕は判白《はっきり》と目撃しているのに同行者の目には映らなかった生き物です。双方とも後になってその実在が報道されました。そう、ヌートリアです。よくご存じですね。そう云えば言葉が。愛媛ですか。ヌートリアは愛媛にも？　その異常成育した奴です。軈《やが》て交通事故に遭い遺体として発見されてニュースに。関西では最早珍しくなくなっている外来種ですが、何時しか棲息域を拡げていたか何者かが名古屋に持ち込んだかで、それが人の出すごみを主食とするようになっていたのだろうという推測がなされていました。一匹狼ならぬ一匹鼠として生きていた個体なのかそれとも家族が未だ名古屋の街に潜んでいるかは不明だそうです。鸚哥は印度原産の輪掛本青鸚哥《ワカケホンセイインコ》です。後日調べてみましたところ実は五十年も前から東京に定住しているのだそうで、僕が見たような大群が生じる程の大繁殖を遂げるまで大して話題に上らなかったというのは、この東京にそうも南国めいた鳥が棲息している筈がないという思い込みから、他人の、或いは自分自身の目撃を否定してしまう者が多かったという事なんでしょう。錯覚を利用した手品の類《たぐい》に騙され易い気質とも云えますね。

僕の帰属している世界はね、昔から如何《いかが》わしい宗教やオカルト商法に引っ掛かってしまう者が多い。僕は幼い頃、スピーカーは音楽を奏でている別の室《へや》と繋がっているのだと思っていました。それが電線でしか外部と繋がっていない空っぽな箱だと知って其処で初めて「何故」となるんです。そうなると今度は逆に不思議で不思議で仕方がない。調べ尽くして仕組みを熟知しないと気が済まない。周りの誰も大して疑問に感じていないいんだから結果だけ素直に享受していれば良いじゃないかという風には考えが及ばない。だから今でもいじり回しているんです、四六時中、飽きもせず。秋野くん、音楽は錯覚ですよ。スピーカーボックスは音楽室とは繋がっていませんし、中で小さな楽団が暮らしているのでもありません。ただコーン紙が空気を振動させているだけです。その振動を鼓膜が捉えて脳内で又、言葉や旋律に戻しているんです。同じ唄なんでしょうか？　僕等の脳内に響いているそれは、歌い手の脳内に息づき声帯や舌への命令として機能している唄と。少なくとも懸け離れてはいないのだと僕等は信じるほかありません、謂わばＤＮＡの同期を。自然界の特定の音を恐ろしい、別な特定の音は麗しいと感じる生き物が、自分にそっくりなＤＮＡ構造を有する複数の子をなして、その子達がまた子をなし、同じ音を一様に怖れたり、逆に陶然となったりする集団が出来上がり、その現象が長い長いあいだ厳密に繰り返されていって、音に対して一斉に同じ反応を示す巨大な集団となり、その果てに自分達は存在するのだと、信じるほか無いんです、僕等は。是は音楽家に特有の課題ではありません。僕等は同調の神秘を信じるほかない。他に道はありません。よくよく考えてみればね、花音が夕子だろうと花子だろうと、僕にとっては只名前が違うというだけの話だったんですよ。

樅ノ木祭の進行表に久世花音ではなく久世夕子という名が載っていたとしてもその後の一連は現実に起きてしまった一連と寸分として違わなかったでしょう。自分の肉体が音楽と共に生きるよう両親から宿命付けられた久世花音のものではないという事実、そしてそれを僕と共有していかねばならないという覚悟に圧し潰されていったのは花音自身です。花音の死を僕が知ったのは翌日です。母親の茉莉さんからの電話でです。風月荘の前庭、梔子《くちなし》と柊《ひいらぎ》とが二重の植込みになった所がありますよね、花音は彼処《あそこ》に落ちました、植込みと植込みの間に。道路からも風月荘の住人からも周囲の建物の二階からも、何処からも見えない所にきれいに隠れてしまったんです。だから翌朝、近所の小供がわざわざ梔子の根元を覗き込む迄、世界中の誰も気付きませんでした、自分達が花音こと久世夕子を喪ってしまった事に。室《へや》に彼女の気配がしないのを無言で何処かに出掛けてしまったのだろうとだけ思って玄関で靴を履きエレヴェータでゆっくりと地上に降りエントランスを出て駐車場へと向かった僕もです。直ぐその前を通過し乍ら、もしかしたら植込みに視線を落とし乍ら、でも気付かなかった。検死に依れば落下してから当分は息が有った可能性が高いそうです、意識が在ったかどうかは定かではありませんし、発見されたからといって助かりはしなかったと思いますが。

十二

東京で眼を診て貰えといっても皆目心当たりが無い、無いとぼやいている修文に二階堂は、以前自分が通っていた医院でも構わなければ遅く迄開いている筈だし自動車での帰途、簡単に立ち寄れるから連れて行こうかという気前の良い提案をして呉《く》れた。大水青《おおみずあお》を無事脱出させた事に気を良くしていた修文は、この男にしては素直にその親切を受け容れた。そして青碧《せいへき》に輝くミニ・クーパーの助手席で揺られつつ語り聞かされたのが、久世花音こと久世夕子を巡る以上の物語である。

そして眼科医院は広尾に在った。広尾といっても二階堂から然《そ》うと聞かされただけの地名であって、修文には土地関も無ければ是《これ》といった先入観も無い。工務店の従業員としての訪問先の一つに広尾という家があった。老いた兄弟二人きりという変わった家族構成で、庭に家鴨《あひる》を飼っていた。広尾という響きから修文が先ず想起するのは、あの家の、予算の都合で直させて貰えなかった落ちかけた雨樋だ。

此方《こっち》の広尾はよく路の整備された清潔な住宅地である。人影は少ない。代々木の駅前に横溢しているような猥雑さは微塵も感じられない。

仮に自分が警察官であって此処に配置されたとしても、何箇月待っても事件らしい事件など一向起きそうもない。かといって道を尋ねてくる田舎者も少なかろう。当番中に本は読めるのだろうか。読めるとしたら大層な量を読破できそうだ。そんな事を思った。

第一種か二種の低層住居専用地域らしく建物はどれも悠然として低く、外壁は白か煉瓦調である。たそがれた空が路面のアスファルト塗装に同調しているのも手伝い、もし自分がこの辺りに生まれた小供で、学校から近所の景色を描いてきなさいという宿題でも出されたら、特定の絵具だけ忽《たちま》ち使い尽くしてしまうだろうと、そんな事も思った。

医院をお化け屋敷だとも思ったが、これは其処《そこ》を出てゆく頃になっての所感である。嚇《おど》かされたのではない。古ぼけていたのでもない。

単純な方形をしたビルのフロアが内壁によって迷路状に分割されており、順路を一巡りすると診察終了となる、後戻りというものの無い、珍しい構造の医院だった。当然乍《なが》ら職員は専用のドアを開閉して目的の場所に直行できるようになっているのだが、そういった様《さま》が尚更《なおさら》お化け屋敷めいている。

捥《もぎ》りは中々に美しい容貌をした五十手前くらいの女で、自らもその事を存分に意識しているらしい。パーマで癖を抜き見事な鴉の濡れ羽色に染めた長い髪を肩に垂らし、前髪だけは眉に合わせて切り揃えていた。

実年齢から大分離れた役を割り振られた役者の様で、髪が買ってきたばかりの鬘《かつら》のように完璧なぶん、肌の衰えが際立っていた。周囲が言動を注意しにくい雰囲気が出来上がってしまっているのか、到底芳しいとは評し難い態度で、

「今日は?」

「……はい？」

「どういった診察を受けたくて当院に？」

「ああ。一寸《ちょっと》右眼の奥が痛うて」

「一寸？」

「いえ可也《かなり》」

「ふうん。どんな風に？」

「言葉では一寸」

「また一寸」

「すみません。急に動かしたりすると強く痛みます」

「視え方に以前と変化は？」

「あります」

精《くわ》しい処は医師に話せば良いと思っていた修文はそう最小限に回答したのだが、女は一手間増やされたとでも云わんばかりに前髪の下の眉を顰《ひそ》めて、

「どんな？」

急にうんざりした心地となり、態《わざ》と、「一言では一寸。これ診察ですか」

ち、と女が舌打ちをしたので修文は吃驚《びっくり》した。

二階堂が口にした病名を思い返し、「知人は球後《きゅうご》視神経炎じゃないかと云うとりました」

修文は女がメモを採るものと思いゆっくりとそう告げたのだが、女は小蝿を追い払うような

手振りをして、「知らない。素人が自己診断しない。視力測って貰ってください」

ボールペンを指示棒にし、最前から少し離れた場所で気を付けの姿勢をとっている白衣を示す。背の高い、痩せた胴体が、細く筋張った頸《くび》で以《もっ》て、薄い髪の載った小さな頭部と繋がった、そして視えないほど細い銀縁の眼鏡を掛けた、柔和な面差しの男である。男はむつかる幼児を宥《なだ》め賺《すか》すような声音と手振りで、

「はい、じゃあ視力を測りますね。どうぞ此方《こちら》へ」と修文を小さなテーブルと一体化した機械装置の前に坐るよう促した。自分も反対側の回転椅子に腰を下ろし、「はい、始めますからね。機械に顔を近付けて顎載せに顎を載せてください。高さの調整は……どうなさいました?」

修文が装置に近付こうとしないのを見て取った検査員が、また腰を上げて床を見回す。落とした物を探していると思ったようだ。否、なんという機械なのかに興味があったに過ぎない。何処かに記されているかもしれない名称を探していたに過ぎない。製品名でも判れば後で調べられると思った。

「是はなんという機械ですか」

「ああ、この機械にご興味が。オートレフ・ケラトメータと云います」

「日本語では?」

「ケラトメータかな」

「其は製品名じゃないんですか」

「そうかもしれません。だとしたらNHKで放送できませんね」

「出来るでしょう」

「じゃあケラトメータです」

「なんとか装置といった一般的名称は」

「片仮名を使えないとしたら、角膜曲率半径……測定装置？」

「そうなりますか」

「だからケラトメータと呼んでいます」

修文は納得して坐った。検査員も再び坐った。

「高さは……合《は》っていますね。なにか見えると思います」

顔の高さに嵌まった双つの覗き穴の向こうには、眼鏡やコンタクトレンズを装《つ》けている人々が親しみを込めて語る、彼《かの》風景が浮かんでいた。地平線近くに居坐った赤い気球と、其を一心に目指しているかのように真直ぐ延びたハイウェイという、本末転倒を感じさせる眺めだ。視力に苦労した経験を持たない修文にとっては初めての訪問だった。

或る者は下手糞な絵だったと云い、或る者は異《ふしぎ》な写真だったと云う。修文の見立てに依れば写真である。但し風景写真に気球の写真を貼付たコラージュだろう。何故といって、景色に馴染んでいない。

「見えます」

「なんでしょうか」

手前では枠の左右の七割方を占めている道路が、遠離《とおざか》るにつれどんどん窄《すぼ》まり朧《おぼろ》に消えかかった辺りに、箸で摘まれ汁を皿に落されている辣韮《らっきょう》のように遠慮がちに浮かんでいる。比率からいってこの辺りが真下かと思える路面はすっかり霞んでいてセンターラインなど見えやしないというのに、上の気球は気嚢《きのう》の輪郭が変に明瞭だ。ぐっと近くに位置している物の明瞭だ。抑《そもそ》もこの気球には地上に落した影が見当らない。

そういった所感を、検査員の操作によって画像がぼやける迄の数秒の時間《あいだ》に、修文は得た。

万事に就いて狂いを見出そうとする習性がこの工務店の倅《せがれ》にはある。他人《ひと》の顔貌《かおかたち》までそうする。

但しこの小倅が人の顔に見出す狂いは、世間に云う美醜とも魅力とも関連は薄いようである。鼻が迂《まが》っていようが眼の大きさが左右で違っていようが、安定を感じさせる造作というのがある。言葉を変えれば其は停滞した相である。そう成るべくして成っている相、設計者の狙い通りに施工され、その状態を保ち続けている相だ。

修文がつい手直しをしたくなるような狂いを見て取るのは、乃《すなわ》ち存在の不安定な相だと云えよう。岡山の顔は湾曲しているが、修文の目に狂っているという風には映らない。翻《ひるがえ》って、上京して知った顔のうち最も不安定な一つは、夕子さんの顔だ。併《しか》し美醜の軸に於いて評するならば、其は東京で知った顔のうち最も美しい一つである。

瑞絵の顔は今や、狂いが有るとも無いとも云えなくなった。ずっと安定した相に見えていたが、抱いてから此方《こっち》、観察する角度に依っては不安定を感じている。併しそうではない角度から見ると、最早動かしようも無く安定している。その肌を知り気持ちの距離が縮まって、その手も乳房も顔も自分の肉体の一端のような意識が生じてしまい、屹度《きっと》客観性を失っているのだろう。

　こういう観点からすると二階堂というのは、修文が東京で知ったうちで最も安定した相の持ち主である。写真で見た花音の横顔も安定している。早いうちから薄氷を踏んで歩むようであった男女《ふたり》の関係を聞かされた今となっては、自分の感じる外見上の狂いなど、ひとの本質とは無関係なお仕着せに過ぎないのかもしれないと思えてきた。

　ぼやけていたケラトメータ内の異景が再び明瞭になった瞬間《とき》、修文は或る事実に気付いた。其迄は予《かね》て此の地を訪れてきた人々の弁の儘《まま》、漫然と赤く認識されていた気球の気嚢だが、どうも自分にはそう見えていないのである。

「なにか景色が見えていると思います。どんな景色ですか」検査員が再び問う。修文は未《ま》だ答えていなかったのである。

「気球は何色ですか」

「何色に見えますか」

「よく判らない。何色に見えるのが正しいんですか」

「ああ」と検査員は勘違いして、「此方には、学校か職場の色覚検査でなにか云われて?」

　修文はケラトメータを覗いた儘でいる。左右の眼を交互に瞑り乍《なが》ら、「いいえ、眼の奥の痛みでです。右眼で見るのと左眼で見るのとで色が違うんですが、是はそういう画像ですか」

　検査員は即答しなかった。たっぷりと間を置いてから、「いいえ。いま気球が何色に見えているか、左右それぞれ、教えて頂けますか」

「左眼だと大半が赤です。黄色い部分もある。右眼だと青白いというか、全体に紫がかっています」

「気球が浮かんでいる空は？」

「青です」

「何方《どちら》も同じ？」

「はい……いや違う。右で見た色の方が沈んでいて、灰色がかっています」

「一寸、替わって頂けますか」

検査員が立ち上がって修文の側に来たので場所を譲った。立った儘でケラトメータを覗き込んでいる姿は、捕食する鶴のようだった。稍《やや》あって此方に向き直っての男の言葉と顔付きは、いま修文の右眼が陥っている状態に対するこの医院からの、最も厳粛なる宣告であった。

「此方に異常はありません」

引き続いて視力測定を受けた。この結果は左右共に上々で検査員から褒められた。起立して進行方向を示し、

「私は此処迄です」と一礼した検査員は何処かしら名残惜しそうに見えた。

順路の中途に設けられた待合いでは四五人の先客が、乗り物の座席のように並べられたベンチに行儀良く後ろ頭を並べていた。ひとびとの前方にはテレビの大画面が在った。音声は消されていた。患者たちも皆、無言である。教室に遅刻して入ってきたような心地がする。

画面には豪華絢爛云々のテロップと、ロココ調の装飾が施された調度品が詰め込まれた室内

とが映し出されていた。どうやら著名人の自宅らしいが、云々の部分に並んでいる欧文や片仮名のどの部分が人名に当たるのか、芸能界に疎い修文には判然としなかった。趣味の良い部屋だとも思わなかった。

先客たちの後ろに立った儘、右眼を瞑り左眼を瞑りして網膜が獲得する画面の差異を確かめた。ケラトメータの中の景色程ではなかったが、間違いなく左右で色が違っていた。両眼を開いていると左眼が感じる色の方が勝るので、概ねそのように見える。だから右眼だけ瞬きしてみても、視界の幅が変わったとしか感じない。しかし利き眼でもある左眼を瞬きすると、それこそチャンネルを変えた程の変化が生じる。

長い期間《あいだ》ずっと違っていたのだろうか。真逆《まさか》と思うが可能性として皆無ではない。人間、利き眼ではない方だけで物を視るという事は、まずしないものである。

眼科医は、順路の仕舞いの薄暗い部屋に、妖怪の親玉宜しく坐していた。机上を照らしている灯り以外は落されているので、眼鏡を掛けた小男だという事しか判らなかった。

「はいそこ坐って、顕微鏡の前に顎を載せて」

外国暮しが長いひとのような、一風変わった抑揚で、そう命じられた。修文は囚人にでもなったような心地で、装置の枠内に頭を突き出した。眼を照らされた。

「はい左見て。上見て。右見て。下見て」

早口なので眼球の動きが追い着かない。反対の眼にも同じ事をされ、やはり追い着かなかった。併し文句は云われなかった。

「はい、もう可《い》いよ」

と云われたので頭を引っ込めた。ギロチンは落ちなかった。

医師は机に向かい、「視力は問題無し。左右の色の視え方が違う。ほんと？」

「はい」

「何時《いつ》から」

「気付いたのは先刻《さっき》です。気球の色で」

「どうして当院《うち》に」

「知人が連れてきて呉れました」

「どうして」

「自分が通っていたし通り道だと云って」

「そういう話じゃなくてね、眼の左右で視え方が違うのに気付いたのがつい先刻なら、眼医者にかかろうという動機は其とは別にあったよね」

「ありました」

「どんな」

「痛みです、右眼の奥の」

「何時から」

「昨日です」

「今も？」

「今はありません」

医師は椅子ごと振り向いて、「じゃあ様子を見ましょう。二三日しても未だ痛みが残っているようだったら、又来て」

あっさりした言い渡しに修文は不満を覚えた。思い切って、「以上ですか」

「うん、以上。もし痛みが続いてる様子だったら眼底検査を検討しましょう」

御門違《おかどちが》いで手を患わせるなとでも云われたみたいで、どうにも得心がゆかず、「連れてきて呉れた知人は、若《も》しかしたら球後視神経炎じゃないかと」

修文の弁に一々覆い被さるようであった医師の発語が、初めて間《ま》を置いた。「そうかもね。だとしたら当院ではお手上げ。そういう可能性が出てきた場合は、紹介状を書きますから大学病院へ。出口、左です」

終わりの一言と同時に、左手で隣室の灯りを透かしていたカーテンがさっと開いた。そのとき初めて、自分を招き入れた看護婦が待合いへと戻ったのではなく一緒に部屋に留まり、黒子のように凝《じ》っとその位置に佇んでいた事に気付いた修文である。

無言で椅子から離れた。憤然としている。形ばかりの礼を述べる気にもならぬ。

「ちょっと」

と強い口調で医師から呼び止められ、反射的に振り返ったなら、

「足下、気を付けて。配線が通ってるから」

診察室を出るや、あの無礼な受付嬢の顔が視界に現れ、目が合った。思い出し笑いでもして

いたのか和《にこ》やかだったのが、その場面を見られたばつの悪さから浄瑠璃の仕掛け人形宜しく豹変して、憤怒を怺《こら》えきれずにいるような顔となり、此処は一体お化け屋敷かいなという修文の所感はこの瞬間《とき》生じた。併し同時に一角に於いて立ち上がり近付いてきた影への愕きが、そんな雑言めいた想いなど即座に吹き飛ばしてしまった。

「如何《どう》して」

一旦帰宅を果たしている二階堂は、灰色がかったピンクのパーカに着替えていた。そして指先で匙《さじ》か何かを弄《もてあそ》んでいた。修文の真正面まで歩いてきてから、勿体を付けた調子で、「ありましたよ、ピアノの鍵」

「え」

相手が此方に腕を伸べてきて、修文も反射的に掌を出し、鍵はその上に落された。想像していたよりずっと大きくて、そこそこの重量感がある、芝居の小道具のような真鍮の鍵だった。「アンディ・ウォーホル」と二階堂は合い言葉のように云った。「今日、僕が着ていたジャケットは、以前から前釦《ボタン》の一つが取れかけていたんです。そして帰宅して脱いだ拍子に、遂に床に落ちて転がった。それ式の事で直し屋に持って行くのも体裁が悪いので、久々に裁縫箱――と云っても僕のは、捨てるには惜しい釦やなんかを放り込んであるだけの、他には針山と鋏と巻糸が幾つか入っているだけの、只のタッパーウェアなんですが――を開けた。すると其《それ》が入っていました。僕が入れた記憶はありません。花音の仕業です。だってその箱は風月荘の本棚に置いてあったから。この奇蹟的偶然の愕きを、是非生々しいうちに秋野くんと分かち合いたくて、屹度、未だ診察は終わってないだろうと思って」

大人の役に立とうとして懸命な小供に接しているような、むず痒い感謝の念を覚えた。この男が世間から得てきた信頼の真の根拠が垣間《かいま》見えたような気もした——仕事を共にした者にしか解らぬ根拠が。

「ありがとう御座います。アンディ・ウォーホルというのは——」

「花音がそう呼んでいました。確かにそう見える」

十三

新学期、暫《しばら》くぶりの岡山は、見るも無残な顔をしていた。右眼の縁に青痣を拵《こしら》え、その下方は湿布で被っている。ストーレンハッツのドラマー、小河内から殴られたと云う。

「殴りたいなら殴れって云ったら、本当《ほんと》に殴りやがって」

「云うた者《もん》が悪い」

「暴行は犯罪だぞ。刑法二〇八条だ」

「詳しいの」

「法学部出だからな」

「そりゃ愕いた」

「嘘だよ。昔の刑事ドラマの決め科白だ」

「大丈夫、信じとらん」

「ちなみに痴漢の規定は刑法には無い。迷惑防止条例か強制猥褻を適用するほかない」

「何方《どっち》で逮捕されたん」

「されるか」

「小河内さんに殴れ云うたんなら、犯罪を頼んだんじゃけえ教唆じゃないんか」

「そうか……え、小河内さんじゃなくて己《おれ》が悪いのか。なんでだよ」

「共犯じゃ。喧嘩両成敗」

バンドから小河内を馘首《かくしゅ》して、代わりに練習熱心な田島を据え、樅ノ木生の比率を高め、十一月の樅ノ木祭の出場資格を得るという打算的腹案が、予《かね》てから岡山にはあった。

本番迄、二箇月余り。曲目さえ決められぬ儘《まま》、だらだらと宣告を引き延ばしている場合では、最早なくなっていた。

バンド最年長の小河内には否応なく発言力が伴う。岡山がギターを如何《どう》掻き鳴らす、修文が如何いう旋律を加えるといった編曲の実務以前の、見取図作成に於いて、所詮小河内が叩きたいような図しか描きようがないというところが、間違いなくストーレンハッツには有る。

小河内が叩けないと云ったらもう、そのイメージでのその曲は無くなる。岡山がその歌に固執するなら、作曲時の構想は引っ込めて別な歌い回しを考えるほかないのである。

練習好きとはいえ初心者に過ぎない田島を、岡山が引き入れたがってきた背景には、樅ノ木祭への参加資格のみならず、自作曲を思うように歌えないという欲求不満《フラストレーション》もあるのだろうと修文は思う。参加資格を得る為だけならば、お飾りのメンバーを増やして樅ノ木生の比率を上げる手だって考えられるし、実際、そのような算段をして出場するバンドも少なくなかろう。併《しか》し岡山の念頭にその選択肢は無かった。余分なメンバーを抱えるのだけは耐え難いと云う。如何しようもなくだらしないこの男が、ことバンド活動に関して時折覗かせる潔癖症的一面である。

一昨日、なけなしの手持ちでブラックニッカと氷を買い込んだ岡山は、小河内をその自宅近くの公園迄呼び出した。二者《ふたり》が酌み交わすときは年嵩で一応の収入も有る小河内の奢りとなるのが常だが、敢えてそういう場を選んだ。物騒な事態を予期してではない。うっかり飲食店を場に話を切り出して相手が怒って帰ってしまったら、岡山には代金が支払えないのである。

使い捨てのプラカップにつくったオン・ザ・ロックを何杯か干した後、勇気を奮い起こして本題を切り出した。樅ノ木祭に向けての新しいストーレンハッツの構想である。併しびびって、つい、当座、当座と繰り返してしまった。目論み通り樅ノ木祭での演奏がバンドの離陸に繋がったならば、小河内に復帰を打診する心積もりがあるかのように取り繕ってしまった。

其迄黙って頷きながら聞いていた小河内が、

「それは不可《いけ》ない」と到頭《とうとう》口を挟んだ。「嘉山くんがそういう心算《つもり》で臨むのは、聴衆に対して、審査員に対して、そしてバンドに対して、畢竟《つまり》全方位に対しての裏切り以外の何物でもない。新しいストーレンが何か摑めたなら、其処で己の事は一切考えなくて可《い》い。寧《むし》ろ考えないでほしい。己は己で、屹度《きっと》新しい道を歩み始めているんだから」

岡山の咽に熱い物が込み上げた。「小河内さん」

「正直、潮時じゃないかという想いは、度々泛《うか》んでいた。初めはバンドの顧問のような立場で居たが、嘉山くんは常に殻を破らんとするかのような新機軸を打ち出してくる。舞台《ステージ》の完成度を優先したい己は殊更抑え付ける。船頭多くして船山に登るで、一向に船出に至れないもどかしさが、確かに是迄のストーレンにはあった。潮時の別れ時だろう。嘉山くん、秋野くん、そしてその田島くんとやらの、新しい船出に乾杯だ。己と瑞絵は、新しい仲間を探すとするよ」

「……はい？」

岡山こと嘉山克夫《かつお》は両眼を引ん剝いて、小河内大介との行き違いに気が付いた瞬間《とき》の、自分の相好を再現して見せた。秋野修文は二者の諍《いさか》いの主因を悟った。廊下が段々賑やかに、立ち話が難しくなってきた。

「階下《した》に行こう。談話室でゆっくり聞かせて貰う」修文は相手を促した。

「事情聴取みたいだな」

「正《まさ》に事情聴取や」

談話室も混み合っていた。併し座席は得られた。陽当たりの好い三〇平米程度の室《へや》が二間続きになっている。其所《そこ》に三四人ずつの対面で使える白い洋卓《テーブル》が一打《ダース》ばかり配され、ステンレス鋼の枠にポリプロピレンの絶妙な曲面が載った所謂《いわゆる》アカデミーチェアがふんだんに積み重ねてある。奥の方の室では昨年度迄烟草《たばこ》が喫えたとの事で、成程其方《そっち》に入ると途端にむんと煙膠《やに》臭い。そして何時《いつ》も手前の室より空いている。

「じゃあ此方《こっち》のベースは何《ど》うすんだよ」

修文と岡山が坐った椅子の位置を直している時、洋卓の一つから左様《そう》、悲鳴めいた怒声があがり、数秒に亘って室内がしんとなった。

「彼方《あっち》もベースで揉めとる」

修文が呟くと、岡山は甲板《こういた》に両肘を突き頭を寄せてきて、

「メンバーの引き抜き合いが始まってるんだ。樅ノ木祭で授業バンドの掛け持ちは禁じられてるからな。参加登録《エントリー》出来るのは授業バンド一つ、課外バンド一つ丈だ」

「成程」

樅ノ木学園が奨励、指導、支援しているのは当然のこと学内のバンド活動であるから、外部の者との混成であるストーレンハッツは、生徒としての岡山や修文の本分ではない。飽く迄も課外活動だ。両人《ふたり》共、教育課程《カリキュラム》の一環として組まされているバンドが別々にあり、其方は事前審査なしに樅ノ木祭に参加出来る。実力に依って出られる舞台や時間帯、審査員の格は異なるものの、必ず何らかの形で演奏出来る。

舞台の振分けにしろ本番での審査にしろ、授業バンドと課外バンドに同程度の実力が認められる場合、前者に軍配を上げるべしという内規があるのだともいう。但しこの情報源は岡山である。

担当講師の指導下、お前は此方で何を弾け、お前は彼方で何を叩けと組まされて、方向性に

も演奏ぶりにも口を挟まれ続ける授業バンドは、自分の長所は封印されたうえ苦手の克服ばかりを強いられている様で、演《や》っていて一向面白くない。聞かされている側は尚更だろう。

可もなく不可もない、第一線には遠いものゝ穴埋め仕事に丈は溢《あぶ》れない、堅実な二流バンドを志すよう仕向けられている様な気がしてくる。ともすると憎まれ者に為りかねない牽引役を引き受ける者がバンド内に居ないから、ちっぽけな意地は張りたがる癖に肝心の場面ではどうぞどうぞと責任逃れの譲合《ゆずりあ》いが始まって仕舞い、何事を決めるにも時間がかかる。

当初は見るもの聞くもの全てが物珍しかった専門学校生活だが、初の学期を終えようとしている現在、修文は其《その》授業の大半を、帆船上での風待ちの様に感じている。唯《たつた》二年間で軽音楽に纏わる教養や実践ノウハウを手当たり次第に詰め込もうという専門学校での生活は、間違いなく慌ただしい。なのに何時も何処かしら退屈だった。高校時代に戻った夢を見ながら目覚めるのを待っている様な心地だった。

父親の下《もと》で働いている頃は、自分は今、何に時間を食われている、だから何を急ぐべきである、という具体的切迫感が常にあった。今は漫然と、能《よ》く理由が摑めない儘《まま》、気が付いてみると時間が足りない。其上《そのうえ》エッジでのアルバイトもある。給料の額は取るに足らないものゝ賄《まかな》いの質と量がそれを補って余りがある。夕刻にはエッジで食べられるからと、其迄は牛乳でも飲んで空腹を紛らわせて仕舞う程、今は依存している。

「今年もそろそろ、他のバンドをスパイして回って、中の上手いのに相談を持ち掛けて引き抜いてさ、そう云う選抜メンバーのバンドで以て優勝を攫おうっていう、バンド粉砕機《クラツシヤー》が現れる。

上手いバンドの大黒柱を抜いて、それで自分のバンドを補強していく、云うなればバンド界の癌細胞だな」

「狡猾なのう」

「去年はそう云うバンドが優勝した。今、デビューに向けて録音中《レコーディング》らしい」

「岡山くんもやったら何《ど》うや」

「勿論、それもやる」

歎息して、「やるんかい」

「一往《いちおう》な。シューん処のギター、貰っても可《い》いか」

「鈴さん？　いやまあ、ある意味じゃ手練《てだ》れやが。併《しか》し一年が二年のバンド実習に出られるんか」

「それは出来る。逆も出来て、ちゃんと出席を稼げる。但し、出張したいバンド実習と取りたい授業の時間帯が重なってたら、何方《どっち》かを諦める外《ほか》ない」

「成程。上手いこと出来とる」

修文が振り分けられた授業バンドのギタリストは女性で、高校時代はパンクロック・バンドの一員としてライヴハウスにも出演していた。初めバンドは其経験に歩調を合わせようとした。併しヴォーカリストを兼ねたもう一人のギタリストには、何うしても見合った声が出せなかった。下手なのではない。聖歌隊出身の美声の主であり、正式の訓練を受けてきた期間が長い。故に咽喉《のど》に過剰な負担がかかりそうな箇所に来ると、唄がぴたりと停まってしまう。歌いたいのに、心理的停止弁《ストッパー》が動作して声が出なくなるという。それは嘗《かつ》て、厳しく叱咤されて下手をしたら隊を追い出されかねない、御法度中の御法度だった。

ヴォーカルの資質に伴奏が寄り添うのが順当であるとの、講師の指導が入った。錦の御旗を得た側は、意気揚々とボサノヴァ調の自作曲をバンドに持ち込んできた。かと云って受け容れる側にも譲れない部分はある。と云うよりも米山鈴にはボサノヴァなど奏《ひ》けなかった。因《よ》って楽曲は現在、混沌を極めている。

「本人が可《え》え云うなら、どうぞ連れて行くなり押し寄せるなりして呉れ。恐らく此方は平和んなる」

修文が微笑を交えて見返した岡山は、何時しか顔の近くに人差指を立てゝいた。それから握り拳に変えて口許に寄せ、咳払いをした。目の動きから、隣席の会話に耳を澄ませるよう指図しているのだと判った。

洋卓の続きに男女が向き合っている。どちらの顔にも見覚えがある。そしてどちらの名前も修文は知らない。岡山は把握しているかもしれない。

「厭だ」と修文の左側で男が云った。

斜め前の女はかぶりを振った。「堕ろすから」

室は騒々しいものゝ、意志の籠《こも》った声は闡《くっきり》した輪郭を伴い、修文の耳朶《じだ》へと届いた。迚《とて》もじゃないが女を見ていられず岡山に視線を返すと、其方は其方で柄にもなく眉間に深い皺を刻んで、真剣に聞き入っている。

一見其手《そのて》の応酬に相応しくないようでいて、能《よ》く其生態を考察してみれば、此上《このうえ》もなく相応に思えてくる女だった。頑なに虚飾を拒むかの様に、ざんばらの裾だけ揃えた御河童頭《おかっぱあたま》をし、古い独逸《ドイツ》のバンドのロゴタイプが入ったTシャツの、襟刳《えりぐり》の伸びたのを着ている。一見決まり事から解放されている様で、実の所、他人と横並びに見せる為の規格であり、内心を覗かせぬ為の鎧でもある。岡山が引き抜きを検討している米山鈴も、概ね斯《こ》う云う恰好で学校に通ってくる。

「僕は厭だ」と男が又云った。華奢な男だった。これ又女と同じ様な恰好をしている。取り換えられそうだ。髪型も似ていた。互いを散髪し合っているのかもしれない。

「堕ろす」と斜向《はすむか》いの女も繰り返した。「せめて其費用は払って」

今度の声は囁きに近かったが、修文は早、会話の聴音に慣れ始めている。何方《どちら》も東京風に喋っているが、間違いなく何方も東京人ではない。

「産んでほしい」と男が絞り出す。

「誰が育てるの」

「一緒に」

「誰が稼ぐの」

「己《おれ》が。一先《ひとま》ず己が」

「三人分の生活費を？　何うやって。振込め詐欺でもやるの」

「ちゃんと就職する」

「どんな会社に？　小供一人、高校を卒業させる迄に幾何《いくら》かかるか調べたよ。どんなに切り詰めても一千万円以上だよ。家賃や私達の食費は別なのよ」

「だから……だから」

「だから何」

「昨日云った通り、一先ず己の実家に身を寄せれば、住む所と食う物《もん》には困らねえから」

「そうお父さんお母さんが云ってたの」

「いや、未だ話してないんだけれど。でも多分」

「何時《いつ》も多分。其程度なのさ、此男《この》は」

舌打ちの音が聞えたので、修文ははたと女に顔を向けた。虚構《フィクション》ではなく現実に於いて、舌打ちをする女に遭遇したのは初めてだった。女の顔は青ざめている。修文の向けた顔が視界に入っている筈なのに、其眼は据わりきっていて一向揺らぐところがない。胎児の父親以外、視えていない。

「今夜にもちゃんと相談するから」

「私の決意が聞えてないの？　勝手な真似しないでよ。私、逃げられなくなって仕舞うじゃない。私、鹿児島から東京に音楽の勉強に来たんだよ。なのに何故、秋田の山の中に連れて行かれるの」

「男鹿《おが》市だよ。山の中ではない」

「ライヴハウスある？」

男は答えなかった。強迫めいた女の呟きは続いたが、急に固有名詞や専門用語《ジャーゴン》と思しい言葉の比率が増して、修文には殆ど意味を成さなくなった。男は押し黙っていた。女は席を立った。男は追った。

岡山がずっと息を止めていた様な深い呼吸をして、「中々の寸劇《ドラマ》だった。毎日演《や》って呉れるなら、受信料を払っても可い」

修文も吐息し、「己はもう可い。黙って聞いとられる自信がない」

「郷里《いなか》から大都会に出てきて、浮かれ気分で手近な相手と恋に落ちて、丁度そうなる頃合か」

「男女の台辞《せりふ》が逆様だった様な気もするが」

と修文が述べれば、岡山は訳知り顔で、

「男が堕ろせと命じて女がごねるべきだと？　いや現実はあんなもんだろう。それに己が見た所、女は未だ堕胎する腹を括ってないな」

「己にはそうは見えん。病院に直行しそうに見える」

「いやいや、あれは胎児を人質に、少しでも好条件を引き出そうとしている丈だ。すると爰《ここ》に、いや果たして妊娠自体、真実なのかという疑問が湧いてくる」

「何《なん》の得があって騙す」

「騙しとは限らん。可能性として相談してみたら相手があんまり無計画だったんで、容赦する訳には行かず、前提を緩められなくなってるのかもしれないぜ。其内《そのうち》自分でも妊娠を確信するに至ったのかも。女の思込みは激しいからな」

左様、如何にも色の道に通じた様な事を云う。そう云う風に思いたいのだろう。……閑話休題《それはさて》、

「要するに、斯う云う事か」と修文は話を巻き戻して、「喧嘩になったんは、小河内さんがストーレンを辞めるの辞めんのやなしに、その話が付いた後の、瑞絵さんの取合いでか」

「平たく云えば、そういう話になる」

「唄の文句じゃあるまいし」と修文は呆れ返った。

同じ唄が頭に泛んでいるらしく、岡山は歪んだ顔を照れ臭そうに猶歪めて、「瑞絵は渡さん、とか真顔で云われてさ、これはもう現実なのかと」

「突然自分だけが放り出されるいうたら、そりゃあ小河内さんも淋しいわ。ほいでも瑞絵さんの意向は伝えたんやろ、瑞絵さんが自分の意思でストーレンに残る事や、はあバンドの掛け持ちを増やす気はない事や――」

「勿論さ」

「ほいなら小河内さんが、岡山に対して四の五の云うとる余地はない。瑞絵さんを説得するいうんなら話は解るが」

「その辺は一寸《ちよつと》己にも謎なんだが、大方、己が唆《そそのか》してそう仕向けたとでも思ったんだろ」

「いや、岡山は唆しとらん」

「判ってるよ、己自身の事なんだから」

修文が自分が奇妙な錯覚に陥っていた事に気が付き、破顔した。「そりゃそうやの」

「先刻《さっき》からなんでウィンクしてるんだ」

「え、いや」

両の瞼を強く閉じたり開けたりして、その調子を確かめていた様な風《ふり》をして、胡魔化す。左右で色の視え方が異なるのを自覚して以来、外界を正確に捉えていると思しい左眼丈を開けているのが、癖になりつゝある。突発的な痛みも去らない。あのお化け屋敷の様な医院に、又行かねばならない。

お盆から此方の瑞絵と修文の関係を、岡山は知らない。知らない筈である。にも拘わらずストーレンハッツに関する瑞絵の意向を、此男《この》は、修文を通じて確認したがった。恐らくは自分への信用の薄さを此男なりに解っていて、世事に疎い田舎者の口を借りる事で、算盤《そろばん》尽くの印象を薄めようとしたものだ。

瑞絵は小河内に義理立てをし、一緒にストーレンハッツを去るのではないかと、事前の修文は危惧していた。左様云われてしまったら自分にそれを止める術《すべ》はなかろうと諦めてもいた。所が実際に尋ねてみると、「それで良いと思う。元々岡山くんが創ったバンドだもの、岡山くんが自分の歌い易い様に采配すれば良い。若しも私が要らなくなれば、私にもそう云って呉れたら良い」という返事だった。けろりとしたものだった。其バンドマン然とした考え方に敬意を覚えつつ、「まあ小河内さんとは又別の場で、いくらでも」と慰めを云うと、斯う返してきて、修文は満更でもなかったのである。「正直、シューくんが待ち構えてゝ呉れない場所に、重たい楽器を抱えていく自分が、もうあまり想像できなくなってゝ」……

不図《ふと》頭を起こすと、同じ談話室に林が居た。株で稼いでいる三十路《みそじ》の生徒だ。二間の境に立って此方を見ている。近付いてきた。

「君達」林は手に何らかの券を握っていた。「三味線に興味はないですか」

岡山はぽかんとして振り返り、「津軽三味線?」

「長唄です。だから、あんなに大きな三味線ではなく――」

「あゝ。日本舞踊の伴奏の、ちんとんしゃんか」

「その通りです。能《よ》くご存じでした」

「いや、適当に云ってみた丈」

「興味はないですか。今夜の入場券《チケット》が二枚余ってるんですが」

「ないな」と岡山は云い、同時に修文は「あります」と云った。目を輝かせての回答ではなく、又瞼をしょぼしょぼさせながらの、厄介事を追い払うような調子での回答だった。どうして「あります」と発して仕舞ったのか、自分でも不思議だった。知らずと呑み込んでいた釣針と糸で、思い掛けない魚を胃嚢《いぶくろ》から引張り出された様だった。

「ありますか」と念押しされて、そこでも又、

「はい」と答えて仕舞った。

併し林は先の反応に期待していないのか、些《ちっ》とも嬉しくなさそうに、「日本橋なんですけどね、それなりの奏者《ひきて》の定期演奏会です。行けなくなって仕舞ったので、宜しかったらどうぞ。お代は要りません」

「二枚ありますが」

「はい、並びです」

「お二人とも急用ですか」

「実は母の為に取って遣ったんですが、入院して仕舞いまして。今夜手術なので、僕も病院に居なきゃ不可《いけ》ないんですよ」

「それは――」と、場面にそぐう言葉を見付けられず口籠もっていると、

「心痛です」と正解を云われた。「それなりに」

「何所《どこ》を手術されるんですか」

「脳梗塞を起こしまして、一往血栓を溶かす薬で対処しているんですが、再発を防ぐ為に狭まった血管をバイパスするんだそうです」

「一寸想像がつきませんが」

「僕もです。屹度、為るように為ります」林は入場券を置いた。

「難有《ありがと》う」

「生の長唄を聴かれた事は」

「実は初めてです」

初めて林は微笑して、「秋野くんには貴重な経験になりますよ。保証します」

そして洋卓を離れていった。岡山は券の片方を手に取り、裏表を眺めながら、

「三味線、聴きに行くのか。三味線だぞ」

とひとを物数寄《ものずき》扱いした。修文は少し意地になり、

「己、愛媛から東京に音楽の勉強に来たんだよ」と斜向《はす》かいに居た女の言草《いいぐさ》を真似た。「昔、何の気もなく観た映画の音楽で、己の運命は変わった。此長唄の会で又変わっても不思議はない。一緒に行こう」

「己は厭だよ」と岡山は二枚を甲板に並べ、「瑞絵さんでも誘えよ」

修文は無意識のうちに身構えた。矢張り察しているのだろうか。若し勘を働かせつゝそ知らぬ顔を通してきたのなら一流である。併し此お節介焼きが、本件に限っては役者を決め込む理由が、皆目見当らない。

「瑞絵」とつい口走り、胡魔化しに、「……さんは何で」

「何で?」

「何で自分はストーレンに残ろうと思ったんかな」疑問の様に呟いてはいるが、修文の中《うち》には無論、答がある。自分の存在である。

「そりゃあストーレンの音楽が気に入ってるからだろう。自分が創ってきた部分も少なくないしな」

「それはまあ左様なんだが、正直、尋ねてみる迄は、小河内さんに義理立てをして、一緒に辞めても不思議はないと思いよった」

「細かい事情は己にも解んないよ、男女の事だからな。小河内さんに激昂されて逆に、あゝ未だ一往続いてたんだと唖然とした位で。シューが上京してくる前の話だが、瑞絵さんが他に参

加していたバンドの、ギターとかマンドリンとか色々と奏く男が、コーチ然とした態度でストーレンの練習を覗きに来てた時期があってさ、明らかにいちゃついてゝも小河内さんが黙ってるんで、てっきりそう云う事になったんだと思ってたら又来なくなってさ、どうなってるんだろうとは思ってたんだ」

入場券に印刷された文字に見入った儘、修文は顔を上げられなくなっていた。やがてもう一つの事実に思い至って、己《おのれ》の鈍感、洞察力の欠如、他者への無関心を、憐れんだ。岡山の顔の湿布は右の頬に貼られているではないか。向かって左だ。殴った小河内は左利きである。そう云えば練習スタジオで〈カム・トゥゲザー〉のイントロを見事に叩いて、これは左利きじゃないと叩きにくい、ビートルズには左利きが二人居る、と語っていた事がある。

「未だ痛むのか」岡山の顔を見ずに訊いた。

「顔か？　いや痛みはもうない。たゞ腫れが退かない」

不意に風月荘を訪れて自分に抱かれた晩の瑞絵も、同じ側に薄紫の打撲痕を泛べていた。目を開いた儘、夢うつゝの間《あわい》を迷っている様に生きている自分を、修文は心の底から恥ずかしく思った。東京に出て来て初めて新居浜に逃げて帰りたかった。そして自分を是迄十人並みの存在として扱ってきてくれた岡山に感謝した。

その先の会話は記憶に朧《おぼろ》である。厳密には、何処迄が耳に入ってきた言葉で、何処からがそれを受けての思索だったのか、顧みても判然としない。前の舞台を共に踏んだ四人《よたり》が、一堂に会する日は、又訪れるだろうかと岡山は自問していた。そして最後に集《つど》ったのは何時だったかと訊いてきた。修文は明瞭に憶えていた。夏休みに入った頃、エッジに、瑞絵、岡山、小河内の順でばらばらに入ってきて、ばらばらに帰っていった晩がある。あれが最後だ。

客がストーレンハッツ丈となった所で夕子さんは店を上がったが、監督の目が失せてからも修文は店員としての節度を保った。自分からは三人《みたり》の誰にも話しかけず、何か問われれば端的且つ必要最小限に返事するよう心掛けていた。併し外面的に、それは何時もの修文の態度と異なるものではなかったろう。其様な態度でいるのこそ居心地が好い人間である。騒げの弾けろのと命じられるのが最も困り、時には怒りすら覚える。

メンバーの中では岡山が最も若い。年齢と先輩後輩が逆転する修文との関係性は、事情が相殺されて同年の様な雰囲気だが、小河内や瑞絵に対しては、此男なりの遠慮が出ていくらか静かになる。小河内は雄弁だが高談する人物ではない。瑞絵は元より口数が少ない。だから其夜のエッジを満たした大半は音楽だった。修文は未だバンド改編を狙う岡山の肚《はら》を知らず、瑞絵の横顔を眺めて、翌月の自分が其女を抱くことになろうとも知らなかった。

「小河内さん、病気かもしれないぞ」

という岡山の寸評が、相手の精神状態を指したものだと解釈した修文は、

「そういう事を云うな」と諭した。「此方が怒らせたんや」

「いや頭の中の話じゃなくて、未だ一年と一寸の付合いだけど、坂を転げ落ちるみたいに酔い方が非道くなってる。シューの前じゃあ未だ醜態を曝してないけどな」

「歳かの」という此修文の応答には何の意味もない。職人の会話に飛び交う常套句である。

「又」とそれを否定し合う。

岡山も失笑したが否定の仕方が職人とは違った。「未だ三十だって」

「四捨五入しての」

「いや、上でも下でもない。今年、きっちり三十の筈だ」

「そうやったか」

腹筋が痙攣を起こしたように、勝手に緊張と弛緩を重ねた。瑞絵は小河内の高校の後輩である。年齢差は最大で二つ。此件に於ける自分の滑稽さは、最早惨めではなかった。寧ろ救いとなる程、純粋に可笑しかった。自分は瑞絵の何も、本当に何も、知らなかったのだ。教えて貰っていなかった。なのに其魂の一端にでも触れた様な積《つもり》で、気分を昂揚したり重苦しさを舐め回したりしていたのである。高が吐息を嗅いだ位で。高が接吻を重ねた位で。高が肌を擦り合わせた位で。

十四

何事も起きなかったかの様に、修文は瑞絵に電話をかけて長唄の会へと誘った。来ると云うので、地下鉄三越前駅の出口で待ち合わせた。実際のところ二者の間には何事も起きていなかった。秋野修文という曖昧模糊たる自我が、又幾分かの経験をへて、其迄見通せずにいた幾分かの事柄の、奥行を把握するに至ったに過ぎなかった。

秋野修文は鈍感をもって自認している。なるべく鈍感であろうともしている。断じて眼に映る物しか信じまいとする傾向が強い。この頑なな性質《たち》、屢《しばしば》、男の身を助けてきた。例えば倍にして返すという口車に乗って金を貸し、後で騙されたと地団駄を踏むような経験が、修文には無い。現金として財布に入っていたり直様《すぐさま》銀行から引き出せる金以外は、無いものとして思考する。軈《やが》て幾ら戻ってくるから、或いは入金予定があるから、本当は自分には幾ら有る筈、という仮想に囚われて暮らすのが煩わしい。だから知己に金を渡す時は、呉《く》れてやる積もりの時だった。そう出来ない金額は渡さない。

朴念仁である。仲間にとっては面白くない人間だ。邪魔にもならないから爪弾きにもされないが、大概は集団の中に居乍《なが》らにして孤立している。それで良いと思っている。いきおい仲間内を行き交う情報から取り残されがちで、とりわけ色恋沙汰に疎い。

約束の時刻を四五分回って駅の階段を駆け上がっていくと、一人の女がタイトスカートに包まれた尻を此方に向け、背中を丸めて、烟草《たばこ》に火を点けようとしていた。そして風が強くてなかなか点けられずにいた。修文は次の段へと載せた足から力を抜いた。

烟草を喫う瑞絵を見るのは初めてだった。女がライターのホイールを回す、しゃき、しゃき、しゃき……という音が、周波数帯と建築構造の相性からか明瞭に響いて音楽的だった。合致するテンポの曲を演《や》った事があっただろうか、瑞絵の頭にはいまどんな曲が泛《うか》んでいるのだろうか、等と考え始めたところでリズムは已んだ。女が頭を上げて吐いた紫煙は、渦を巻いて虚空に遠ざかった。

修文が階段の残りを上がり始めると、気配に、女が振り返った。修文は愕然として足を止めた。女は瑞絵ではなかった。後ろ姿こそ若々しかったがもっとずっと年嵩の、壮年に近い女で、前髪の様子も全く違う。そう一旦顔を確認してしまうと、先刻《さつき》まで何故瑞絵に見えていたのか異《ふしぎ》でしかなかった。

女は修文に微笑を投げてきた。待ち人と確信して振り返ったらしく、強い落胆を含んだ表情《かお》だった。待ち侘びて、諦めかけていた胸に希望の焔を灯してしまった表情だった。修文は自分が自分ではない事に申し訳なさを感じた。

「シューくん?」と下方で声がした。……

此方《こっち》を見上げている瑞絵は覚束なげだった。頭上に立っている男が本当に秋野修文なのか他人の空似なのか、見極めかねているようにさえ見えた。一つの階段で三つの不安が連鎖している。そう思って又上に顔を向けると、地上の女は既に列を離れて姿を消していた。舞台上の人物は一貫して二人で、女の方が早替わりして反対側から現れたのを見たような心地がした。修文が頷いて階段を上がり始めると、瑞絵は其倍の速度で上がってきて、地上に出る瞬間《とき》、丁度横並びになった。

「長唄の公演なんて初めて」

「そうか」

「津軽三味線なら、聴きに行った事があるけど」

「そうか」

「シューくんは？」

「三味線は――」

「初めて？」

「たぶん」

「歌舞伎鑑賞の授業、なかった？」

「なかった」

「浄瑠璃は？」

「なかった」

そう答え乍ら、授業ではなかったものゝ、小学校時代の家族旅行で、徳島は犬飼の農村舞台を観たのを思い出していた。文楽より遥かに大きな、小学生くらいの背恰好の人形を操る、阿波人形浄瑠璃である。その野外劇場だ。

舞台の近くは広々とした桟敷、其外側に折畳み椅子が並べられ、秋野親子の席は後者だったから、見晴らし良好な鑑賞ではなかった。取り分け修文の視界は前方の人々の後ろ頭によって塞がれ、人形達の立ち位置によって椅子から立ったり坐ったりを繰り返さねばならなかった。

農村舞台の情景と共に、拡声された、重く爆ぜるような三味の音が脳裡に去来したが、それが本物の音の記憶であるという確証はなかった。故に瑞絵に対して修文は訂正しなかった。

「眼は、どう？」と問われた。

「様子見。痛みが続くようなら眼底検査とか」

「痛みは続いてるの」

「ときどき、千枚通しで突き刺されたように痛むね」

「うわあ」と瑞絵は視線を背けた。

肉附きの薄い横顔を見凝《みつ》め乍ら、自分は今、此女の年齢を知るべきではないかと修文は考えた。それこそ浄瑠璃の人形宜しく「時にお前――」とでも小粋に尋ねてみる好機に思えた。そして問わなかった。瑞絵は一向、自分に対して年齢を詐称していないと気付いたのである。小河内が三十路、其高校時代の後輩なのだから二十八か九、一つか二つの差だと思っていたら六つ七つ年上だった計算になる。併《しか》し瑞絵は是迄、歳の差は僅かだ等とは修文に一言も伝えていない。そう云えば流行り言葉やテレビ番組といった、世代を反映し易い話題を避けたがってきたような気もするが、其点をして消極的虚言だとするのは、理不尽である。但し小河内との関係が未だ続いているのか如何《どう》かは、今日のうちに判白《はっきり》させておくべきだと思った。

入場券《チケット》の略地図が判りにくく、無駄に同じ路を行ったり来たりした挙句、開演時刻の十分程前に福徳亭の提灯を発見した。落語や浪曲や講談、義太夫、そして今宵のような長唄の為の寄席である。戸は開け放たれていた。入ると、受付の着物の老婦人が、

「今夜はねえ超満員なんですよ。ご不自由をおかけします」と浮き立った調子で云った。「何が起きたんでしょう。奇蹟よ、奇蹟」

「私たち、坐れますか」と瑞絵が訊いた。

「椅子はもう疾《とっ》くに有りませんから、後ろの方で立ち見か、桟敷に詰め込まれていただくしか。超満員なの」と又、なんとも嬉しそうな顔をする。修文を見上げて、「長唄がお好き?」

「初めてです」

「まあ、まあ」と女は笑みを満面に拡げ、「きっと今夜、貴方の人生は一変しますよ、鮨詰めの超満員ですけど。ほんと困っちゃってて」

実際に会《かい》してしまうと収容が危うい程の入場券を発行しておいて困っちゃっててもなかろう、勝手を云いやがると思いながら、靴を脱いでぺらぺらのスリッパに履き替え、脱いだ方は下駄箱に収めて、着物の夫人が指し示す扉を開けると、先ず現れたのは立ち見客たちの重なり合った背中で、それらを掻き分けて進み、進んで、椅子席の通路へと脱して、ぐるり、会場を見回してみた。

最早舞台の端の直ぐ下に、くっつき合って膝を抱えれば辛うじて収まれそうな空間が見付かるのみであった。修文は其所《そこ》を指差して瑞絵を振り返った。頷き返してきた。

スリッパを脱いで桟敷に上がり、人々の肩を跨いで進む。瑞絵が蹌踉《よろ》けて人の頭を押さえてしまったらしく、すみません、すみません、と謝っている。側面の壁際にはベンチが並べられ、四人掛けに六七人が尻を突っ込むような具合の目白押しで居る。

いちばん舞台寄りの、尻の下には座面が殆ど余っていまいに重力の影響を免れているかのように優雅に坐っている、銀鼠《ぎんねず》の着物を纏った女の顔に気が付いたとき、修文の右眼には鋭い痛みが走った。立ち竦んでしまい、其儘《そのまま》動けなくなった。其は薫の顔に相違なかった。

「シューくん」

と瑞絵に呼ばれたので、眼を閉じた儘に頷いて聞えていることを示した。

「大丈夫？」と声は近付き、軈て間近に、「そんなに痛むの」

「消える。そのうち」

「出る？」

「いや」と、目星を付けている位置を指で又示して、「先に坐っとって」

遂にして大東京に薫の姿を発見した。其時の修文はそう確信していたから、全くこの場を離れる気はなかった。隣には男が坐っていたようだが、連れだろうか、それとも只の相客だろうか。

「何処かで休んだ方が良いんじゃない？　私、聴けなくても可《い》いよ」

頭を振って、その心算《つもり》はないと伝えた。

「場所、取っとくから」と、抱きついてきて直様《すぐさま》突き放すように、瑞絵は修文を追い抜いていった。

今度の痛みは聊《いささ》か長引いた。初めの一波程のものは繰り返さなかったが、遠のいたかと思うと次の波が訪れ、其が三度四度と重なり、修文の顔付きは苦りきった儘、中々元へは戻らなかった。

屹度《きっと》、周囲のざわめきに起因するのだと修文は考えた。会場をきちきちに満たしている人々の平均年齢は低からず、修文たちが最も若輩の部類で、和装の比率が高い。公正に評してみて、可也《かなり》品の良いひとびとの集まりと云える。そんな場であっても其処此処《そここここ》に花開いたひそひそ話の集積は、形なき轟音を成す。

乗り物の中、街中は勿論のこと、風吹き抜ける林の中でも、雨の日の屋内でも、不図《ふと》、自分が恐るべきレベルの騒音に晒されていることに気が付いてしまう傾向が、修文には幼い頃からある。

二歳の頃、海辺で「煩《うるさ》い。煩い」と喚いて、手で両耳を被ってしまう我が子を案じて、母が耳鼻科へと連れて行った。ヘッドフォンを装着されて聴力検査を受けたらしい。そう云われてみれば状況を憶えているような気もするのだが、後年、斯《か》く斯《か》くであったと聞かされて想像した光景かもしれない。

唯スイッチだけが付いた端末を握らされ、音が聞えたら押すようにと命じられた。装置からの発信音を変えても変えても修文がスイッチを押すものだから、医師は初め二歳児が遊んでいるものと思ったらしい。

「この子には通じとりますか」と母は尋ねられたという。修文は利発な幼児だったから、母は確信を持って「通じとります」と答えた。

「ほいなら、この子は聞え過ぎとる」というのが医師の所見であった。「元来、人には聞えん筈の音まで聞えとる。犬か海豚《いるか》並みや」

母は憤然となったらしい。「ひとの子です」

「見りゃ判る」

「どうすりゃええんでしょう」

「苦しがるようなら耳栓でもさせときんさい」

「聴力を落とす方法いうんは無いんですか」

「焦らんでも歳を取りゃあ落ちる」

二歳児が三歳児四歳児になったからといって、お誂《あつら》え向きに煩い背景音だけが拭い取られはしなかったが、そうなったときの凌ぎ方は自然と体得された。周囲を非道く煩く感じはじめるや、意識をその外側へと飛ばせるようになった。成層圏の外側から地球を眺めているような感覚である。

廿二《にじゅうに》の今、聴力は幼児の頃よりは衰えているのかもしれないが、やはり静謐の中に喧噪を聞くことはある。放っておけば何時しか気にならなくなっているのが常だったが、右の眼が真っ当な視覚を失って以来、意識が上手く飛翔してくれない。地上に縛り付けられている。視覚が不全なぶん聴力が徒《いたずら》に鋭敏になっているようだ。

左眼だけで銀鼠《ぎんねず》の着物の方を見た。生憎と女は俯き手提げの中を弄《まさぐ》っていて、貌《かお》は判然としなかった。数秒見続けたが面《おもて》を上げては呉れない。修文は一先ず確認を諦め、膝を抱えて小さくなっている瑞絵の許に進んだ。一層身を縮めて呉れたものの隣合せは無理で、後ろから瑞絵を抱えるように坐らざるを得なかった。

修文が身体の位置を定めると、瑞絵はほっとしたように背中を寄せてきた。銀鼠の着物は真後ろである。眼の奥の痛みが落ち着いた頃、そっと振り返ってみた。丁度その方向に肩幅も座高もある紳士が胡座《あぐら》をかいていて、「どうしました?」という目で見返してきた。そうこうするうち、臙脂《えんじ》色の幕が開いた。

是といった飾り気もない舞台だが、日常ではなかなか体験しない強い人工照明も相俟って、其自体が一つの完結した世界のように見えた。三味線を構えた黒紋付の男を中心に、上手《かみて》に同じく三味線を構えた黒紋付の女、下手《しもて》には楽器を持たず見台《けんだい》だけを置いた男が既に坐している。紋はばらばらである。中の男が撥《ばち》で絃《いと》を弾いた。修文はそのとき初めて音を視た。

そのような心理に陥ったという話ではなく、即物的事実として、秋野修文はその瞬間、右の眼の網膜に音が映るという体験を得たのである。音には色があり、奥行があり、動きがあった。道後のネオン坂のあの四色窓を想わせる懐かしい色彩が、視界の底で爆《は》ぜ、吹き上がり、たちまち遠い花火のような残像と化した。一連の事は舞台の情景と二重写しに認識された。

「あっ」

と驚きのあまり上げてしまった声に瑞絵は振り向いたから、屹度舞台にもそれは届いていたことだろう。目が合ったような気もする。併《しか》し二人の三味線弾きは真面目腐った表情も演奏も乱さず、修文の視覚は呼応して色彩の飛散を捉え続けた。併し下手の男の唄が絡んできて以降は、徐《やお》ら視界が晴れていき、何時しか再び修文は舞台と客席、二つの世界の狭間へと押し戻されていた。

言葉によって正気を取り戻したかと思った修文だったが、併し音が視えるこの現象は、休憩時間までの二曲の間にも幾度となく、唄の有無とは無関係に、前触れなく繰り返されたのである。驚きが薄れていくぶん、右眼の中を舞う色彩を味わう余裕が生まれて、その美しさに胸が詰まった。

二挺《ちょう》の三味線の音の違いを聴き分けられるようになってくると、自分に音を視せているのは上手の女ではなく中央の男の演奏だとの見当も付きはじめた。初老と思しいが黒々とした豊かな髪を大雑把な七三に分けた、頸から上だけならクラシックの指揮者のように見える男である。この人は、雨木一夫ではないか。是という根拠もない、そんな考えが頭を過《よ》ぎった。むろん比類しうる音楽体験を自分に与えて呉れたのは、映画『象の居る村』以外に見当らぬが故だ。

一曲が終わると一旦幕が閉じ、再び開くと中央の男が同じ位置に独りきりで、辺りを見渡したあと不意に相好を崩して「冨永です」と快活に自己紹介した。それから客席の窮屈さを詫びたが、大勢に券《チケット》を買って頂いて只喜んでいたらば真逆本当に聴きたくて買ってくださった方がこんなに居らしたとは、と冗談めかした調子で、悪怯《わるび》れた様子もない。矢張り雨木ではないようだと、修文は又、是といった根拠もなく思った。

冨永は曲目や楽器について饒舌に語り、軽口が挟まるたび客席は沸いた。瑞絵も笑っていた。聞くうち、邦楽愛好家の裾野を広げるべく、広い間口を設け肩肘張らぬかたちで不定期に重ねてきた演奏会の一環なのだという事が理解されてきた。

更に女の歌い手を加えての二曲めの途中に、改めて、このひとが雨木である可能性は否めないと感じた瞬間があった。そればかりか、『象の居る村』で弾かれている楽器を自分はずっとギターだと思ってきたけれど実は三味線だったのではないかという、嘗《かっ》て経験したことのない確信の揺らぎすら覚えた。その節回しが視せた鮮やかな琥珀《こはく》色を、修文は知っていた。それは遠い過去、目の前の銀幕一杯に広がって、少年の心を呑み込んだ色だった。餓え、別の生きものの様に痩せこけた亜細亜《アジア》象の、透徹した眼の色だ。

二曲めが終わって舞台の一同が深々と頭を下げ、臙脂色の幕がその姿を隠すと、客席は明るくなり、周囲のひとびとが立ち上がりはじめた。休憩を挟みまして云々、冨永が進行予定を語っていたのを思い出した修文だったが、正確なところは憶えていなかった。

「何分かいね」と瑞絵に訊いた。

「慥《たし》か、十分間のって云ってた」

「ん」

と腰を上げ、恐る恐る後ろを振り返ってみると、銀鼠の着物は既に壁際から消えていた。修文は背筋を伸ばし頭《こうべ》を巡らせた。舞台側から眺める会場は、這入ってきたときの印象より大分こぢんまりとしている。求める着物の色はその何処にも見当らなかった。早々に手洗いに向かったのだろうか。桟敷の端で適当なスリッパを履き、行列が出来はじめている方向に進んでみたが、あの色は無い。手洗場の扉《ドア》の向こうが売店になっているのに気が付いて覗き込んでみたが、其所にも無い。

自分でも滑稽に感じる程、切羽詰まった想いに駆られていた。茲《ここ》で薫を見失ったとなれば、最早都会に居を移した甲斐もない、人生の大いなる無駄足である、とまで思われて心臓が高鳴りはじめた。己《おれ》は一体、女を追い掛けて上京してきたのだろうかと自問した。その側面は、あると即座に、率直に自答した。元来薫は、夢の象徴であった。少年の姿をし女の声を持つ、無性の神だった。自己顕示欲の薄いこの若者が、唯一見栄を張りたい相手だった。自らの音楽を獲得し、聴かせてやりたい存在だった。

落ち着け、落ち着け、と自らに云い聞かせる。

「落ち着け」と実際に口にしてみた。「……外だ」

何故思い至らなかったのか。外の空気を吸いに出ているのだ。そうに決まっている。出入口へと向かおうとする修文の進路に、瑞絵が立ち塞がり、

「眼は大丈夫?」

「治った」

「治ってはいないでしょ」

「痛みは、はあ収まった」

「誰か探してるの。知合いでも見掛けて?」

「……かもしれん」

「田舎の?」

女房面をして穿鑿《せんさく》されているようで聊《いささ》か鼻についた。そして瑞絵は、そう感じられているのを分かっている顔をしていた。「仕方がないのよ」と薄い唇が動いたような気がした。その左側には小河内から振るわれたに違いない暴力の痕跡が、未だに有る。

修文は頷いて女を躱《かわ》し、下駄箱を目指した。受付の老婦人が、

「あら」と笑いかけてきた。「如何ですか、長唄」

立ち竦んだ。

「お気に召しまして?」

人生が一変しました、仰有った通り、確かに。そう応じるべき場面だったが、今は抑えて、

「銀色の着物の――」

「薫さん?」と聞き返してきた、その眼。

修文は琥珀色の輝きに包まれた。「はい」

「お知合い?」

「そうです」

「偶然、お見掛けになったのね、茲で」

「はい」

「残念乍ら、今夜はもうお帰りに。元々、ご挨拶だけ、とおいでになったの」

「そうでしたか」落胆はなかった。婦人は薫の知己である。自分の手は既に薫の肩先に触れかけている。修文は平静を装い、「昔の仕事先のお嬢さんです。此方の会とは――」

「辰之助先生のお弟子さんですよ」

「冨永……さん」

「ええ」

その夜、修文は冨永辰之助の演奏を最後まで聞き届けたが、休憩後は一度も音を視なかった。

そのあいだずっと抱え込んでいた背中に対して、いま小河内との仲が如何なっているのか、探りを入れる事もしなかった。地下鉄で神田へと出てJRで代々木に帰った。瑞絵は当たり前のように風月荘まで付いてきた。エレヴェータの中、汗をかいてしまったからTシャツを借りられないかと問われた。修文は女に非道く欲情した。

翌朝、携帯電話に母からの簡易メールが入っているのに気が付いた。父親が脳梗塞で倒れ、入院しているとあった。

この短信を読んでから数日間の修文の記憶は斑《まだら》で、事の前後関係の判然としない所が多々ある。

疾《と》うの昔から畏怖と侮蔑を綯《な》い交ぜに、何時も意識はしているものの一々見上げてみるではない天体のような存在と化していた父親だ。そのひとが突然見舞われた災厄に対し、此《この》男が覚えたのは、真逆《まさか》の、身を捩《ね》じ切られるような不安だった。

困ったことになったと修文は思った。そして如何《どう》すれば良いのか分からなかった。

「畜生」と呟いた。

稍《やや》あって又、「畜生」

呟く程に、如何すれば良いのか分からなくなっていくようだ。長らく圧し殺してきた父親への思慕ばかりとは限らず、利己的な打算も亦《また》不安の根底にあることを、廿二《にじゅうに》の若者は判白《はっきり》自覚している。

メールに続報が無いことから、命に別状は無い様子だと察せられるが、その事が即ち仕事への復帰を保証する訳ではない。体力的に楽な仕事ではないし、同じ作業の繰返しでもない。近々のうちには働けそうもないというだけでも、自分は既に自由人から一転、父母という二人の扶養家族を抱える身に転じていることになる。

家に然したる蓄えが無いのは痛いほど解っている。又、働かねばならない。学びの時代が了《おわ》る。未だ音楽の何一つとして学んだ気がしないというのに。

未だソファベッドの上に、しどけない姿で睡臥《すいが》している瑞絵が寝返りを打って、反対側の壁の前に立ち尽くしている修文から顔を背けた。聞いていないことにしてあげるから早く故郷《いなか》に電話をなさい、と促されているかのように感じたけれど、尤も女が狸寝入りをしているようには見えなかった。偶然の寝返りであり、修文が耳にしたのは自分の心の声である。

母との対話に躊躇していたのは、言い訳を思い付かなかったからだ。メールは深夜過ぎに発信されていた。それに先立つ、五度に亘る着信の履歴も確認が出来た。一度は自宅から、三度は母の携帯電話から、今一度は美大に通う日影からだった。日影の方は又、伊集院の漫画の話だろう。

呼出し音は大きければ大きいほど間違いないと考えていた工務店時代とは打って変わって、今はもう震動《ヴァイブレーション》でのみ着信が判るように設定している。東京暮しには其が無難だと学習した。

仮令《たとえ》身に付けていなくとも、電話機そのものや接している物が物音を発するので、先ず自分の聴力で気付かぬことはないとも自負していた。なのに選《よ》りに選《よ》って幾度にも亘る昨夜の着信に限って、修文はその一度として認識していなかった。むろん瑞絵と睦《むつ》んでいたからだ。否、睦ぶというより、貪り合い、苛《さいな》み合っていた。

相手の肉に精《くわ》しくなるにつれ、男女の営みは使命感にでも憑かれているような、歓楽と忍苦との目紛《めまぐる》しい往還の様相を呈してくる。その無限の旅へと引き込まれるのを瑞絵は好んで、一旦出立すると容易には逃がして呉れない。

女の淫奔さに初め修文は面喰らったものゝ、今となっては他の瑞絵が有り得たとは想像し難い。多情ではない女が瑞絵の皮を被っている筈などあろうかとも、瑞絵の声音が、奏でるベースが、抑《そもそ》も多情ではないかとも思う。

部屋の揺れに修文は気が付いた。若し歩いていたなら察知できなかったかもしれない、ゆったり廻転するような揺れだった。西方から上京してきた誰しもが口にすることだが、東京の地震の多さは、実際に暮らしてみないことには到底実感できない。しょっちゅう揺れているので、一寸やそっとの震度では話題にもならない。皆、地面というのは揺れるものなのだと割り切って其上《そのうえ》で暮しを営んでいると見える。そうしていないことには、是は大きいのではないか、今度こそ大地震ではないかと一々怯えていたら、神経が磨り減ってしまうのを分かっているのだろう。

況《ま》してや七階の揺れともなると地上とは比較にならないから、この位は揺れの中《うち》には入らない、と何時も自分に云い聞かせている必要がある。

その刻《とき》の揺れもそういう範囲のものだった。しかも、地震ではない、と工務店の倅《せがれ》は直感した。

グランドピアノの脇を通って、露台《バルコニー》へ通じる硝子戸に向かい、カーテンを少し開いて、徐《やお》ら、

「嗚呼《ああ》」

と呻いて、カーテンを更に端へと寄せた。

二重に嵌め込まれた硝子の外側一面に、細かな不定形模様が張り付いて、忙しなく姿を変え続けていた。初めて見る異様な光景に呆然となった。

雨に違いなかったが、これは本来、雨晒しになる戸ではない。露台《バルコニー》は床と同じ幅の庇に蓋《おお》われている。暴風雨がこの風月荘を横殴りにしているのである、鉄筋コンクリート造《づくり》を揺さぶる程の烈しさで。

温帯低気圧へと変じ乍《なが》ら関西に上陸し日本海へ抜けると予報されていた颱風《たいふう》が、勢いを保ったまま急に進路を変じて関東を直撃していたことを、テレビもラジオも持たずインターネットニュースをチェックする習慣も持たない修文は、知らなかった。其上《そのうえ》室《へや》が防音の為、音によって外界の異変を察知する事も出来なかったという次第である。

三日月《クレセント》錠を外して戸を動かそうとすると、それは普段にも増して重かった。開放は、交響楽団《オーケストラ》が調音《チューニング》を始めたような、何処か甘美な音響を伴った。

気密性の高い室《へや》に吹き込みきらぬ風が、枠と框《かまち》の間で渦を巻く。併《しか》し大粒の雨は容赦なく乱れ飛んできて、睡《ねむ》りに落ちる前に取り急ぎ被ったTシャツを叩き、濡らした。

修文は思った。母の電話は実は、この事態の訪れを自分に伝えようとしたものではなかったのか。父親の容態は、脳梗塞、倒れた、入院している、といった文言から一般に連想されるよりずっと良好であり、だから息子への報告も追伸のような短信にて事足りたのではないか。根拠のない希望的観測が生じて、度胸が湧いて、遂に修文は手に握った儘でいた電話機に、故郷の母への発信を命じた。

耳に当てた。母は出なかった。

家の固定電話にも架けてみた。矢張り出なかった。寝ているのだろう。

硝子戸の下枠に両足を乗せ、縦枠と戸先框《とさきかまち》に両腕を引掛け、肩から上を露台に突き出して、暫くの間、雨を浴びた。水の散弾に顔を叩かれるのが心地好かった。永遠に開花し続ける花々のような手摺の跳ね返りの向こうで、代々木公園の全体が揺らぎ、澱んだ空は大きく廻転していた。もっと上を見たくなった。

置いているサンダルは、風に飛ばされてしまったらしく見当らなかった。修文は跣足《はだし》で外に出た。

露台の床には、排水口の想定を超過した雨水が溢れている。踏んだ水は温《ぬる》かった。不確かな足下と吹き当たる強風に蹌踉《よろ》めき、慌てて手摺に手を置く。東京に出てきてから大分《だいぶ》伸びた髪が、忽ち《たちま》濡《そぼ》って顔に張り付く。

露台《バルコニー》の隅っこにサンダルの片方が引繰《ひっくり》返って転がっているのが目に入った。露台を見渡して反対側の端にも、もう片方を見付けた。ずぶ濡れにずぶ濡れを履いてみたところで詮無いから放っておいた。

手摺に顔を近付け、下界を瞰下《みお》ろす。東京よ。

網膜に映る緑という緑が躍動している。自動車も、数は少ないものの各所で動いているのが確認できた。

併し生身の人影は、唯一つとして見当らない。そして世界は音に満ちている。

この街には一頭の象も居ない。代わりに大小無数の、未完の夢が渦巻いている。

硝子戸の際《きわ》に戻り、今一度、真新《まっさら》な気持ちで母に電話を返してみた。今度は通じたものゝ、

「おいシューブン、お前、何処で如何《どう》しとるんや」

という相手の声で、自分が操作を誤った事に気が付いた。相手は日影だった。

「何処に居《お》るんや」

一瞬、返答を工夫すべき場面だろうかという迷いが生じたが、結局正直に、「自分家《ち》に」

「新居浜か」

「否《いや》、代々木の」

「もしもし？　聞えん。これ風の音か？　お前、外に居るんか」

修文は屋内に頭を突っ込んだ。「代々木じゃ」

「聞えた。お母さんとは、はあ連絡が付いとるんか」

着信履歴に日影からのものが混じっていた理由が判った。自分と連絡が取れない母は、急ぎ「東京の友達」に電話して事態を伝えたのである。「メールは読んだ」

「親父《おやじ》さん、えらい事やぞ」

「……ほうなんか」

「委《くわ》しゅうは報《しら》されとらんのか。何時ものように座椅子の上で居眠りをしよってやと思いよったら、よう見てみたら顔の半分だけがだらんとなって、口の端から舌が覗いとったけん、こりゃえらい事じゃと思うて、救急車を呼んだんやそうな」

「ほうか」

「ところがよ、『お父さん、救急車が来た』いうて肩を揺すったら、立ち上がって玄関でサンダルを履いて救急車まで歩いてったいうけん、脳の病いうんは不思議じゃ」

「自力でか。抱えられてじゃなしに？」

「ああ、自力で。お母さんは却って吃驚《びっくり》して、はあ親父さんは亡くなっとって、自分はその幽霊の方を見よるんじゃないかと思うたそうな。救急車に乗り込んだ思うたら、又途端に意識を失のうたそうなんじゃけど、それから県立病院で検査を受けて、腿の付根《つけね》の大動脈からカテーテルを入れて、問題の血栓は取れた。と迄は聞いとる」

「カテーテルいうたら細い管か。腿から脳の患部まで？」

「ほうよ。よう間違えずに通すもんじゃ。職人芸じゃ」

「障碍……残るかの」

「シューブン、なんぼ医学が発達しても、人間の脳いうんは未《ま》だくブラックボックスじゃ。どのスウィッチを押したらどういう結果が出るいう公式は、恐らく殆ど発見されとらん。お前の親父さんが救急車まで歩いたいう話さえ、医者にはよう説明がつかんのんじゃなかろうか。併し、一時《いっとき》でも血が行かんようになった脳が、流石に無疵《むきず》いう訳にも行くまいの」

「はあ仕事は――」

という修文の独白めいた弁を、日影は遮って、

「うちの大学の教授の一人が、今年の春、正に脳梗塞で入院した。今は何事もなかったように通うてきて、講義もしよる。儂《わし》は取っとらんが出よる者《もん》に依れば、多少呂律《ろれつ》の回らんところはあるものゝ元々そういう人じゃったような気もする、という程度らしい」

修文は思い出した。そういえば自分と岡山に――結果的には瑞絵に――長唄の券を譲って呉れた林も、母親が脳梗塞を起こして行けなくなったのではなかったか。併し何処といって悲愴な顔付きでも、言葉付きでもなかった。再発を防ぐ手術だと云っていたから、屹度《きっと》薬だけでも容態は大分改善されているのだ。そうでなければ「悪化を防ぐ」と云った筈だ。

「新居浜に帰らんで可《え》えんか。いうてもこの颱風じゃ、飛行機も新幹線も動きよりゃせんの。今、其方《そっち》へ行くわ。なんなら儂も一緒に――」

「今いうて、一寸《ちょっと》待てや、日影くんこそ、今何処に居るんや」

「お前の直ぐ近くよ。真下に居る」

「真下?」

「なんなら三分以内にドアをノックできるが」

再び戸の下枠に乗って、ピアノ越しにソファベッドを見た。瑞絵の方も何時しか頭を起こし、

此方を見ていた。

「駄目じゃ。此所にゃ来るな」

「なんでや、他人行儀な」

「お客さんよ」

「花音か」

日影の問い返しに修文は面喰らった「否、生身の人間じゃ」

「なんや、詰まらん。到頭《とうとう》花音と直《じか》に向き合うようになったかと」

「この室に幽霊なんぞ居らん。その生き証人が儂じゃ」

日影は薄く笑って、「颱風が通り過ぎる迄に一寸顔を合わせよう。真下のジーンさん処《とこ》に儂は居る」

「漫画家の？　どういう事や」

「そのまんまじゃが、なんぼかお前に種明かしをしとく道義があろう。其事も話す。下りてこい」

「何処にや」

「お前、露台に居るの？」

「うん、まあ――」

「酔狂な奴じゃ。ほいなら一寸、電話から耳を離して、外側に顔を向けてみ」

修文は云われた通りにした。稍《やや》あって、風雨の轟音を「此所によ」という朗々たる美声が裂いた。

十五

雨でぐしょ濡れになった部屋着を脱いで、序《つい》でにシャワーを浴びた。ピアノの部屋に戻ると、瑞絵はソファベッドの上で身を起こしていて、

「花音、出てきたよ」と告げた。

「夢に？」

「何方《どっち》か判らない、夢か、現実か」

只の覚醒間際の夢だろうと踏んだ。「何か喋った？」

「此所に居ても可いよって」

「そう云うたん？　花音が」

「ううん、そういう目で見下ろしてただけ」

見て呉れは兎《と》も角《かく》、尠《すくな》くとも清潔な衣服を纏い、暫く留守番をしていて欲しいと瑞絵に云って、部屋の鍵を渡した。長い留守番かと問うので、

「一度は、直ぐに帰ってくる」と答えた。

其《それ》以上は問われても答えようがなかったが、幸い瑞絵は唯《ただ》頷いた。修文は思い付きで、比較

的貴重な品を入れている箱の蓋を開け、中から花音がアンディ・ウォーホルと呼んでいたというピアノの鍵を取り出し、名前を伝えて瑞絵に手渡した。

「退屈したら弾いとると良《え》えよ」

瑞絵は物珍しげに矯《た》めつ眇《すが》めつし、「これで開くの?」

修文はきょとんとして肩を竦めた。未だ鍵穴に挿してもいなかった事に初めて気付いていた。この男らしい事態に瑞絵は声をあげて笑った。笑いは伝播して、男女《ふたり》は幼子のように笑い合った。

スニーカーを突掛けてドアを押し開けると、通路の手摺に凭れて烟草《たばこ》を喫っている霞の姿が現れた。修文は愕き、飛び出して背中でドアを閉じ、「……呼んどらん」

女は取り澄まして、「呼ばれてませんから」

「何しに上がってきた」

「久し振りに会いたいんじゃないかと思って」

「否《いや》、別に」

「そう照れなくても。ちょっと入っても可い?」

「不可《いか》ん」

「昨夜《ゆうべ》のひと、まだ居るんだ」

たじろいだが、しらばっくれを決め込み、「鎌かけても無駄や」

すると霞は初めて微笑して、霞らしい表情となって、「秋野さん、自分のこと何方《どっち》かって云うと目立たない方の人間だと思ってるでしょ。実は結構目立ってるんだよね。男女が連れ立って風月荘に向かってくるの、私、上から瞰下《みお》ろしてた」

「見間違いやろ」

「なんで今更、秋野さんを見間違うかっての」

「その女性が連れに見えたんがよ。多分、同じ方向に歩いとっただけや」

「無理く。その時は誰だか判らなかったけど、後で記憶が繫がったもん。一度此所で一緒に飲んだ、同じバンドの……名前、なんてったっけ？」

修文は方針を変えて、「誰であれ、お嬢さんにゃあ関係ない」

「花音ちゃん、妬いてるよ」

先刻《さつき》の瑞絵の言葉が思い出され、胃の腑に厭な感じが込み上げた。敢えて吐き捨てるように、「此世に幽霊なんぞ存在せん」と断言すると、それは思いのほか大声になった。

「幽霊は存在しなくても花音ちゃんは存在するんだよ」と霞も対抗して声を張る。

「訳の解らん事を。己は今、忙しい」

「うん、ジーンさん処《とこ》に行くんでしょ」

言葉を失った修文である。

「だから私、迎えに来た」

「……どういう事や」

「一寸話《ちよつと》があったし」

「ほうじゃのうて、なんで伊集院さん処にお前が居った」

「最近仲良くなって入り浸ってる。秋野さんみたいに私を邪慳にしないし」

「邪慳にした覚えはない」

「秋野さんとこと違って、其処ら中に本や雑誌が溢れ返ってて、何時間居ても退屈しないし」

「その点は負けた」

「昨夜から、弟子の日影さんも泊まりに来てて――」

「日影が弟子？」と我ながら滑稽なほど調子っ外れに問い返した。

「自分でそう云ってるけど」

「ジーン有為の？」

「ジーンさんは嫌がってるけど」

「そうような弟子があるか。抑《そもそ》も、なんで霞が日影を知っとる」

「だから、ジーンさん処で知り合った。秋野さんの幼馴染みなんだって？」

事実に相違ない。温和《おとな》しく頷いた。

霞の弁は修文を愕かせ続けているが、それでいて素朴で率直で、木に竹を接《つ》いだような不自然さは一向見当らない。霞、伊集院、そして日影と、三者三様、花音への強い興味や執着を示してきた存在であるし、霞と伊集院は、謂わば一つ屋根の下に暮らしている。そして日影は元よりジーン有為のファンである。いつ何時、一所に集結しても不思議《ふしぎ》のなかった面々だ。交遊が、霞の口から今初めて語られたのも、修文と顔を合わせる頻度から云って異ではなかった。

ひた隠しにしてきたのは日影である。

「日影は……小学校から高校までずっと同じじゃった。それを己に確かめるんに上がってきたんかいの」

霞はかぶりを振って、烟草を携帯灰皿に捩じ込んだ。「話は別にある。歩いて下りない?」

此方の返事を待つことなく、通路の端にある階段に向かって進みはじめる。追う。

女は振り返り、「田島さんって居るじゃん」

今度は田島と来た。追い着きながら、「何処にでも居る苗字やが」

「今は秋野さんのバンドにも一人」

「己のバンドじゃない」

「秋野さんが所属してるバンドの新顔」

「おい……真逆、田島までジーン有為に弟子入りしたとか云い始めるんじゃあるまいの」

その修文の問いに霞は、階段に差し掛かるまで答えなかった。三段ばかり下りたところで不意に立ち止まり、修文が追い越し、顔の高さが同じになった瞬間、

「私のお客さん」

思わず同じ高さまで引き返して、「田島が?」

頷く霞。

修文は息を吸い、吐いて、「ほうか」

「それだけ?」

「吃驚した」

「御免」

「なんで謝る」

「失敗したかなって」

「正直、些《いささ》か気が楽になった」

「ほんとに？」

「貴女《あんた》の仕事を己から教えてやるべきかどうか、迷いよった。別に己から云わんでも可《え》え事は黙っときゃ良《え》えような気もするし、併《しか》し乍《なが》ら、娼婦やと教えたら傷付くかもしれんと予期すること自体、内心で貴女を見下しよる証拠のような気もするし、かというて黙っとって後で田島から、なんで教えてくれんかったんですか、と責められても気が悪いし――」

「そういう正直さってさ、秋野さんの美徳だと思うけど、間違いなく敵も作るね。それに娼婦って、せめて風俗嬢だろ」

「そりゃ済まん。それは済まん。己はどう悩めば良《え》かったかの」

「悩み方は好きにすれば可いんだけど、自分は貴女を見下してるかもしれないって、態々《わざわざ》本人に報告する？」

「否々《いやいや》、そんな積もりやなかった。深層心理の話よ」

「いまぶくぶく表層まで上がってきてるから、それ」

「どう口を開いてもぴしゃりと云い返される展開になってきた。黙ろうか？」

「其《それ》。その、今は負けたような姿勢《ポーズ》を取っといてやるがって態度。嗚呼《ああ》、厭だ。虫酸が走る」

「重ねて、済まんかったの。要件は以上？」

「思い出した。瑞絵さんだ」

思い出された。舌打ちをする修文。

「例えばだよ、若し瑞絵さんが私みたいな仕事してて、私の方がバンドのメンバーだったら、どうなの。今、室《へや》の中に居るのは瑞絵さん？　私？」

可也《かなり》無理のあるその状況を、修文は無理遣り思い浮かべて、「瑞絵さんやろ」

霞は怒らせていた肩を落として、「だよね。じゃあ、まあ可《い》いわ」

「何を証明したかったんや」

「試合に負けて勝負には勝ったような気がするから、まあ可い」

「田島はどうやって仕事を知ったかの、貴女の」

「私が教えた」

「客引きしたんか」

霞は不貞《ふて》たようにぎくしゃくと階段を下り、踊場から振り返って、「結果的にね。しょっちゅうコンビニで会うから最初は近所のひとなんだと思ってたんだけど、今にして考えると、いつも張ってたんだね、私を、あのひと」

修文も踊場へと下りながら、「蓼食《たで》う——」

「終わりまで云うな。で、挨拶とか一寸した会話を交わすようになって、其内《そのうち》シュレッダーのコンサートに誘われたの」

「誰の」

「知らないなら知らなくて可い、話の大筋には関係ないから。私、二人で行こうって話だとは思わなかったんだよね、誘われたのが秋野さんの話題の直後だったから、バンド皆《みんな》で行くのに混ぜて貰えるんだとばっかり。だけど待合せの詳細を決める時、あ、二人っ限《き》りなんだって気付いて、一寸やばいとは思ったんだけど、ドーム・コンサートの魅力には抗えず」

「東京ドーム？　で演《や》るような大物か」

「本国では兎も角、日本でドームは奇蹟。其事もあって、見逃したくなくて」

「本国いうたら」

「諾威《ノルウエー》」

「ほう。良かったかね」

「良かったよ。期待してたより大分短かったし、一番好きな曲は演ってくれなかったけど、でも良かった。だから、終わったからって爽やかに消えるのは躊躇われて、肉、食べたいって田島さんに云ってみた」

「肉？　なんで肉」

「食べたかったから」

「そうか」

「そしたら白金高輪のしゃぶ〳〵専門店に連れてってくれた」

「ほうか」

「反応が薄い」

「如何にも高級そうな響きやが、全く想像《イメージ》できん」

「私も勿論初めてだったんだけど、外国人が考えた超高級な和風接待って感じで、なんか物凄かったよ」

「美味かったか」

「正直な感想?」

「頼む」

霞は破顔し、「判らなかった。人間、食べたこと無いものって美味しいかどうか判らないいんだって事は解った。しかも思い詰めた顔で、結婚を前提に付き合ってほしいとか云い始めるし」

「結婚いうて、専門学校生やぞ」

「勿論、卒業して就職できたらって話だったけど、是《これ》は可也危険な類型《パターン》だと判断して、今度から此方に連絡してって、お店の名刺、渡しちゃったんだよね」

坊ちゃん刈りの下の愕然たる顔が目に泛《うか》ぶ。「田島……どう?」

「分かりましたって頷いて、その晩はもう黙りこくってたんだけど、翌日、ほんとに指名掛けてきちゃって」

「相手したんか」

「したよ、仕事だもん。そしたら翌日も、また翌日もで、お店がやばいひと認定して指名を断るようになる迄、結局廿日《はつか》くらい連続で指名してきたのかな」

「廿日」と思わず復唱した。「よう金が続いたのう。体力的にもそりゃ又――」

「此方も田島疲れで死にそうだったよ」

「何をしよんや彼奴《あいつ》」

「店の指導で、もう電話もメールも拒否してるけど」

「そういう事《こた》あ無いと信じたいが、若し万が一、此所に押し掛けてきたりしたらどうする」

霞は頷き、急に殊勝な調子で、「実は私、もう此所に居ないんだよね」

「え」

「その田島さんの件で、拠点を他のビルの娘《こ》と入れ替えられたの。とか云い乍らジーンさん処に入り浸ってるんだけど、若し田島さんから訊かれたら、迚《とて》も遠い処へ行っちゃった事にしといて欲しくて」

「そりゃ構わんが、そういう事にしといて、若しこの辺で姿を見られたら?」

女は額を斜めに横切った前髪を指で整え、「一応、髪型変えてみたんだけど、気付いてる?」

「前の髪型が思い出せん」

ふん、と鼻を鳴らして、「秋野さんはそうだろうよ。でも普通男性って、女を化粧や髪型やファッション中心に認識するから、その辺をばちっと変えて、はあ? 何方様《どちら》ですかっていう態度を崩さずにいると、相当な確率で他人の空似としか思われないんだよね、経験上」

「そういうもんかの」

「あともう一つ気になってる事があって、田島さん、何かと自分と秋野さんを比較する。秋野さんと較《くら》べて、どうかとか」

「どうって？」

霞は視線を泳がせた後、「気持ち良いかって」

「……ああ。どうなんや」

「知るかよ。だから最初にきっぱり、秋野さんはお客さんじゃないからって教えたんだけど、どうも其も誤解したみたいで、思い出してみたら、秋野さんは無料《ただ》で羨ましいって云ってた事が」

「どう転んでも失礼な言草やな」

「失礼過ぎて意味が解んなかったよ。そんな具合だからバンドの雰囲気にも影響があるかと思って、そしたら私にも責任の一端があるから、一寸御免って、ずっと云いたかった」

「否まあ、それしきで雰囲気が悪うなるなら、その程度のバンドやったという事で。それに、ほいなら日影から……聞いた？」

「お父さん？」

「ん。事に依っちゃあ、己はもう東京へは居られんかもしれん」

「故郷《いなか》に帰るの？　夢を諦めて？」

「己の夢いうて何《なん》や。判らんようになってきた。何《なん》なら教えてくれ」

霞は又視線を泳がせ、「私をお嫁さんにするとか」

「おお」と修文は目を瞠った。「其は無い」

十六

「其方《そっち》に在る物はご自由に、どれでも召し上がってください」

と机の前から振り返ったジーン有為が云うので、どれといって口にする積もりは無かったが、

「有難う御座います」と気の抜けた礼を返した。

漫画家は柔らかそうな素材のズボンに長袖のTシャツだけという簡素な部屋着姿だった。そしてその何方《どちら》も、どう見ても女物だった。そういう衣類しか持っていないのだろう。

「茲《ここ》を訪れる編輯者やファンの子達の手土産が堆積しているだけで、自分で買ってきた物は一つも無いんですよ」

ジーンの、喋り乍《なが》ら手話のように手を動かし続ける癖に、修文は気が付いていた。何らかの反射材が塗り込まれた爪が、ちかちかと天井光を撥ね返してきて、今の修文の右眼にはえも言わず鬱陶しい。瞼を閉じてしまいたくなる。

「そしてそういう物を食べて生き延びてるんです、私は」

「ほいなら僕が手を付けちゃ――」

「本来秋野さんには一席設けでもして、お詫びを申し上げるべき処です。食べ物で借りを割り引いて頂こうといった甘い考えは毛頭有りませんが、どうぞご遠慮なく」

謙《へりくだ》った辞令とは裏腹にジーンの態度は堂々とし、一方の修文はちかちかの所為《せい》でそれを直視できない。まるで此方《こちら》が説教を受けに呼び出されたかのようである。

「お詫びというのは、お描きの漫画の件でですか」

「如何《いか》にも。さぞかしご立腹でしょうし、下手をすれば訴訟にすら発展しかねない、由々しき問題であると自覚しています」

「一体、何で復《また》――」

「『カノン』のような作品を描き始めたか、ですか」

「はい。と云うても僕は雑誌を拝読しとらんのですが」

「連載はもう終了します。余りの不人気につき打切りです。矢張りと思いましたし、正直なところ安堵しています。心から描きたいとは願っていない作品を、自分を枉《ま》げて描いたりするものではありませんね」

「自分を枉げておられたんですか」

「完全にではありませんが……抑《そもそ》も私は、花音ちゃんを描きたい訳ではありませんでしたから。『カノン』という題名《タイトル》も私の居ない場で決まったものであって」

「題名いうんは漫画家さん自身が決めるんじゃないんですか」

「いえ寧《むし》ろ、作者には最も管理しにくい要素と云えましょうね。雑誌や広告媒体を飾る、謂わば出版社との共有物であって」

「花音を描く気はなかったいうたら、ジーンさんは一体何を……久世花音の幽霊に遭遇されたんじゃないんですか」

ジーンはきっぱりとかぶりを振り、「幽霊を見た事など生まれて此方《このかた》、一度もありません。生前の花音ちゃんと接したこともありません」

「え、ほいでも——」と修文が問いを重ねようとするのを、

「まあシューブン、その話は追々」と日影が止めた。「此方《こっち》来て坐れ」

最前ジーンが示した卓《テーブル》に片肘を突いている。天板には、菓子や乾酪《チーズ》の包装箱《パッケージ》、ジャムか何かの罎《びん》、複数の魔法瓶、キャンプ用の皿や洋杯《コップ》も雑然と置かれ、宛《さなが》ら持ち寄りの宴《パーティ》の一景である。

生活の営みを感じさせるのは、その卓と、ジーンが背にしている天板の広い仕事机の上の、筆筒《ひっとう》、製図用具、そして照明器具位であって、後は一切合財、印刷物で出来上がっていると云っても過言ではない室《へや》だった。

壁面にも、屋内と露台《バルコニー》とを隔てているカーテンの前にも、天井近くにまで雑多な書籍と雑誌の背が積み上がっている。其等の手前にも、更に手前、手前にも積み上がっていて、何処からでも天井へと這い上って行けそうな段々になっている。のみならず、何を背にしているでもない書籍だけで形成されている塚も其処《そこ》ら中に盛り上がっており、住人に対してあらゆる直進を禁じる迷路を形成している。

「兎に角、何か腹に入れとけ」とその終点から旧友が呼ぶ。

久々の日影にて先ず愕いたのは、髪の毛を伸ばし放題にし、その上半分を頭頂で纏めた、前衛芸術家紛《まが》いの風体へと変じていた事である。髯《ひげ》も二三週間は当たっていない様子。ジーンの漫画作品『カノン』を読んで愕き面白がって修文に電話を架けてきた時は、数日中には修文の許に顔を出す心積もりを語っていた癖、その後も時偶《ときたま》思い出したように電話をしてくるばかりで、結局のところ是は、何年振りの対面であろうか。

「颱風が通り過ぎたら、帰るんやろ？　新居浜」

「決めとらん」と答え乍らジーンに目を遣ると、既に再び机に向かい、手にした鉛筆を盛んに動かしていた。「御袋《おふくろ》と相談して決める。親父の意識が判白《はっきり》しとれば、態々《わざわざ》呼ぶないうて命じられとる可能性が高いし」

「お母さんとは、未だ連絡が付いとらんのか」

「着信履歴が残っとろうけえ、そのうち架かってくるじゃろ」

「親父さんが何と云おうと、所詮、お前は帰ると思うがの」

「なんでや」

「お母さんの為に。まあ此方来い」

「どうやって？」

「其所。好い加減、邪魔」

後から這入ってきた霞に進路を譲っている積もりで、塚と塚との間に足を踏み入れていたのを、左様《そう》、苛立った調子で注意された。霞と立ち位置を入れ替わる。すると女は先ずジーンの机とも日影が身を寄せている卓とも無関係な方向に進んで、其所から露台の端に向かって部屋を斜めに横切る進路を取り、愕いた事に硝子戸を開いて一旦外に出て行き、再び反対側から這入ってきて、ようやっと目的地に達した。

「今のが正しい順路《ルート》?」

霞はきょとんとして、「そんなん決まってないよ。何も彼も跳び越えてきたら?」

三段跳びの要領で達せなくもなかろうが、塚を崩すと厄介なので、同じ道順を辿ってみた。手前に本の壁が出来上がっている硝子戸が、霞には何故開閉できたのか不思議で、本当は積み上げられた本は薄い塔として背後から独立しているのではないかと想像しながら近付いたのだが、実際に開閉させた手応えから、凭《よ》り掛かっているのを確信した。併《しか》し挟まっているカーテンが滑らかなので、框《かまち》が引っ掛からない範囲でなら、辛うじて動かせるのである。

七〇四と同じく二重になった硝子戸の向こうには、人の出入りが多いだけに雑多な履き物が脱ぎ捨てられていた。古風な木のサンダルを選んで外に出た。

風雨は幾分温和しくなっていた。唯《たつた》一階しか違わないというのに露台からの眺めは明らかに異なる。見慣れているのに其処彼処《そこかしこ》の辻褄が合っていない、夢の景色を進んでいるような気がする。

再び室内に這入ったが、卓の周りに霞の姿が見当らない。

「何処へ行った?」

「誰が」

と日影が空惚けるので、一瞬、ああいう女だから積み重なった雑誌の世界へと辷《すべ》り込んで行ってしまったんじゃないかという気がした。椅子に坐った時、

「足、気を付けて」

と下から云われ、天板の下に這入り込んでいたのが判明した。ジーンの所有物なのか自分のを持ち込んだのか、沢山のクッションを敷き詰めて、中々に居心地好さげな巣を拵えている。

「其処が定位置かいね」

「そう。這入ってきちゃ駄目だよ。男子禁制だから」

「今の話を聞きよったらあれか、シューブンは結局、ジーン先生の『カノン』をひとつも読んどらんのんか」

「一度も。載っとるという雑誌の名前も憶えとらん」

「気にならんのんか。相変わらず不思議な奴じゃ」

「気にならんいうたら嘘になるが、読んで腹を立てる位なら知らずに生きとった方が良え。限られた人生の中《うち》、知らずにおった時間が長い方が良え」

「儂《わし》には有り得ん思考や」

「読まれなくて正解です。とんだ駄作ですから」

不意にジーンが椅子を廻転させてそう云ったので、修文はぎくりとしたが、特に気に障ったような顔付きでもない。哀しそうでも愉しそうでもない。悟りきった仏像のような顔をしてい

る。

「否《いや》、そういう……作品として面白いとか面白うないじゃのうて、何やらこう、誰も彼もが花音の幽霊が出るとか自分は見たとか云うて、まるで遺骨の奪い合いみとうになっとるんが不愉快で」

足下から、「私は見た。言葉も交わした。でもあの時点で花音ちゃんは死んでいた。事実を語っちゃ不可《いけ》ないとでも？」

「一寸《ちょっと》すまん、話をややこしゅうせんといて呉れ」

きちきちきちきん……日影が匙《スプーン》で洋杯を叩いて注目を集め、「漫画『カノン』が構想され連載と相成った経緯に就いては、一寸儂から説明を入れた方が良えかもしれん。先生、可いですか」

「お手柔らかに」

「日影くん、ほんまにこの方に弟子入りしたんか」

旧友は再びジーンを振り返り、「――で可いんですよね、先生」

「勝手に名乗っちゃ駄目ですよ。私は弟子は取らない主義です」

肩を竦め、「――やそうや。ほやけん、今んところは志願中やな。『カノン』の成立ちに就いては、シューブンに説明して可いんですよね？」

「どうぞ」

日影は椅子を動かして卓に向き直り、空の洋杯を押し出してきて、「何か飲め。この魔法瓶は珈琲で、此方は香草茶《ハーブティー》で、是は何やったかな。冷たい何かや。飲めば判る」

飲めば判るという魔法瓶に手を伸ばしかけたところで、

「それからビスコッティを食え。伊太利《イタリア》の菓子だ。美味い」

「其か」と其らしき、日本語表記の見当らない箱を指すと、

「珈琲に浸して食うんじゃ。これが美味い。此所で初めて知ったが実に美味い」

そこまで云うので、飲み物は温かい珈琲に変更した。ビスコッティとは、木の実の混じった肌理《きめ》の粗い乾麪麭《かんパン》のような菓子で、かちかちに固い。そして砂糖をそのまま食べているように甘い。だから上手い具合に珈琲を吸い、柔らかくなると同時に味が馴染む。修文も思わず、

「……美味い」

「シュープン、ジーン先生が描きたかったんはな、本当は花音やない」

「聞いた。ほいなら?」ビスコッティの一片をして、洋杯と口との間を往復させ乍ら、続きを待つ。

「お前じゃ」

手が止まった。「ほうか」

「些《ち》いたあ驚けや」

「意味が解らんのに驚けるか」

「初めてジーン先生に遭遇したの、何時《いつ》やったか憶えとるか」

「よう憶えとる。上京したその日じゃ。此所のエレヴェータに乗り合わせた」

「お前、其時《そん》、先生に一目惚れされたんや」

思わずジーンに目を遣ると、相手も振り返っていて、目が合った。

「次の作品の主人公の、見た目のモデルとして、という意味です。変な風に誤解をなさらぬよう」

「はあ」

「男性には興味がありません。女性にもですが」

「何なら興味があるんですか。絵や人形ですか」

「人間です」

「大概は、男か女の何方《どちら》かでは」

「男性だから、女性だからといってそのひとに興味を懐く事はない、という意味です。読書好きが紙の種類や版形を、書かれている内容に優先する事は余りありませんよね。そのような事です」

「はあ」

「要するに、この若者にならら読者は自分を重ねてみとうなると、先生から見込まれた訳よ。光栄な事じゃや。未だぴんと来とらんの」

「来るかいや」と日影に返し、又ジーンに向かって、「黒痣《ほくろ》ですか」

この反応は頓狂だったようで、漫画家は初めて、縦皺の多い笑顔らしい笑顔を見せ、「何も彼もですよ。一寸失礼かもしれませんが、山出し其物の、生まれて来る時代も少し間違ったような、それでいて賢《さか》げな、気高い佇まいを構成した、凡《すべ》ての曲線です」

「曲線?」

「人間に直線は一箇所もありません」

奇異な話になってきた。修文の感覚からすれば、例えば目の前に居る日影の方が、余程のこと物語の主人公らしいのである。黒痣以外には摑み所も有るまい自分を、敢えて描きたいという心理には到底共感を覚えず、ジーンと日影が口裏を合わせて、自分の機嫌を取ろうとして的外れな弁を弄しているのではないかという疑念すら泛んだ。

「先生は最初、お前を素描《スケッチ》したかったんや。かというて、室に押し掛けて『素描させて下さい』と頼んでも訝しがられようから、先ず不動産屋に問い合わせて、樅ノ木学園の生徒やというのを摑んだ。それから学校に行って……清水さんという職員が居《お》るやろ」

「居る」

「そのひとにお前への打診を頼んだ。併し、けんもほろろに断られた。清水さんは勘違いなさったんや、先生が自殺者の幽霊に怯えとるお前を描こうとしよるもんとの。ところが事実は真反対で、先生はそれで初めて自分の真上に住んどった久世花音という樅ノ木の生徒、そしてその死を知った」

「我が国ではどのような死も、遺書が見付からないかぎり先ず自殺とは認定されませんから、花音ちゃんの死は分類上、転落事故死です。当時どう報道されたかを調べてみたところ、東京ローカルの一紙での小さな扱いでした。この記事のコピーを担当編輯者に見せたところ、強く興味を示し——最大の要因は名前でしょう。久世花音。然《そ》う然《そ》う在る名前じゃない——この風月荘や樅ノ木学園について調べ始めたんです。すると瓢箪から駒」

この察しの悪い男にも、流石に思い至った名前があった。「二階堂雅彌」

「その通り。思い掛けない名前の登場に、編輯部の素人探偵達はすっかり舞い上がって、隠蔽された殺人という安っぽい物語《ストーリィ》を夢想してしまった。それを告発する被害者の幽霊。恰《あたか》も現代の四谷怪談です。それが世に知れ亘るきっかけにでもなれば、私の作品の大ヒットは間違いなし。表向きは飽く迄も怪談、〝真相〟は匂わせる程度にしておけば、若し推理が外れていたとしても失う物はない。彼らはすっかり前のめり、とんとん拍子に連載を決め……でも私は、そんな代物は描きたくなかった」

「先生が描きたかったのは、飽く迄もシューブンや。見切り発車で連載は始まったものの、二階堂さんの潔白が証明されれば望ましからぬ展開は避けられる。そこに儂が登場した。ほんまはお前に会いに来たんやが、いっそジーン有為に会《お》うてからにしようと思い、エレヴェータを六階で降りた。儂が秋野修文の友人やと知ると、歓迎して率直に窮状を語られた。そこで儂は一肌脱いで、自分なりに二階堂雅彌の身辺を洗ってみる事にした」

修文の両眼と口がはっと広がった。同時に指も広がって、珈琲に浸しかけていた二個目のビスコッティを洋杯の中に取り落とした。「日影くん、二階堂さんの行きつけの喫茶店やスタジオに聞き込みをしたか」

日影は返事を発さず、唯、両の肩を上下させた。

「喫茶店で名前を問われて、秋野と答えたか」

「まあ怒るな。若し二階堂氏に後ろめたい処があれば、お前に対して何か仕掛けてくると踏んだ。併し何もなかったんやろ？」

「有ったわ。バイト先を訪ねてきた」

「お前に会いにか」

と確認されて、修文は自分の記憶違いに気付いた。あの日、自分をエッジに呼び出さしめたのは二階堂ではない。何処からか店の便所に入り込んでいた、大水青《おおみずあお》だ。

「否、今のは勘違いじゃや。併しご立腹やったのは間違いない」

「二階堂氏と会うたんじゃの。腹を割って話せたか」

「多分」

「どう思う」

「何を」

「単刀直入に。二階堂雅彌は久世花音を殺したと思うか」

修文は頭を振ろうとしたが、傾げるに留めた。「判らん。いざ知り合うてみりゃあ、親切な人やった。寧ろ自発的に那是《あれこれ》の事情を話して呉れた」

日影はかぶりを振り振り、「正直、そういう態度は却って困るんや。お前を懐柔して疑いが掛からんようにしたという見方が出来る」

「そういう感じじゃなかった」

「ほうら、懐柔されとる」

「からかうな。儂にも多少は人間を見る目があると思うが」

「節穴だよ」と足下から茶々。

「ちなみに本物の花音は、未だ生きとる」

日影は眉根を寄せた。「一体、何処で」

「儂のバイト先に居る。エッジいう店や」

眉間の皺を深めて、「死んだ女は誰や」

修文は徐《おもむろ》に、「夕子という。夕方の子と書く」

そして二階堂から聞かされた、久世花音とその妹夕子の入れ替わり譚《たん》を、掻い摘まんで日影に語った。ほんまか、ほんまに？　といった無声音の相槌を打ち乍ら、相手は話に聞き入った。ジーンも椅子を廻して、凝《じ》っと此方を見ている。其内、霞も卓の下から這い出てきた。併し修文が話を締括りに至る前に、

「秋野さん、信じたの、そのお伽噺」と冴えない調子で口を差し挟んだ。

「信じた……いうか、二階堂さんが己を担いだと？」

「ううん、二階堂さんも騙されてるんじゃないかなあ」

「儂も同意するの」と日影も霞に付いた。「シューブン、二階堂氏の口から切々と聞かされたお前には、現実味《リアリティ》を伴って響いたかもしれんが、今、お前を経由して骨子だけを聞かされた儂等には、童話染みた絵空事にしか感じられん。多分三人とも同じ心地じゃ」

「如何にも、仲の良い姉妹が考え付きそうな。ね」

「第一、戸籍上の名前は其儘やと二階堂氏は云うたんよの。なのに久世花音は花音として死んで、新聞にもそう載っとる」

気圧されかけた修文だったが、軈《やが》て考えが及んで、「新聞記者は戸籍までは確認せんやろ」

「ああ、それはそうやな」と日影はあっさり引き下がった。「併しまあ、尠《すく》くとも真相は戸籍謄本に在るという事じゃ」

修文は幾重にも納得が行かない。「なんで態々《わざわざ》、手間暇掛けて、二階堂さんまで巻き込んで――」

「秋野さん」とジーンが窘《たしな》めるように、「秋野さんは今、正に姉妹の詭計《トリック》に陥っています。姉妹が本当に名前を取り替えて生きていたのだとしたら、幾多の障害が立ちはだかって、それらを乗り越えるには並々ならぬ労苦を要したでしょう。周囲にも足並みを揃えて貰う必要がある。でも彼女らの目的が唯、目の前のひとに、今名乗っている名は姉妹共々、取り替えた後の名前なのだと信じて貰う事だったなら、それには何の苦もありません。作り話を語るだけで事足りる。否々《いやいや》、那娘《あのこ》は最初から夕子だ、此娘《このこ》は昔から花音だ、といった周囲の証言は、姉妹《ふたり》の努力の成果にしか見えないのです。何処まで計算尽くだったかは分かりませんが、良く出来た詭計《きけい》です」

「併し久世夕子と書かれた薬の袋を、二階堂さんは――」

「その小細工こそ御茶の子さいさいで、其は姉の夕子さんに出された薬ですよ。其を花音ちゃんが自室の屑籠へと捨てた、上手く二階堂さんに発見されるように。かと云って読まれないまま廃棄されても、困る事は何もないんです。また別な姉の名前が書かれた何かを、何処かへ放置しておけば良い。その行為を繰り返せば良い。何時か二階堂氏が、自力で入れ替わりに気付いたと感じる迄」

「一体、ふたりは何の為」

「二階堂氏は男、姉妹が女である事を忘れないようにしていれば、ある情景が見えてくるような気がします。本物の花音は自分である、本来ならば二階堂氏の傍らに居たのは自分であった、という訴えは、夕子にとって起こさずにはいられない大きなものだった。夕子さんが音楽を離れ花音ちゃんが引き継ぐという役割の交替は、事実行われたのでしょう。人間ではなくその役割をして〈花音〉と呼んだのが、秋野さんが今、私達に語った寓話の構造です。二階堂氏に見初められた実存である花音ちゃんにとっては、中身が薄れていくばかりで得になる物語とは思えませんが、姉の心を浮き立たせてあげられる事や、姉妹間に生じた不平等を気持ちの上で是正できる事に、利徳を感じていたのかも知れません。姉の提案を断れなかったのか、それとも自分から持ち掛けたのかは、何分私は花音ちゃんを知らないので……今茲《ここ》で彼女の為人《ひととなり》を知っているのは霞さん一人です」

「姉の心を読んで自分から持ち掛けた、が正解だと思う」というのが霞の所見であった。「花音ちゃんはそういうひと」

「おい、シューブン」と日影が急に、其迄卓上に落としていた視線を上げた。「そのひとは花音に似とるか」

「夕子さんか。そりゃ姉妹じゃけん、相当に似とる……と思う。儂も花音は写真でしか知らん」答え乍ら珈琲のお代わりを注ぎ、「但し、歳は十《とお》も離れとる」

「其、全部食べちゃ駄目だから」

新しいビスコッティを取ろうとしたのを霞から窘められた。

「未だ残っとる」

「滅茶苦茶減ってる。是、私が持ってきたの。でも私は一個しか食べてない」

「己も二つしか食うとらん。後は日影や」

「一寸、日影さん」

日影は聞く耳を持たず、「貴女は夕子さんを――」

霞はかぶりを振った。「エッジには這入った事がない。ああいう店には入らないようにしてるから。最近どうしてる？　みたいな」

「己も、霞さんから教えて貰ったけど、シューブンが居るかも知れないと思って這入った事がない。見付かると動きにくくなるから。それは余談として、シューブン、謎が解けたかもしれん」日影は頭を落とし、本の壁に立て掛けてあった帆布の鞄から、速写《クロッキー》用の帳面《ノート》と灰色に汚れた帆布の筆入れを取り出した。

「其、未だ使いよんか」

「筆入れか。まあの」

「帳面も全く同じじゃ」

「全く同じ帳面の訳があるか」

「全く同じ帳面じゃやいうて思いよる訳があるか」

日影は何も描かれていない頁《ページ》を出して、「何処の馬の骨とも知れん人間の特権で、或る時は興信所の者、或る時はマスコミの手先、或る時は花音の遠い親戚という設定で、茲風月荘、近所の民家、店々、樅ノ木学園のロビーへも出没して聞込みを重ねた結果――」

霞
二階堂雅彌

と中々の達筆で記して、「花音のお姉さんの名前は、こうやな?」と訊きながら、

久世夕子

と加えた。

「其や」

「花音の幽霊を視たと証言しとったり、或いは周囲に視とんやないかと思われてきた人間を、時系列的にはこうかなという順に列記しよる。一応、先生もこの辺に」と云って、

ジーン有為

と並べた。「そして」と、

湯浅武士
嘉山克夫
秋野修文

「儂は視とらん」

「視てるかも、と樅ノ木の清水さんに云われとる。そういう人間は全部書いた。意外にも此《この》七人しか居らん。聞込みを重ねても重ねても増えん」

「武士《ぶし》いうんは屋久島の湯浅くんか」

「当たり前じゃがタケシと読む」

「屋久島まで行ったんか」

「否々、清水さんから番号を教わって電話しただけじゃ」

「元気そうじゃったか」

「うーん、元々の調子が分からんけえのう。明らかに此方を訝しんどる訳で、まあぶっきらぼうな感じじゃった」

「仕事の方は」

「そういう話はせんかった」

「ほうか。岡山の名前は湯浅くんから？」

「岡山？」

「嘉山よ」

「ああ。湯浅くんからも清水さんからも出た名前じゃが、未だ会《お》うても話してもおらん。両者《ふたり》とも会ってもしょうがない人物じゃ云うんで、ついつい後回しに」

「一応、儂の意見も云うておく。一遍会うてみた方が良え。清水さんと湯浅くんが信頼するに足る人物じゃというんが良う判る」

「考えとくわ」

「霞だけ苗字が無いが」

「其、下の名前じゃないから」と霞。

「苗字じゃったんか」

「霞ナントカってタカラジェンヌか。上でも下でもない源氏名だよ。店での呼び名」

「ほうじゃったか。少し変わっとるとは思いよった」

「それだけ？」

「漢字で正しく書ける自信は無い」

霞は呆れ顔で、「じゃあ本名はって尋ねない人って、秋野さんくらいだよね」

「済まん。聞いても憶えとる自信がない」

「其奴《そいつ》は昔からそういう男で。扨《さて》、改めて訊くが、シューブンは花音の幽霊を視た事が」

「無い」

日影は頷き、

霞
二階堂雅彌
久世夕子
ジーン有為
湯浅武士
嘉山克夫
秋野修文

と在る中の秋野修文を、先ず二重線で消した。

「ジーン先生は」

「有りません」

ジーン有為も消えた。

「シューブン、花音の姉さんが、妹の幽霊の目撃を語った事は？」

「無い」

「じゃろうの。身内がそういう騒ぎ方をする訳がない」

久世夕子も消えた。残っているのは、

霞
二階堂雅彌
湯浅武士
嘉山克夫

「二階堂氏は消すべきじゃ思うか。残すべきじゃ思うか」

修文は、二階堂の車の助手席で聞かされた独白を、速回しに思い返して、「尠くとも、何時く視たという話は無かった」

日影は満足そうに、「マネージャーの証言とも合致する」

「お前、二階堂さんのマネージャーにまで接触したんか」

「あれが最も大変じゃったが、其話は孰《いず》れ。ほいなら二階堂氏の名前も消すべきじゃの」

頷いた。二階堂雅彌も消えた。

「霞さんは視たと断言しているから残す。次に湯浅くんじゃが、清水さんは彼は視とる筈と云うとったもの〻、本人に話を聞いてみりゃあ、寝起きの夢や。ほんまに花音やったと思いますかと問い詰めたら、抑《そもそ》も花音の姿を知らんと。不動産屋が出ましたかと云うたんで、そういう事なんかも知れんと思うただけじゃと。視たと証言しとるのは後日泊まりに来た、嘉山克夫じゃと」

「はあ二人とも消して良え」

湯浅武士と嘉山克夫が消えた。

霞

だけが残った。修文が直視した其顔は強張り、見ている間に血の気が失せていった。

「私、嘘なんか吐いてない。東京を離れる朝、新宿から茲に走ってきて、階上《うえ》の七〇四まで上がって、鍵は開いてて、花音ちゃんはカーテンを開いて外の景色を眺めて〻――」

「信じるよ。貴女は嘘は吐いていない」日影の口調には、相手によって郷里《くに》の訛りが現れたり消えたりする。実は修文もそうなっているのだが、此地《こちら》の言葉が上手く操れない為、大きな違いとしては表れない。併し東京暮らしの長い日影の場合、二つの言語を操っている程に豹変する。本人は意識していない。無意識に切り替わってしまうのである。「別れの挨拶をしたら、誰よりも一番倖せになってね、と云われたんだよね。でも其時花音は既に死んでいたのだと、後で判った」

「うん」と霞は掠れ声で返事をした。

「多分其、花音の友達が訪ねて来たから、花音の代わりに挨拶を返した、夕子さんだよ」

霞は一切何も云い返すことなく、卓の下へと戻った。

間もなく、修文の携帯電話が震えた。発信者は母だった。メールは読んで呉れたかと訊くので、読んだと答えた。日影と一緒だというのも伝えた。情況は大きく悪化も好転もしていないらしく、これといった付言は無かった。こういう時の母と子はこういう会話を交わすのであろうという感じの、通り一遍のやり取りだった。

なのに、通話を切った後、

「お父さん、どうようないうて」と訊く竹馬の友に、

「うん……ご自分の名前は判りますか、と医者から問われて」と様子を端的に伝えようとした修文の喉は、独りでに膨らみ、続きを吐ける迄に少々の時間を要した。「息子の名は修文じゃと答えたと」

終章

「四国ってさ、一年中こんなに暑いの」等と本気で尋ねている筈はあるまいに、「何を云ってるんだ、貴女《あんた》は」と日影は一々取り合っている。「四国にだって秋になれば秋が来る。冬になれば冬になる」

「其方《そっち》こそ何云ってんの」

霞が軽口を叩きたくなるのも無理はない。午前六時半、新居浜市内のバス営業所に降り立った三人を出迎えたのは、同じ国内を移動してきたとは思えない高純度の陽光だった。変に見通しの良い乾いた空気は、県道の歩道を進むうち、刻々と熱を帯びた。

こういう町じゃった、と郷里《いなか》訛りで、独り言《ご》つように思う。

前日、午《ひる》になっても未だ飛行機にも新幹線にも運転再開の報は無く、最早前後に乗換えの多い其等の移動手段には、料金に見合う程の利点《メリット》を見出せなくなった。深夜、辛うじて新居浜へと辿り着いたところで、病院の面会時間は終わっている。

一方、深夜バスなら料金が安いうえ、翌朝とはいえ父親が入院している病院に程近いバス営業所に停車してくれる。それはそれで時刻が早過ぎて矢張り面会時間外ではあるものゝ。

一旦自室へと戻った修文は、瑞絵に帰省の儀を告げた。瑞絵は理由を問わなかったが、

「私は茲《ここ》に居ていいの」と訊いてきた。

「構わんよ」と答えて、鍵を預けた。「自由にして可《い》い」

上京したとき携えていたボストンに下着やパソコンを詰め込んでジーンの室《へや》に戻った。すると日影は兎も角、霞までもが身支度をして玄関で待ち構えていた。

「帰るんか」

「一緒に行く事にした」

「勝手に決められては困る」

「私の自由じゃん」

「来ても、何も無いぞ。何も無い町やぞ」

「田舎には慣れてますから、お構いなく」

「何所《どこ》に泊まる」

「何とかするから」

「日影くん、なんか云うたってくれ」

「はあ賛成してしもうた」

「何考えとんや。日影くんにしても郷里に帰る用事があるんか」

「儂《わし》はある。お前の取材じゃや。ジーン先生に報告する。併《しか》し今のお前の心境じゃあ、絶対に儂に苛立って嚙み付いてきて、喧嘩になろう。そこに霞さんの三人旅の提案とありゃあ、飛び付

かいでか。昔から旅をするなら三人にしとけと云う。喧嘩が起きても、後の一人が必ず仲裁に入るけえの。バス、はあ三人ぶん予約しといたで」

為《し》て遣《や》ったりの顔で此方《こちら》を見ている霞に、修文はつい、

「好きにせえ」と吐いてしまい、此一言を後々、繰り返し梢にされる羽目となった。

雨は上がり、雲間に青空が覗いていた。三人は渋谷で映画を観て時間を潰し、拉麺店で食事した後、午後八時、マークシティ五階のバスターミナルへと上がった。……

時間外でも、取り敢えず病院まで行ってみようとするのが修文なら、

「先に電話を架けんか。無駄足は踏みとうない」

と引き留めるのが日影で、斯《こ》ういう補完関係は少年の頃から変わらない。逆に日影が考え過ぎから目の前の扉に触れられなくなっている時、一体何を待っているのかという顔で其《それ》を開けてしまうのが修文である。病院からは、面会時間内に来てくれとけんもほろろに断られたという。しかも其は午後一時からだと云われた。

「一度、各々の家に戻るかの」

「私は何方《どっち》に？」

霞の問掛けに修文は振り返り、「東京」

「一寸《ちょっと》」

「イオンモールが近い。何時からじゃったかいの」

「十時くらいじゃろ」

「ファミレスとか無いの」

「何も無いぞと教えた筈じゃ」

「じゃあ秋野さん家《ち》に行くよ」

「お前が決めるな」

「好きにしろって云ったじゃん」

「思い出した。楠中央通りまで行けばガストがある。慥《たし》か七時には開く」

「何キロくらいあるかの」

「二キロくらいかな」

「ほいなら歩こう。良《え》え時間潰しじゃ」

「本気？」

「己《おれ》は歩く。お前は勝手にせい」

暑いの遠いのと文句を云いながらも霞は付いてきた。リーガロイヤルホテルの前を通過する時、

「茲、高い？」と何方にともなく訊いてきた。

「泊まると？　高いよ」と日影が教えている。

一晩バスに揺られ続けた腹は奇妙に空いていて、ファミリーレストランでの三人はがつがつと二人前くらいずつの食事をした。少しばかり花音の話をしたが、長くは続かなかった。瀬戸内の日射しの下、死んでしまった女を巡る那是《あれこれ》は、早くも退色を始めている様子だ。

霞が何故か、孰《いず》れ此地に移住してくる想定で話そうとするので、そうなった場合に生じる困り事を考えては対策を講ずるのが、恰好の時間潰しとなった。先刻《さつき》見たホテルで働きたいと云い出したので、二者《ふたり》して無理だ無理だと嘲《わら》っていたら、不意に、

「難しいって云うのは可いけど、無理とは云わないでよ」と泣き笑いの鼻声になって、涙を拭き始めた。「挑戦したがってる人間を頭ごなしに否定しないでよ」

修文と日影は神妙に謝罪せざるを得なかった。

同じ座席に二時間も粘っていると、尻が痛くなってきた。まるで腹話術のように、

「尻が痛《いと》うなってきた」と日影が云う。

そこで今度は路線バスを利用して病院に程近いショッピングモールへと戻り、店々を覗いて又時間を潰した。

「こう時間潰しばっかりしとると、人生が永遠にも在って使い途《みち》に困っとるような気がしてくる」

と洩らした日影と頷いている修文を、

「男のひとって本当《ほんと》莫迦。人生なんて一瞬なのに」と今度は霞が鼻で笑った。

ようやっと午後一時が近付いてきた。修文は二者《ふたり》をモールに残して病院に出向いた。病室には既に母が来ていた。父親は寝台《ベッド》を起こして貰っていた。右半面に力を入れられず、其が骨からぶら下がっている肉の塊になってしまった其顔は、別人というよりも別種の生物のようで、修文は忽ち絶望的気分に陥った。併し懸命に病室に踏み止まっていると、見慣れてきて、する

と麻痺していない左半面は小さく締まっていたし、其方の眼には並々ならぬ力が宿っているようにも思えてきた。回らぬ呂律を披露したくないらしい。修文に対して発した言葉は唯一、無声の「帰れ」だった。

「来たばっかりじゃ」

修文は母に向かって微笑し、「暫くお世話になります」と頭を下げて病室を出た。其時は「東京へ帰って勉強を続けろ」という意味だと思っていた。併しショッピングモールの友人達の許へと戻る途上、はたと「新居浜へ帰れ」という意味にも取り得ると気付いた。……

日影と霞は飲食広場《フードコート》でアイスクリームを舐めていた。霞が長椅子《ベンチ》の端に寄って席を空けた。

「よう入るの。そういや、日影は昔から大食じゃやった」

「ほうなんよ。食費が嵩《かさ》んで敵わん。親父さん、どうようなかった?」

うん……と修文は返答の仕方に迷った。最悪の想定よりは大分増しだったが、虫の好い予測は叩きのめされている。「意識は判白《はっきり》しとるようじゃ」

「ほうか。で、どうする?」

「音楽か」

「否々、今日此《これ》からの事よ。今の事よ。はあ日影は要らん、自分で何とかするとお前が云うなら、儂は自分の家へ帰る」

「何とかいうて――」

日影は視線を霞へと投げ、また修文に戻した。

再びバスを利用し、半年振りに実家へと帰った。日影と霞も付いて来た。母は病院に居て、家は空である、海の匂いがすると霞が云うので、目と鼻の先だと教えると、見たい見たいと騒ぎ出した。そこで休息もそこそこにまた靴を履き、新旧の平たい建物と田圃とが継ぎ接《は》ぎになった平たい土地を、だらくと堤防まで案内した。

堤防上の舗装路を公園に向かって歩いている時、日影が、波止に坐り込んで釣りをしている人影を指差して、「石井さんの御主人じゃ。先刻通ってきた辺りに、よう居っちゃったろう、認知症の――」

「交通事故で亡くなったいうて」

「ほうなんよ。以来、毎日彼所《あそこ》で、ああやって釣りをしよってんじゃ」

「御主人がご存命とは知らんかった」修文は左眼を凝らして、「ありゃ息子さんじゃないんか」

「否、御主人じゃ。御主人の方が大分若いんよ」

「連れて歩きよってんを見た事があるが、てっきり息子さんじゃと」

「元々奥さんの方が学校の先生で、御主人は生徒じゃったいうて。此辺じゃ知らん者《もん》の居らん大恋愛じゃったと御袋から聞いとるが、シューブンは耳にした事《こた》あないか」

修文はかぶりを振った。「そういう話をするような家じゃない」

「このあいだ戻っとった時、何が釣れますかいうて近寄ってみたんじゃが、魚を入れとく物が何処にも見当らん。餌箱も無い。其内リールを巻き上げ始めたけえ観察しよったら、糸には浮きも針も付いとらんかった。錘《おもり》だけじゃ」

「投げ方の練習でもしよんかの」

「否あ、それにしちゃ待ち時間が長い。多分、人生が過ぎ去るんのを待ちよるんじゃろ」

翌々月の初旬、樅ノ木祭コンサートが盛大に開催されている渋谷公会堂の観客席に、既に出場資格を失った秋野修文の姿があった。目当てはストーレンハッツだったが、その出番となって舞台の上に姿を現したのは、嘉山克夫、唯一人だった。借り物のグレッチのギターを掻き鳴らし乍《なが》ら、些《いささ》か自棄糞《やけくそ》な調子で、それでいてバンドに於ける決め事には意外と律儀に、岡山は自作の曲を歌い切った。もし飛び入りして伴奏してやったなら、涙を流して喜ぶのだろうと想像し乍ら、修文は舞台の端のグランドピアノを凝視《みつ》めていた。併し手出しはしなかった。岡山が審査される資格を失ってしまうから。

風月荘七〇四号室は既に不動産屋に明け渡してあった。其場で次の住人となる契約を結んだのは瑞絵である。

「ピアノの鍵――」

と青瓢簞がきょろきょろしているので、既に渡してある旨を教えてやり、

「弾いてみた?」と、不動産屋に対しても自分に対しても、最小限にしか喋らずにいる瑞絵に尋ねた。

すると女はようやっと、朝の花が綻ぶように笑顔となって、「開かなかったの」

今度の帰郷にも又、深夜バスを選んだ。渋谷のバスターミナルに岡山の姿を見出した時は、

正直なところ驚いた。見送りに行くよとは云われていたが、まるで信用していなかったのである。

「シューブン、音楽は――」と何度も云い掛けては続きを呑み込んでいる。何処で暮らしていようが出来るから、とでも慰めたかったのだろう。それは道理だ。

「樅ノ木祭――」と修文も二度ばかり云い掛けたものゝ上手く続けられなかった。結果を気に病む必要はないといった風な事だ。これも道理である。問題は此若者達は共に、道理の裂け目が発する赫《かがや》きの目撃者であり、その記憶の薄れに抗する術《すべ》もなく老いていく自分に、どうにも想像が及ばずにいる事だった。

短い東京暮しの間、長椅子《ベンチ》に隣り合っている顔の歪んだ男が自分にもたらした出来事の数々が、秋野修文の胸中に去来する。「嘉山くんの親切は忘れん」

併し青年は此方を見る事無く、「己は霊感に従って生きてる。此確信は子供の頃から揺るぎない。世の中にとっての自分の役割を果たす迄だ」

其岡山の言葉を反芻し乍ら、秋野修文は色彩を失った右の眼で、流れ去っていく東京の灯りを眺めた。次第に疎らとなっていく程に、一つ一つは強さを増すようである。愈々《いよいよ》それが一つも見えなくなった刹那、若者の脳裡に燦然《さんぜん》たる未知の音楽が響いて、硝子の上から久世花音が見凝《みつ》め返してきた。

編集部より

本作は二〇〇〇年代前半に、編集部より津原泰水さんへ「青春小説」の執筆をご依頼したことが端《たん》となり生まれた長編小説です。

以下、津原さんのTwitter（現X）を引用します。

〈『夢分けの船』は嘗て河出書房新社のウェブサイトに連載していた青春小説の完成版で、舞台は現代、文体は明治（新仮名）という試みです。本作の為に明治文学に埋もれました。特に漱石。単に珍奇な試行というのではなく、言語表現の移ろいと共に消失してしまった感情表現を呼び戻す意図があります。〉（２０１６年６月14日）

〈『夢分けの船』には絶滅危惧種の宛字（借字）が多用されています。一括変換すればいいといったものではないので、なるほど一般にはお勧めできません。でも読むのは慣れれば簡単だと思います。例えば漱石の文体や表記にしても作を重ねるごと変遷しており、適切な法則性を求めるのに難儀しました。〉（２０１６年６月14日）

〈河出書房新社「文藝」連載『夢分けの船』。安易に「現代の青春小説を漱石の文体で」と始めたが、パスティシュではないから当然津原泰水が入り込む。何の為にもどかしい明治文体に変換しているのか分からなくなるが、書いた物を読み返してみると、つまらない恋が、

身悶えするほどもどかしいんだこれが。〉（２０１６年12月17日）

〈『夢分けの船』は青春小説。青春を描くには現代文学の青春時代（＝明治）の文体が合っているのではないか、それは21世紀の青春とも化学反応を起こしてくれるのではないか、というのがそもそもの執筆の動機。明治の作家達の文体解析から手を付けた。個人的には無駄な作業ではなかったと思っている。〉（２０１８年９月27日）

〈まあ明治の小説が怖くなくなったよね。そこに通底しているのは「迷い」。迷える自由の謳歌。徳川時代の読本のように「忠義を果たして目出度し」の結末を付与しなくても通用するようになり、長さや展開の定型も無いものだから、作家達自身「いつ筆を置けばいいのか」と迷い続けている。〉（２０１８年９月27日）

〈『夢分けの船』の作業に入ってから気付いたんだけど、夏目漱石は初めのころ「彼」も「彼女」も使っていない。日本語として定着していなかったのだと分かる。後年の作品には出てくる。じゃあ『夢分けの船』にも使うまいと決めて始めたら、これが難しいのなんの。今は慣れましたが。〉（２０１８年９月27日）

〈いちいち「三四郎は」とするのと「彼は」とするのとでは、理屈上は同じでも色合いが違う。「彼」という「三四郎」の影が存在しない世界。あんまり「三四郎」を連呼するのは漱石も息苦しいと思うらしく、いきおい次なる主語は外側の人や事物や、頭の中の想念そのものとなる。三四郎は観察者と化す。〉（２０１８年９月27日）

二〇〇八年一月より、河出書房新社ホームページの「ウェブマガジン」で連載をスタートしました。二〇〇九年四月の更新を最後に休載。七年の歳月を経て、執筆分を改稿の上、「文藝」二〇一六年秋季号に掲載し、連載を再開しました。

その後、「文藝」二〇二〇年春季号にて連載完結。闘病の中、改稿に向かい合おうとされていましたが、二〇二二年一〇月二日に急逝されました。

この度、ご遺族と話し合いの上、「文藝」掲載分を初出として、最低限の誤字・脱字、一部ルビを加筆の上で刊行いたします。装幀写真は横山孝一さん、モデルは絵理子さんです。「ウェブマガジン」連載時に、津原さんと相談の上、本作用に撮り下ろした写真です。二〇〇七年秋口、場所は葛飾区の水元公園でした。撮影には津原さんも同行されました。

残念ながら、津原さんにとって最後の長編小説となります。ご堪能くださいませ。

＊初出＝「文藝」二〇一六年秋季号～二〇一九年春季号、同年秋季号～二〇二〇年春季号

［付記］

生前、津原さんとは一部加筆のご相談はしておりましたが、掲載分については大幅な改稿はないとおっしゃっておりました。また、単行本刊行の際には「旧仮名」版も同時に出すという話もあり、その改稿も津原さんは進められておりました。

津原泰水　Yasumi Tsuhara

小説家。1964年広島県生まれ。青山学院大学卒。1989年に少女小説家〈津原やすみ〉としてデビュー。1997年、〈津原泰水〉名義の長篇ホラーである『妖都』(早川書房)を発表。2011年の短篇集『11 eleven』が第2回Twitter文学賞国内部門第1位、収録作の「五色の舟」はSFマガジン「2014オールタイム・ベストSF」国内短篇部門第1位、また同作は近藤ようこにより漫画化され、第18回文化庁メディア芸術祭・マンガ部門大賞を受賞した。現在は、欧米や中国で作品が紹介されている。著書に『綺譚集』(東京創元社)、『11 eleven』(河出書房新社)、『ブラバン』(新潮社)、『バレエ・メカニック』『ヒッキーヒッキーシェイク』(早川書房)、『歌うエスカルゴ』(角川春樹事務所)、共著に宇野亞喜良・絵／津原泰水・作／Toshiya Kamei・英訳『五色の舟』(河出書房新社)などがある。2022年10月2日逝去。

夢《ゆめ》分《わ》けの船《ふね》

二〇二三年一〇月二〇日　初版印刷
二〇二三年一〇月三〇日　初版発行

著者　津原泰水
ブックデザイン　大島依提亜
発行者　小野寺優
発行所　株式会社河出書房新社
一五一－〇〇五一
東京都渋谷区千駄ヶ谷二－三二－二
電話　〇三－三四〇四－一二〇一［営業］
〇三－三四〇四－八六一一［編集］
https://www.kawade.co.jp/

組版　KAWADE DTP WORKS
印刷　三松堂株式会社
製本　大口製本印刷株式会社

ISBN978-4-309-03128-6
Printed in Japan

河出書房新社　津原泰水の本

琉璃玉の耳輪（河出文庫）

原案＝尾崎翠。三人の娘を探して下さい。手掛かりは、琉璃玉の耳輪を嵌めています――女探偵・岡田明子のもとへ舞い込んだ、奇妙な依頼とは？　幻の探偵小説！

11 eleven（河出文庫）

各メディアで話題沸騰＆ジャンルを超えた絶賛の声、続々。ＳＦマガジン「２０１４オールタイム・ベストＳＦ」国内短篇部門第１位に選ばれた「五色の舟」収録。

河出書房新社　津原泰水の本

クロニクル・アラウンド・ザ・クロック

次は誰が死ぬの？　いま、ロックバンド〝爛漫〟の事件に立ち会ったひとりの少女は語り出す……著者最高の青春「犯罪」小説！

五色の舟

絵＝宇野亞喜良／英訳＝Toshiya Kamei。
著者最高傑作短篇が、奇跡のコラボレーションで刊行！